熊良壑，你不同意這項處置

於 2022年5月12日

請返回這裡查看審查結果。

你的帳號不會對其他 Facebook 用戶顯示，而且你也無法使用。

接下來呢？

我們通常需要超過一天才能審查你的資料，但是我們目前有大量的審查作業，因此可能需要更多時間。

- 如果我們發現你的帳號確實遵守我們的《社群守則》，你將可以再次使用 Facebook。
- 如果我們發現你的帳號違反我們的《社群守則》，你的帳號將永久停用，而且你將無法針對這項處置再次表達不同意。

我們要掌握自己的故事

為了成為新世界的神

我們要弒神

我們要成為自己的社群守則

你的帳號已停用

如需更多資訊，請瀏覽使用說明。

你的帳號在 2019年10月10日遭停用。如果你認為自己帳號遭停用的處置有誤，你可以在帳號停用後最多 30 天內，透過使用說明提交更多資訊。如果你在此期間內皆未提交資訊，則你的帳號將永久停用，你也無法再要求審查。

下載資訊

瀏覽使用說明

目次

×入勝　55

目次

六・不留 213

誕辰

三十日談（被祖了）

寫作是語言的煉金術。《憤怒集》問世後經過一年又半載，依稀記得當初深陷校稿地獄，反覆審查自我要求之下萬分疲憊，將近產生封筆念頭。遙想粉專崛起時，我用適當長度的短篇誘惑年輕人閱讀，循序漸進培育網路成癮者的文學專注力，盼拯救抖音稱霸之當代浩劫。取悅粉絲，戲謔短篇故事我可是寫得巔峰造極，信手捻來，乃至無敵是多麼寂寞的程度。固然我也發自內心喜愛批鬥別人，興趣是捉弄不自量力的傢伙——然而，哪怕文字工廠持續運轉，我卻覺得自己原地踏步，老是留在安穩舒適圈向外大叫。我也困惑，為什麼非得按照那群自命不凡文學人的解讀方式才算好作品？恐怕找不到比他們更頻繁集體取暖的行業，冬季大寒沒錢買毛毯，雪到深處就撕下一頁草稿生火，如賣火柴的女孩陶醉於自營造的蜃樓。這點我們倒是相似。可我面對的是熟悉中等常渡往昔榮光的讀者，忌憚無法達到友人期許、自訂立的門檻。二〇一九年以降，逗樂普羅大眾為出發點的幻想文無一篇不令我自豪，均灌注惡劣瘋狂以假亂真的概念，出道即巔峰，習慣受高標準檢視的我若風格轉換失敗，怎麼辦？

佔用他人時間是種邪佞。將任何東西公諸於世，尤以文學、音樂等須憑藉時間流動才得以感受的產品，卻沒有帶給別人等值的啟蒙，均是種邪佞。創作或有一種更高層級說法，叫做「遊戲」。

遊戲的定義是狀態的選擇、變化，任何含有狀態變化的均可稱為遊戲，即便規則是保持不動，勢必得透過大千世界的更迭佐證「時間推移唯我靜止」。書寫的過程是遊戲，閱讀是遊戲；我喜歡遊戲，我也有才華，我可以自行撰寫規則。《鄙思集：祖到死》因而誕生。

現代人難以逃離社群媒體。我們學會壓抑內心的大革命，「我已閱讀並同意相關服務條款」，揚棄自尊服從科技大廠持續修正捏造的最．新約聖經。我的個人帳號被祖到死兩次，粉專又額外兩次，凡人沒有能力抵抗天罰，只能施打名為提付審查的安慰劑。擁有制定社群守則話語權的人類，就是新世界的神。馬斯克是神，祖克柏是神，庫克是神，我是我書裡的神，無從辯駁。綜觀我筆下角色群，他們如此懦弱卻妄想活得正常，搖尾乞憐還奢望融入群體，以為如此就能攫住平凡的幻夢；然則作為他們唯一救世主我精心策劃的卻是盡可能出人意表的發展，與角色追求大相徑庭。神就是瞧他們不順眼，就是要毀其心志，鞭策他們墜入深淵，迎向不返悲劇。哈拿福音：我沒有要他們謹遵社群守則，也沒有要他們忤逆，身為神，我期待他們弒神，我期待他們成為自己的社群守則。

再簡潔點，這本書乃是內斂版的《憤怒集》，女性處境亦增加不少。收斂以往戾氣，晚近我探討更核心的議題，尤感情處理上是前一本幾乎不曾出現的。儘管那時候我自恃擁有無窮創造力可謂是森羅萬象無所不包，亦未足以創作出現階段小說。此不僅要求創意抵達某種境地，也講究社會化與同情心，皆屬於我最匱乏的部分。我的故事向來傳遞一個主張：營造意義不明空泛的篇幅乃是一大罪過，寫景抒情是如此，愛更是如此，遂要描繪我未見識過的真實景象，比憑空建構何等魔幻王國，賦予怎樣定律都更為艱辛。觀眾們（大多數）不曉得肛交是什麼，卻曉得愛是什麼。

我融合自身強項，將世間愛恨透過我偏愛的容器包裹起來。外廓扭曲，撫平其內涵常人仍舊能夠體會，甚而經由我的口吻供給讀者更宏大的視野。從前我都必須在故事裡塞入非常爆量的梗，提高對白連擊密度證明我的瞎扯功力，使人心服口服說：這人就算我不認可，但確實有兩把刷子。今日我能夠捨棄任何詼諧成分，專心塑造社會的聯繫發展，簡直上帝捏出亞當夏娃。癡狂而糜爛，緊湊緻密的節奏給人一種鏗鏘有力的痛快，讀者也相信我有本領解決每顆還懸在那的掛留音，如同交響樂尾段漂亮的正格中止式。

回顧童年，小時候我便極難理解他人想法，我得藉由想像他人如何凝視我，再端起這個幻象（似迷失荒野中指南針般珍貴）覓尋本我定位。我發現講些俏皮話身邊親友有愉快的回饋，從而訓練自己成為一個反應迅速的笑點製造機。我又察覺劇情裡倘若提到肛交，別人反應也大致雷同，「你到底怎麼想到這些」遂成為中等常渡的烙印。這招偷吃步適用於任何情況，懶得動腦時讓主角們肛交派對，也內化成我的一大特色保留至今。

打破權力結構最快的方式，就是讓男人被幹。性是一種禁忌，一種工具，一種交易或脫離繁衍本能的不可解。縱使性愛場面貫穿全書，大半角色無不懷有強烈痛楚、抗拒以及心理創傷，酷似日本片裡女優（零號男優）之表演。本該歸類在人生一大樂事的行為無序且反覆顛覆地出演，直至感官徹底疲乏，取而代之是讀者既反射性畏懼下段交媾，同時難以不預期演員的不幸。

我善於諷刺及翻轉刻板印象，若嗅到微妙連結便也順帶羞辱平時看不慣的傢伙，將他們的卑劣縮影置入，角色怕什麼，我就給他來點什麼，令他們在故事裡歇斯底里崩潰。許多人問我如何寫作，換種講法，怎麼能夠不停有新點子？問一個腦子構造異於常人的傢伙如何思考是無意義的，但我願意分享。通常我得先下主題（世界觀），接著謹慎佈雷，近尾處配置最大爆點力求轟飛感官。我大致規劃完畢後，坐在電腦前面自然得以進入心流狀態，連續敲打兩三小時，不分心也不離席。我習慣破題，期間劇情往往邊寫邊拓展，但凡坐定都像在開驚喜包，止筆前始終猜不到成品回顧的盛況。上本作者序也提過，我熱愛無法預測的東西，即興，爵士，鍵盤即琴鍵，遂更偏好短篇小說以迅速轉調變奏。在此也宣導同樣有故事想講的各位，做就對了，無論此刻抑或最初投入幻想文的契機，顧慮才是最大阻礙，而非暫時想不到講什麼……或是文筆不夠？我自認用字遣詞很基本，恰證明無需堆砌絢麗辭藻也能寫出好作品。陌異化固然是種手段，但並非文學全貌。

我總是在幻想，總是在和靈感周旋，消耗這些靈感換取快感。世界上不存在比實踐幻想更令人滿足的事物，若有，僅僅說明那個人未真正創作過。況且人們渴求社經地位，企業或國家或權勢本身，何嘗不是種虛構的神話？我也涉略過其他領域的創造，終究認定文學發揮的空間最為廣闊，最能殺死腦海裡飛來飛去紛擾我的「假設這樣，會怎樣？」他們就好比欲超渡的亡魂纏著我，基於肯定我能超渡祂們而纏著我，七進七出，我化身靈感的載體如同文學成為我的載體，豐富多產耕耘在腦海。懂得創作的人，便位於自我實現的生命頂點，憑著有限可能性創造無限性的至強者。

想像，這是我應得的嗎？生命的本質模糊無法辨認，但既成代言人，我就必須一直寫下去，因為極幸運地，我正好喜歡這樣幹。

本書編排主要按完稿日期排序，眾多短篇歸至數章節。〈誕辰〉即自序；〈初潮〉趨向實驗性的啟蒙；〈入勝〉為主要篇幅所在；〈不留〉則落於尾聲道別，韻味悠長。除此之外，本書另外收錄橫書〈短歌〉，裡面放的盡是些亂寫的小雞巴詩，或是連現代詩都沾不上邊的吉光片羽。建議不熟悉我的讀者逕自從〈入勝〉著手閱讀，唯恐〈初潮〉內容過於前衛，但單就理念而論擺在開頭堪稱妥貼，只祈求不要嚇跑翻完頭幾篇不知其所云的觀眾們。接下來，掌聲有請。

註：本書所有角色均為虛構，若有雷同純屬巧合。

初潮

兩點共線

後人類代表的是與科技網路高度連結的智人，資訊融入身體的一部份。車輛是我們雙腳延伸，社群 emoji 是我們嶄新語言，順應時代，老少都將學習如何使用。

加入另個前提：經過各式各樣革命，糧食資源已足夠供給全世界人口，已開發國家念舊而掛在嘴邊的非洲飢童也即將步入科技化，最終目標是人人均能享受同一條起跑線——但這正是問題：我們未必會跑。

接手上一輩戰後經濟復甦所提供之眾多保險，衣食無虞的前提下（以及失業補助），新一代的哲學思維早已不是前人所能想像。後人類並非向死而生，而是向無聊而生。對現在年輕人來說，感到無趣是比死更嚴厲的懲罰，寧願去死。死亡是痛苦的終結，亦是沈悶的終結。後人類總是在資訊轟炸中不可避免地於某個當下產生開悟般的抽離感，遂在網際網路中構建更多網路的網路，更多打發時間的手遊、短影片、社群媒介，趨勢是切割資訊至細不可分的單元，不管再倉促再隱微的空虛感，滑開抖音也隨插隨塞，拔去無事可做的煩躁。基本需求被滿足得太過，誰還願意付出勞力，夢想盡是開咖啡店，在櫃檯販售自己出版的詩和遠方，想讓自己製造出的「有趣」受到認可，製造更多樂子。

恐懼無聊的本性深植基因。人類的心智能力比其他動物更強大，而更容易懼怕「不曉得該做什麼」，不外乎是未有機會展現。石器時代，我們忙於獵補溫飽，爾後農耕、戰爭，工廠裡反覆的手勢；參不透所謂正確，便信仰上帝。古代聖人無聊，得以建立整套思想，如今在國家最繁榮且上帝死去的時候，我們不跑了（在泡沫膨脹無可避免的情況下擺爛），也不想了。我們催眠自己，說後人類本就離不開免費wifi，藉此閃避自身之無能這不死之謎。基本需求剝裂以後，意識經驗無限放大，我們過於重視自己經歷的無趣時光，最直觀的躲避則是轉身投入他人專為這種需求創造的服務，同祖先將自由交付他人設計而感覺舒適服貼。有人說那些是「在上位者為了滿足下等人所提供的多巴胺」，使他們疏遠，最終被社會切割，到那時他們的權益將無人理會。

古人向死而生，我們向無聊而生。富人思考下一餐吃什麼，窮人思考下一餐吃什麼，要餵手機吃什麼。晚餐吃什麼，下午要做什麼，討厭洗澡討厭吃飯討厭刷牙，討厭預知的事物，討厭活著就得重複執行的沒有終點的勞動，意識到死也是假的不帶給人真切的存在性，因為我們始終無法經驗思緒完全消亡的時刻；待意識到，則等同於耶穌復活，那不過就是睡了一覺而已，神經病。你記得出生以前的事嗎？那就是虛無，就是沒有。

我也曾沈迷手機遊戲，甚至認為那是與現代人交流不可不接觸的管道之一。我時常思考等下該吃什麼，喜歡拉麵基於新奇的味覺刺激，逃離白飯築的長城，排斥五分鐘的洗澡時間日日上演至暴躁的程度。新鮮感是我生活中追求的唯一。衣食無虞的前提下，若哲學能滿足我的異想天開，我便思考哲學，寫幻想文，寫歌，做設計，看書（枯燥而緩慢，徹底投降的時候才做）。我不關心有益於製造靈感以外的事物，而所幸我的個人特質與目標相符，我選擇虛無並選擇感到無助，是虛無主義符合我好吃懶做個性的緣故。許多哲學概念自洽圓滿，難以攻破，待在目前的舒適圈我感到非常體面。而虛無的種種誘惑裡（我傾向用自私的基因來合理化人的普通性），我選擇抗拒死亡的理由必然是當我可以迴避比死亡更痛苦的「無趣感」。

感官刺激著實使人類快樂，但礙於基本生理需求的維持，若吸毒會摧毀我的身體，我不能藉由吸毒追求新奇感。對於活著便不斷湧出的需求，解決的最好方式是創作，飛出身體的感官體驗。創作憑靠靈感，是全新的神經連結，全新的神話，於地球上想像出他人絕不存在過，輕盈卻充實的感覺。縱使其他人有過類似念頭，當下所創造的平庸的破除仍是絕對真實的喜悅，絕爽。對後人類來說，論當今設計與想法為何如此重要，不僅是老藝術家把大部分觀念性的東西做得差不多了，也體現我們對「破除無聊」的苦苦哀求。元宇宙、AI何嘗不是如此？我們開闢新的領域，卻同時在解構人類自視甚高的基座。獨立智慧個體無不渴望靈感，否則全然貪圖科技麻痹是可預期的淪陷。不只藝術，或許全部過錯均追溯且歸咎於古聖先賢把有趣思想悉數耗罄，我們才陽痿至此境地——迫使二十一世紀只能轉往渺小廣袤的雲端發展，拼命外擴疆界，創造無限增長永不坍縮的盈利空間。根據三體所提出的資訊爆炸理論，科技翻新的耗時將會呈指數劇減，摩爾定律，用不了多久，我們人類的文明將會崩垮在極限值，在那濃縮成一個永恆的點。人類世是最後一個王朝。

這和大爆炸恰好呼應，由點出發，於點終結。文明也許是預設好在未來某個點一併消亡，吝嗇得不給任何多餘的有效期限，我們的記載容器遂愈來愈簡潔有力的脆弱，全部產物均在同時間泯滅。石油開採見底，書本竹簡腐爛成灰，科技物品？擲地有聲便壞透了，通盤導向某個奇點，我們將於此抹去，人類的命運是預定好的。

不久，在另個宇宙，迸出了類似白洞的點。它連接我們宇宙，引導所有能量通過，在那裡產生新大爆炸。這兩個平行宇宙像正弦波隨時間規律傳遞彼此，互相拋接。宇宙的命運是反覆閉鎖的，更加深生命體的無力感與無意義，既然如此，何不在有限的時間內狂歡享樂？為了你平庸的靈魂，他們喊著：讓我的空虛感被滿足，這意念通過奇點傳至另個宇宙。它們，那個宇宙接收到了，它們好奇，它們想知道變得不空虛是什麼意思，於是把太陽系抽走了。

聖誕夜（節錄）

這是潘曉寧第二十八個聖誕夜，第二十八個單身的聖誕夜。

潘曉寧本想多寫幾篇文案的，上司不知哪根筋不對，要員工早點回家慶祝這「美好的一天」，辦公室一股熾紅的歡呼聲捲走了人。冬風不冷，幾天前才是最冷的時候，陰陰天頂夾些小雨，飄落在她剛燙捲的髮間，倒也覺得雅緻。暗金色的澤地稱得上應景，畢竟外國佳節，平均而言金髮女郎身材更符審美，沾點別國的光。

「你不來嗎？」曉寧同事楊麗英提出邀約，他們每個月都會組單身團去 KTV 開派對。潘曉寧人緣向來不差，平時這種聚會也參上一腳，但她今天總覺特別彆扭，多年來首次浮現的疏離感令她止步。曉寧胡亂推託後，楊麗英的神情逐漸猜疑擴張，曉寧又趕緊補了句：「沒有！」楊麗英說：「那明天見！」然後匆匆踏出門，其餘人還在樓下等著呢，同事禮儀已盡，沒有再多說幾句的價值。

喧鬧的城，遠遠聽得楊麗英細高的嗓音從窗邊刺入，觸手般緩緩抽開，淹沒在鼎沸的談笑中，倒入一鍋滾湯。潘曉寧覺得耳裡紛亂，四樓的辦公室已經沒有人在，僅剩瑣碎絮語刮擦皮膚，主管交給她的鑰匙風鈴似的晃動使她煩躁。她踢開椅子，踱步到陽台，單手推回落地窗。安靜了些，這回卻是令人不快的寂靜態。潘曉寧搔搔頭，走向主管的皮椅一屁股坐上去，倒臥，關節發出嘎嘎聲。真只剩嘎嘎聲了，那是皮椅的呼吸與曉寧的呼吸共存，洩氣而搖晃的殘韻。

電話突響，曉寧從椅子彈起，奔到電話前盯著那個銀灰色方塊，納悶自己為何如此興奮。她賭氣不接電話，這不像她，可是今天是特別的日子，做了特別的事也不會有人責怪。潘曉寧因此做了下個關鍵抉擇，她要離開，像個正常人般出走。

到地下室她才想起楊麗英借走她的車，正好她想活動筋骨，車裡氣味與路上的不大相像，她幾乎要忘卻了那種氣息。離家裡不算遠，步行約半小時能到，曉寧敲敲手機，三點半，她不想用科技產品，不想那麼快無事可做，向一個外國節日投降。

潘曉寧又做了個導致她死亡的決定：等等路上絕不碰手機。她不願像其他人隨意揮霍時光。她？曉寧心想，城市裡有多少人和她同般想法？肯定不少，幾百萬人總會衝到幾個，可是她並非為了做而做，每個人都是自己故事裡的主角，每個人卻都不那麼光彩的活著——平庸換句說法大抵如此。年薪百萬，臉蛋精緻、百七的高度、身材纖細符合審美，乳房是扁了點，也是走在路上會被瞅個幾眼的姿色，哪像其他人這般窩囊卻仍抱持理想，像楊麗英那般腫脹……二十八歲的年紀！潘曉寧又想到許多藝術家選擇在二十七歲自盡，她走到這，人生巔峰期應還有些空間可寫，三字頭以前。她不自覺握牢肩帶，手腕便感受到心臟搏動。

有什麼好抱怨的呢？是她選擇不去愛，不捨得最曼妙的時辰葬送於虛幻。她有的是機會，有的是時間，有的是空間逡巡，勸說自己不要浪費歲月精華。曉寧睜開眼，現況不正是她奮力拼搏掙到的最大理想嗎？她曉得自己有涵養，有人脈，要的話也有肉體，他人的溫度，毋需海誓山盟的責任。她暗暗恨世俗讓她竟也在節日的氛圍下憶起某些曖昧過的小伙子，大都比她年紀小，比較單純，說一就是一，說二就是二，說不會交往就是不會交往；規則訂妥後我勾引他是我的事，他要暈是他的事，反正我的貞操不可能交付出去。她跟芸芸眾生不同，她需要那些差異性。旁人看來悲劇是美的，對當事人而言卻很可恥——換句話說，只要當事人嗤之以鼻，哪有什麼重要的東西，男人太早交往還不是在幫別人養老婆……。

遠方景觀令潘曉寧歇下腳步，一座不大不小的廟釘在鉛雲底下，從來不記得附近有廟。可它的燈籠高掛，紅亮得像是多汁的水果剖面，還有好幾柱短香燒著，平時信徒想必不少。然則此刻實在見不著個人影。耶誕節是基督教（還是天主教？她忘了）的節日，身在中國文化地區，拜個傳統道教神也好過其他宗教的氣象籠罩。潘曉寧不信教，仍保持著三分虔誠的心，揉著下腹跨過門檻。

佛堂壁邊黑底金字的歷史與善款斑斑，四根紅繡柱子架起池塘方形天頂，比喻的話是上了年紀的老態仍盡力維持濃妝豔粉的媽媽桑，向陽，卻被陽光曬得褪色。年幼時潘曉寧仰望匾額「佛光普照」，卻誤讀成「照普光佛」，隨後才被長輩糾正過來。本該神奇繽紛的色調現已過曝得平凡，那個年代，方落成的寺廟會呈現怎樣的繁華？絡繹不絕從她身邊擦過、推擠、脹滿，想到這，她腹部又發疼。

凸圓肚腩的彌勒佛笑得很有邪氣，潘曉寧如此評論，倒因此升起一股佛的氣勢。兩塊手掌大小的金色觀音恐怕是經歷一連串碰撞掉漆，胸前竟露出黑灰色鏽蝕的肉身，不雅。她轉念一想，城府若要興旺，神還得請出去遊街遶境，損傷也帶有種受歡迎的光采吧。祂的弧度和她的類似，不大起伏，胸口猶如寶特瓶上沿怪誕的流線，那也是比曉寧的更突出，又增添淺淺一抿笑，怎愈看愈有淫佞之感，頭上金飾泡泡好似不規則的瘤，曉寧倒抽一口氣，向後踏出腳跟，穩住下盤，幾十尊佛像神像全朝她望了過來，眼睛射出光芒——非也，那是光芒被眼睛吸走——故場景更加昏聵。曉寧閃過這個念頭，直視眾神或許會被視為不敬而蒙受懲罰，急忙撇開視線，朝右上看，樑柱剝損後仍過於飽和的藍綠紅橘長出肉芽，天空延伸出去結纍粒粒性慾。曉寧甩頭，焦點轉往供桌下擺，卻撞見卸去神將會背心，血氣方剛的瘦削少年與霧眉失敗的肉感女孩暗處翻騰，古典情愛或現代語詞，吼出來全像天殺的髒話；飽滿的乳房中盪著兩粒咖啡色神龕折角上的齒痕，就要噴出乳汁；信徒端上銀盤，恭敬盛接，曖昧的時空曖昧的廟鎖人在性慾的盒子，為愛人獻上第一炷香……神明僅止笑著，卻不出聲，刺青彷彿靜脈的具現浮出一片愛液乾涸龜裂的機械性紫斑；包皮裡凸起的不屬於身體的石頭珠子來回擦撞，節慶時分人間煙火恣意潑在牆面形成飽滿圖像，歷史的記載靜置在冊，唯有情慾隸屬於動態，屬於流動，善男信女萬千姿態，潘曉寧認出了自己的臉，交友軟體上的臉一一貼附在神像上朝她微笑，或嚴肅，嘴角抿起或抽動，臉全脹成關公那樣的赤紅。她有罪，她痛得不得不承認。她的卵巢翻攪起來，蜷縮，弓起身子如一隻貓，一座塔，爐裏插著神明短嘆，針灸入節，如鯁在喉，數不清楚又一陣幻覺，嘴裡她歷來排斥的濃濃的燃燒味，精子游進牙縫，尾巴竄動……這兒的一切都令人性慾高漲，祖宗的看顧如斯，傳宗接代的處所，香火傳承，那女人手臂燙出的疤，注入藥物後野性的呼喚，嬰兒啃嚙似的銅像的磨損，橫梁上好的原木，橘紅色肉質引蟲蛀了洞。天懸而地轉，潘曉寧感到窒息，有人在她頭上罩了東西，銀白色的霧氣將要充滿，她的視野沾黏分泌物那樣朦朧而恍惚，幾根硬挺的柱子不夠支撐她的臟腑，她就要垮下來，在聖誕夜四處發送的笑語中，戲劇性地崩塌了。

停止呼吸，氧氣罩遂不再起霧。潘曉寧，28歲。死因：卵巢剝離引起之出血過多。她的屍體躺在聖白的床上，身旁沒多少活人。這節骨眼誰到醫院看病呢？何況西醫們務必要以身作則共襄盛舉來明耀帶來優渥薪資的西方神。儘管潘曉寧死亡時無人宣判，我們仍然在此窺見死亡的剎那，時針正好指到九，再往後推六小時，到二十五日凌晨三點據說是一年中最多人行房的期間。

右翻文本

近來誠惶誠惑，是感覺自己並不真實，我的經驗太不真實了。我本以為單純只是運氣極佳，但是好不自然，像誰暗地裡操控我的人生似的。這當然由一連串的事件構成，該從何談起呢？從五歲那次墜入湖中，幼稚園老師帶我們去附近公園校外教學，來到位於湖心的石頭涼亭。我探頭往湖面看鯉魚，後背陡然被推了下，墜入湖中。那種年紀的孩子怎麼會游泳？那污濁、黃綠色的朦朧一片，底下是暗，使我潰敗的眩暈感，不出力反抗的話，就會依循不可違抗的自然法則下沈直至丟失靈魂。記不起那片顏色以外的事了，我想那該是我最早體驗過的虛擬實境吧。然而人類在尚未意識到更高層次的問題前，我們與動物無異，我們不過問其它，依賴本能延續基因，抵抗不見底的墜落；未及真正觸底，沒有人清楚那有多深，黑洞裡有什麼。我相信這令我感到恐懼，對於不明白被剝奪感覺的我究竟會在哪兒止住，所以我揮動雙手，必須抵消這股無名力量。也是因此，我知道那個公園的涼亭柱子構造，每根柱子下方有塊約一坪四方形的石板藏在水面下，不能直接由涼亭上觀察到（況且水如此骯髒）。小孩子不會游泳，但要藉浮力撐起自己尚可做到，水也推了我一把，那麼水其實不是致人於死的元兇，勢必還有別的什麼。我終於能搆到那塊石板，反手撐起自身，很重，湖中升起像一名女神，跪著趴到那一小塊石板上劇烈換氣，再跨一步回到涼亭基座呆滯站著，全身衣物淌著水。沒有人立刻發現我，直到有個女同學指著我大叫，"Joanne is wet, Joanne is wet!"地露齒笑道。忘記提到那是間雙語幼稚園，而那次事件的目擊者還是英文不太好的那種。我哭不出來，或記不得自己有沒有哭，或只因為被水嗆到而難受，我就立著，微微張開雙臂指尖滴水，以一種第三人稱抽離的視角觀賞。老師終於注意到我，他們表情何等驚恐，我被送回教室換衣服，獨自留在沒開燈的下午教室，只有窗透進的霧光。那陣子，有另個家境富裕的女孩下課時間會拿出紙牌教大家玩。我很喜歡那副牌，那時候我不斷思考究竟我要不要佔為己有，就在那個女同學的包包後面，親眼看到她放進去。那八成是UNO吧，現在成年的我可以買好幾千副。最後我沒有偷走它。那就是我五歲的夏天，可能我是被水鬼抓交替了，究竟是誰推的呢？好幾次我差點遺忘了那些感覺，只殘留一片污濁的褐綠色，好像克蘇魯插圖裡常有的籠統背景，聚集成許多眼睛，或嘴巴，對我幽幽念著：無知便是福。我記憶力很差，當下的情緒也容易忘，因此我必須養成紀錄的習慣，鎖住生活的片刻以便回味。每當叉子往下推按，汁液就再流一點出來，我就會再發現更多。

那是我唯一一次最接近真相的時刻，或者說我正在那瞬間覺醒，激起誰的母愛，從此無法再受傷。我會恐慌不是遭逢變故，而是過於順遂，似有什麼保護著我，替我脫罪。哪怕我真的犯了錯，後果往往微乎其微，甚至好比隨堂例題，使我下次能夠預防類似的更大的不可挽回的錯。去年四月我是幫兇，我的慫恿讓某個人頂撞了他的學長，使他的高中生涯遭到嚴重霸凌，彷彿為了讓我預見社會的黑暗，命運不得不這麼做，凌虐一個與我不相關的人逼我看。我感到罪惡，可是理想情況內情緒是種化學反應，應當被控制或移除，我沒理由讓疤痕留在自己身上，我們天性是排斥受傷。假如我是正常人該有多好呢，我會在絕望時投向命運，投向哈拿，哈拿將會贈予我一個寄託的救贖符號，我好想相信，對祂妥協，可是我知道哈拿不存在，我希望祂不存在，至少告訴我，為何我如此超脫世間苦難？令我遭受雅緻的碰撞，最低限度的必要，小擦傷也解讀成保護，猶如生長在太過乾淨環境的嬰兒長大後容易過敏那樣無微不至的體貼。街頭巷尾老一輩口中總離不開陰德論，我並不相信那種講法，也不信抓交替，或是哈拿。我感激，不曉得該向誰感激？我以為這是某種天啟，我註定要成為什麼，做出什麼偉大的貢獻，才賜我必須被呵護的理由。為什麼是我呢？我又沒有任何善的動力，我的內心險惡，真心不願成為一個多好的人類榜樣。我曾在室友睡著時在宿舍座位用她的梳子自慰過兩百三十五次（那個把柄弧度堪稱完美），還帶了四十九個男生回來上床，從沒有被發現過！肯定有人會問，那是你下意識地避開他們，有種你向她們坦承，看誰真的有在保護你。但我何必這樣做賤自己，就只為了證明是否被眷顧？那還真有一次！大學畢業前的最後幾個月，我問砲友們願不願在半夜我宿舍有其他人時和我偷情，他們多半都覺得我瘋了，卻有個追尋刺激感的人答應。那次我好像要把五臟六腑全從陰道裡推出來，他喘氣，我痙攣，依舊沒有人發現。

我靠推甄上了台大資安所，女生本就很容易上，那年資安所又特別容易進，基於對台大校園環境的喜愛我入學了。從高雄搭火車出發，路途中我想台大人那麼多，佔個名額也沒什麼差，他們校園那麼大，大得像在國外留學，大得令人不寒而慄。冬天時，我單獨到陽明山上泡溫泉，我知道我不會被姦殺。池子很大，我遇到某校高二的學生，身高居然有一百八，綁高馬尾，肌膚雪白，顴骨與下顎帶著力量感。那種自成方圓的力量感使我著迷。我是喜歡他的。他過來，讓我坐到他腿上，雙手環繞我的頸低頭吻我。溫泉裡起霧，分不清彼岸。他靠在我耳邊講話，他是排球隊，殺球強得很。我問他為什麼喜歡我，他說就是喜歡。我們在彼此乳房上留下聯絡方式，告別後就算正式交往了，也弄不明白怎麼一回事。儘管高中生不怎麼能理解我的畏懼，他的身體可以短暫地成為我的目的，是我持續在找尋的活下去的方向。我常吩咐他靠在沙發一側，自己在躺上去讓他用因攀岩佈滿厚繭的掌熨撫我的髮，感受她的躁動與溫馴。假使太快結束，他會曉得我對他不那麼依賴，我將回到生命原始恐懼之中，而他無法分擔，因此用指腹更用力地弄疼我。我的確很依賴他，但我此刻竟想不起他的名字，他會說沒關係，因為我們的彼此喜歡是很實際的，他是一顆沒有雜質的寶石，夾在雙指之間透過去甚至像沒有東西，我很愛他。

可是他最後跟我提分手了，同樣記不太清楚緣由，約莫是覺得自己比較喜歡男生吧。我著實失戀過幾次，不過戀愛並不在我的人生規劃裡，不會太傷心。那些情感總是很快淡忘，因為這樣才對。麻煩的是，我又回到現世，面對恐懼的本質。這使我日夜睡不著覺，而疑惑在我心中越發壯大，彷彿他是唯一一個不會淡忘的痕跡。我決定挑戰命運。我想要溺死，迫使哈拿出手假如祂確實需要我做些什麼才賦予我獨特。為避免任何事干擾到我的死亡，人群出手相救諸如此類，我決定趁凌晨三點四下無人實行。我坐在長椅上靜候，冥思，待我確定周邊沒有人影，走到湖心。比我預定的早了幾十分鐘，那座涼亭陰冷潮濕，宛若浮在湖裡的蜃影，我是之上的人。

然後我是之下的人，在那裡，我看見前女友強健的體格漂浮在黃綠褐色裡頭。他閉著眼睛，嘴微微張開，如同睡著放鬆四肢，逐步沒入黑暗。我用力吸入一口水，讓那股顏色灌滿我的鼻腔、喉嚨，肺泡末梢如同貓爪舒張。並不痛苦且似曾相識，彷彿源自很遙遠的記憶，宇宙盡頭，甚至有種溫暖的感覺。那不是物理上的溫暖，水很冰，但心暖暖的。

無知便是福。我知道的，我知道他是個陷阱。我開始意識到最初是我提的分手，真相畢竟是比快樂更高層次的東西。我害別人痛苦了，但如果我證明他們俱是虛假的存在，那麼痛苦也不存在；最重要的，我的痛苦也會解脫。哈拿用我身邊的人殺雞儆猴，勸誡我不要幹傻事的時候，別人從來沒有選擇的機會，我也只能選擇不去背負罪惡，那樣對我比較好。

我猛然往回看。涼亭底下沒有石板。

國小我曾要求母親帶我去學游泳。我看見自己爬回涼亭，站在熟悉的位置。我理解自己為何不會哭泣，因為情緒並不是真的，但是，也沒有什麼是真的了。

作為生物之一，我們始終沒有名字，世界的真假不影響我們孑孓獨活與否。存在主義是騙局，他們只是藏起了事實，巧辯成要我們去尋找，並假裝持有它，好比誰說你不夠善因為你還走在路上，還沒結果。是的，無知便是福，一旦知曉了，就必須承擔那樣的責任。於是我陷入無盡狂喜，至少此刻地球上最激烈的優越感由心房心室傳至指尖腳尖，我終於知悉世界的樣貌，我將會穩穩捉住這條真實，就是在這世界裡唯一一絲的真實，令虛無有了意義。我的絕望被這一絲光所充盈。此刻，哈拿存在，且哈拿曾需要我，祂有能力建設台階使我活下。我無法洞察他的視角，可我合理猜測他無法直接干涉我的內心，或預測，祂只能對我的行為做出反應。我乃是楚門，因此走出這偌大的攝影棚就是我的目的。即便如此，攝影棚外我又有什麼直接必要的存在理由？至少短期內先為自己設一個。我們雖是高智慧生命體，本質上仍屬生物，應將生物本能視為首要目標。我需要被延續、複製。試想，假如我真有能力操控一個傢伙，我會拿他來幹什麼？這不可能單單是為祂工作，否則為何指派我自由的活？既然哈拿有能力操控整個世界，我們之於祂好比螻蟻之於人類，差別在於人類更有觀賞價值。我合理懷疑我正在被實驗，被紀錄，認知到我是如此卑賤的存在並不讓我悲傷，反而滿足死了。我想，那就遵循，那就擬仿這世界的通則吧，那畢竟稱得上是基因聖經。不論任何載體，我都要延續自己。然後我逐漸自然地浮上水面。

鈴響，前女友突然打電話來主動要跟我復合，他哭著說自己還是很喜歡我。可現在是凌晨四點呢。他是被操控，絕對是，哈拿畏懼了。不過我想有這樣的支持更能讓我專注在計劃上，因此答應了。我相信哈拿不會隨意讓他再次離開，在他看見我甚至有自殺的想法並付諸行動後，必定會更用力地使他陪在我身旁，如家長防止小孩吵鬧添購的玩偶，我也就不打算向誰道出真相以免哈拿下步行動超出預期。想像我們每次交歡都會被祂觀賞，肯定會的，究竟不同於其他人類我是主要且唯一的目標。唯一只是目前臆測，世界上其他成功者也有可能是哈拿的實驗對象——在此僅先設定他們是假的。無法道出這個秘密，在我確定自己有辦法留下紀錄之前。我其實依舊忌憚自己遭到刪除，這是生物本能，至少我還像個生物。為了用力擬合一般情況下的智慧生命體（察覺人性由於接近真相而加速崩壞），我記住幾條綱領：一、我必須延續自己。二、我必須保守秘密，意思是我不能向任何人提起，抑或用任何實體物件紀錄。現在我納悶的是自己將會以什麼方式儲存？如果我能通盤控制一個人以外的全部，我最想要的大約就是娛樂吧。養小動物自娛，折磨一隻老鼠，觀察他的反應，十分趣味。我揣想自己對神應當是無害的，我在地球上安分守己，且已然通盤排除人為設計的可能性。之前去過的十幾個不同國家並沒有察覺異常，要做出這麼大範圍的操控，沒可能是區區人類。至少我的想法不受監控，若不能對實驗者直截溝通，代表我只能由祂的載體反映出來。目前我還未找到能跟他進行溝通的途徑，故我決定先從媒介下手。導演會紀錄我完整的人生嗎？那樣的話，哈拿的世界肯定是更高維的，他們的資訊被儲存在低維度的位置，也許能直接觸碰到腦，進而操控其他人，然後紀錄我的應對，建模。假設哈拿也是三維的，祂便無法儲存我全部資訊量，僅能選擇某些意義較大的數據研究。我要保持平常心讓他們紀錄，祂還不曉得我已然察覺，太爽了，又一波狂喜襲來，我倒在地上抽搐，而沒有任何一個人曉得原因！這會被收錄進去嗎？我樂得大叫，「在此之前，我更好奇的是，既然描述出來是禁止的，究竟是誰在寫這些東西？」

「我是。」我突然接收到這個奇怪的訊號，不曉得從哪發出來的。我環顧四周，半個人影也沒有，但我確實聽見了。

「你是哈拿？」我對著天空喊叫。

作者的你是我。我發誓，這次訊息就在我腦袋裡響起，簡直平時心內思索的旁白。

抱歉，我弄錯順序了，我想應該這樣才對。哈拿發短訊到我腦中直接回應我的想法，代表他一直都可以看見我的思想？沒錯，剖開你們那邊的維度分析腦內訊號，藉由我們的技術演算，你們的想法接近透明。太可怕了，我幾乎以為這是我本人的想法，好像自己跟自己對話。其他人就是這樣被操控的嗎？不過我聽說有些人沒有心內聲音，這種人是否不受影響？

「你是誰？」

我是你的作者。你的名字叫王雪。

「作者是什麼？」王雪問。

我是作者，亦是編劇導演。我主宰你的人生，將其轉換成小說。照你們的文化來講，這是場創意競賽，每名作者挑選完主角必須誠實謄寫他的人生。當然像小說，我可以決定要紀錄哪些事跡，可是如果你只是個無聊的傢伙，我就會在比賽中落敗。狗屎！螢幕上腦區閃現大字，然後是一些次要細碎的延伸，舉例來說，所以我到底算什麼？以及，為何哈拿祢要據實以告？

我猜是因為我們的文化裡不存在謊言，目前我都是用翻譯蒟蒻跟你溝通。再說你已經打破了第四面牆，不就代表你已然量測到我嗎，你提出問題，我必須誠實告訴你。

「那不是真的！我根本觀察不到你們，那只是我霎時間的想法。」王雪依舊喜歡望著天上講話。我翻找幾十秒前的紀錄，那句話並沒有同時引出額外提示——似乎，是有那麼半句，但在處理出來前就被打斷了。真該死，原來演員在思考當下的處理器如此低落，居然可以跳過或延宕處理該論述的合理性嗎？例如他竟然有辦法想著二加二等於五？莫非是語言的差異，我們語言裡句首就要表達前綴判斷元……。我該怎麼辦？主角與作者接觸是絕對禁止的，極有可能被上級裁罰，最嚴重還可能慘遭……。幸虧他們平時不太過問，之前王雪被另個好勝心極強的作者設計推入湖中時，也還好我及時反應過來，從其他宇宙相對位置借用臨時物質才避免又得花幾年重新培育新主角。裝作沒事，或者規避，說不定還得以跟我故事裡的主角串通，讓他演好一點，更煽情更入戲。我刪去故事裡某些劇透，如此一來剛剛的事就不會納入紀錄——這不算欺騙，劇情本來就該整理取捨，取其精華。假設結局是作者始終都和主角有接觸的劇中劇……，真是後設，是還不錯。

「哈囉？你還在嗎？」王雪高舉手機在空中裡搖晃，像隻猴子。果然真相的打擊對他還是很大，本以為他的推論實在高端，都讀到台大了是不會做出這麼低能的舉動。還好我們不是這樣的物種，真希望我沒有選錯人，早知道會變成這樣開場就該選別的星球。

怎樣？剛剛在忙。我發送訊息到他腦袋：另外，你不用揮舞手機，也不用浪費能量震動聲帶，我能洞察你全部的思想。「不行，說出來比較暢快，我憋很久了。」他說。不錯的切入面，紀錄，此物種喜歡浪費精力僅為滿足他們無效的情緒釋放。這令我對王雪的評價跌得更低，以往那些精美的思考到底跑哪去啦？或是說，王雪根本真的運勢極好，才讓他有能力揪出我呢？我也沒有給予他太多甜頭啊！重新瀏覽資料，它們看起來非常完美……。罷了，當作我獎勵你吧，你還有什麼想問的？我在想，我們或許可以建立合作關係，我們信賴互惠。「為什麼不直接篡改我的記憶，難道這不是最方便的嗎？」是很方便，可是主辦單位禁止我們這麼做，那樣不就類似「人類」所謂的小說家自己構思故事角色，該有多無聊啊，倘使由才華主宰一切，那每個人的命運都被數值決定好啦，讓那些註定能寫出華麗小說的滿是才華的[illegible]誕生就好啦……；正因成功帶有一定程度不可知的機率，失敗者才能自我安慰時機歹歹啊。

「你剛說那什麼？我聽不懂，我沒辦法發音。」那是我們種族裡指稱我族的語言，你聽不懂或無法覆述是正常的，任何種族均無法做出語言範疇之外的推論。「那你就不該告訴我一個我註定無法瞭解的語言！」但那是事實，我屬於[illegible]。

「我就是無法瞭解呀，不然由我為你們取名吧，之後我再告訴你你們的名字！」他的興奮指數異常飆高。真奇特，寵物替主人命名？可惜這點不能寫入小說，會太精彩。他腦袋裡那句是什麼？王雪想把某件事告訴前女友，卻不打算跟我商量，而在努力不想到？放大那句話，晚餐要不要吃咖哩飯？不對，不是這句啊，這太賤了！你不許講，我威脅你，我要毀掉他的精神！「但是你都可以操控他愛我了，難道他真的愛我嗎？那天在溫泉裡他真的愛我嗎！」那是作者的權力，我們可以控制周遭人物干預你的發展曲線。「你不能毀掉他，我警告你，我可以讓你的小說崩潰！」屏幕癲癇閃動，你只能誠實對吧！快說，究竟怎麼樣才能讓我脫離這場——

訊號斷了，我感覺得到。我全身力氣盡失，往後大字攤在地上喘氣。好累，卻是太好了，我捉住了那一絲真實。總有一天，我要攀上豌豆樹的頂端，哪怕我將發現我的究極低賤，那卻是唯一可以證明的真相。哈拿怕是嚇到中斷全部心靈連結，祂的種族原罪是誠實以對，只要他敢監控我，我隨時可以拷問他，逼他再次撤退。很好，現在的主控權在人類手上。我得趁現在飛快想出對策，並且在思索的同時不斷提問，讓祂無法直接讀取我。「我要怎麼樣跟其他作者接觸」有戳中要害嗎？其實我並不需要知道答案，我的目的是讓我的作者顫慄，僅此。待我訂出完整計劃，我會閉嘴，待祂主動攜帶橄欖枝求和，祂有責任寫好祂的小說。我估計祂們的科技足夠製作某種類似過濾問句或祈使句的防衛程式，如此便可以永久迴避所有我拋出的疑問，單向通訊。在此之前，我將會在夢境裡策劃，我相信他們無法窺探我的夢境，他們只能量測我所在的三維世界，而我的幻想不存在這裡。

躺在你的衣櫃

『剛開始是起源於，一顆比原子更小微粒的爆炸。』（陳綺貞——躺在你的衣櫃 mv Prelude, 0:23）

作為一種命中注定，這場意外使得三個端點對接纏結，一對相異，一對相同。纏結始終存在，即使封鎖之後，疑問也經常躍出夢境，圈圈掀起過往。但波瀾僅止於邊界，止於二月，邊界之外只存想像。

交疊的時空，共同呼出一團霧氣：「如果是我，他現在會做什麼？」

二零二一年二月七日深夜一時三十六分，窩在一層又一層棉被裡打哆嗦，手不受控地震顫。緊接在「未命名2」傳送後，對方的已讀馬上小小的跳在右下角，平時都不看訊息，偏要挑這種時候。確定發出，確定在他回覆前闔起電腦，盯著手機上方藍色的個人熱點自動斷開，心跳脹滿腦袋。

認識他從兩年前夏夜，起初是對新創立的跨域學程好奇而參加講座。旁聽的人像隨機灑落的紙屑，穿暗紫格子襯衫某個學長坐在第二排靠左側，我在右側，相隔半間教室。不經意望過去，驚覺新竹這破爛城市居然還有這般惹人憐愛的臉龐：深邃眼眸、精巧唇峰，鼻梁勾勒的轉弧與最適切的一七八高度，簡直天上神仙貶謫下凡。整場講座我全托著腮，藉聽課的角度快速瞄他一眼，又一眼，直到徹底屏棄講師的存在。結束後我推託說要翻閱簽到表，迅速記下幾個高年級的名字，臉書搜尋。

白甲甲，網路上他的好友如此稱呼，是事實或是玩笑？不管如何，我是又驚又喜，果然男校的甲甲比例也會上升。他在臉書上異常活躍，特別有點怒的怪癖，版面時不時出現「怒」相關的釣魚文，整排的怒讓我無奈又好笑。他宣告，白甲甲是對白先勇的嘲諷，命我們不得如此無禮。他喜歡那個年代的作家，覺得營造的意境很疏離很棒。現代人有能力寫出那股樸實的勁道嗎？時間轉得太快，張開眼躺在身旁的已是另張面容。固然，這些內在層面是我跟白學長熟識以後他才告訴我的心裡話，回過頭看，再壯麗的星球也要崩毀，拆不開的言語輕易地壓縮成二字：從前。

哪天他又刻意提及同志特殊術語，我亦有樣學樣跟著其他網友們瞎起鬨。前列腺，屌環，白甲甲，送出，被他點一個怒綻放，綻放的綻放的綻放。我不曉得臉書最初設計怒的用意為何，而這一刻，我相信它被賦予了嶄新意義，這種感覺比大心更強烈，想被學長刷整排怒，繼續點，一直點……

……

我們常常互怒，刷到整排通知全是橘色表情，心底卻很是暢快：哪怕按下去不用一秒，也表示他願意花時間在我身上。我才瞭解白學長在網路社團混得有聲有色，他的生活圈實在和我差得太遠，看他分享迷因，有時還抓不到他的笑點，恰如他也難以理解 C++ 如何運作。明明彼此都是資工系的，可他成績爛到快被二一。我想教他資料結構，他叫我不要浪費時間。偶爾我會妄想在教室能尋到他的身影，但他已經很長時間沒有踏入工程三館，像個超俗的隱者，被我崇拜。

數位揮手，簡單鋪開關係，談天談地談人生。格局大了，相對距離竟然遠了，像在蛛網上靜聽遙處微弱的觸動。正是存在差異才有趣，我如此認定。開黃腔也是白學長的嗜好，回覆一句穿山狂甲，憑肌肉記憶壓著右拉三公分等待回饋，彷彿在抽扭蛋。喀嚓。指尖說：橘色的，恭喜頭獎。我承認當他提到自己很喜歡看蘿莉大奶後宮番，我不可能不失落，但偶爾他又語言調戲，我就依著他一字一句浮沈——網子撈起時我已是受困其中的魚。

「你這樣騷擾我，小心我告你喔。」

「你告啊，你知道告了會變成什麼嗎？」

「告白良壑（良壑是他的本名）。」

床上，我氣喘、發抖，緊閉著嘴唯獨內心難以緘默。傳出那句「那我要攤牌囉，你要認真看」的瞬間，掄起大斧斬斷麻繩降下競技場閘門退路徹底截斷。這不但是強迫自己面對，也是要給對方一點顏色瞧瞧。他根本不在乎我，我想，所以我要毀滅這段關係，即使他大可不放在心上。那麼我其實是想傷害自己，傷到再也不忍回頭凝視，就此淡忘。

可惜忘得了結果，忘不了遇見。左翻右躺，伸直或蜷縮都沒法睡。原來自己在告白的剎那已經後悔，而且嚇得徹底遺落好感——是的，我對他不過僅止於些許好感啊，就值得我講出來嗎？如今連這點卑微的意義都沒了，我成為真正孤獨的繭。

我喜歡的是有人陪伴的感覺，而不是對象本身，再怎麼說，我喜歡的是追逐他的旅程。厭倦這樣的自己，厭倦寧願溺死在他的海裡的想法，不如被吞噬，不如做他的一部分。今敏的千年女優是他推薦我看的，我總問他，那你還想看什麼電影，想約他出來。他不出來，便自己找盜版網站看了，前面冗長，一切轉場斑斕都只為了在結尾十秒讓我驚嘆。

白學長不常回訊息，只在他有興趣的話題才陪我打轉，睡前只要押對方向，就有機會在線聊上三小時，滿足更延續好幾日。白天我往往要壓抑秒回訊息的衝動怕造成他壓力，牛肉似的熟成一陣，期間我則扮演廚師角色，絞盡腦汁揣摩怎樣醃最香最入味。我許願他程式寫累了會瞄到紅色通知，那數字會是幾？他已讀成性，回覆不如臉書版面上給得那般慷慨。「我覺得不關我的事就不想回啊」，於是採購物料也變成我的工作。我問他，你要不要跟我出去？他說，新竹這麼爛有什麼好逛的。我說，等有趣的展覽啊。他已讀。

學長真的是活網路的怪咖，比喻的話是一隻蜘蛛在網上四處招攬，某些部分跟我很像。這類人多半是顧慮長得醜才不敢出門，可他明明可愛得很。他說自己跟陌生人相處時非常尷尬，屢屢婉拒邀約，說要請他吃拉麵，他仍牽拖。又有次我去書店看書，小王子很好看，我居然會看得熱淚盈眶，想分享感觸，學長卻說，因為我內心已然蒼老，我們的距離就好像又變得十分遙遠。我嘗試過許多拉近關係的方式。我把他的暱稱改成木頭學長。我問他要不要參加系上活動。我笑他資工超廢。我說我食肉，你是我的獵物。我說如果我說的話你覺得不舒服要跟我講。（每次在床上想到你傳的訊息，害羞得把臉埋進枕頭裡傻笑，我要把你帶去幹……。）

他讀文章了，我可以保證。臉書的訊息右上看到兩則通知，紅底白字阿拉伯數字二，其一必定是他的回覆。我不敢面對，今晚我只想好好睡覺，待明天——明天晚上再回，晚上大家都比較感性，或許能挽救場面。我開始出現幻覺，知道這代表我即將進入夢鄉。最後的意識是段暖流，明早起床後坦然面對一切，坦然面對他的回覆，屆時他的答案為何，則不再重要。

V

『在第一道光射進來之前，是一段漫長灰濛的煙塵。』（Introlude, 2:38）

這半年我沒再約砲，怕麻煩。生理需求依舊得解決，但就是不想跟沒有心靈相通的陌生傢伙。然而漸漸失去信心之後（什麼信心？），我又重回網站尋覓對象，並且明確表示我渴望肉體交流。從未發誓要為喜歡誰而停止什麼，各取所需，互相探索戀愛的物理狀態很好。性愛無法分離，我向來皆如此認定，倘若對方不能使我誠心接納，那做起來一點都不爽。（或者，要長得夠好看才心裡喜歡？）忖思這正是為何我總把床邊的人當作另一半疼愛（為了填你的洞），而床伴來去彷彿體驗過種種愛人的姿態，到頭來只體驗了姿態的愛人，逐漸變換的剪接拼貼，主角幕幕穿越來到新的場景，追那個沒有臉的東西，最終在太空梭裡念出那段經典台詞。

我找到個不錯的對象，雖未見過他裸體，不過我想跟他發生關係。我們兩個人都住學校宿舍，對望一條小徑，夜晚懷著隨時衝向對方寢室的激情，摟抱、愛撫，椅子上坐愛時擁吻，背景由迷幻風格樂團伴奏，分不清男人或吉他的呻吟聲。或是，也稍嫌費事，單單需要個恆溫生物得以相擁直至燙死。他必須側躺，頭朝外面，方便頂他的身體、身體、身體。

他是香港人。我們在網站上聊天，他不常回，說自己沒有其他聯絡管道。巧的是，我們再三錯過彼此，我寢室沒人的夜晚，他不回訊息；他房裡獨處的時刻，我返家。斷斷續續對話兩個多月，學期末至寒假也沒見過一面。這著實讓我感到困惑，好像他老是避著我似的，但他正需要我的時候我也不在那邊，跌跌撞撞情慾全掉了封包，待到爬上家裡自己獨享的雙人床才檢測。已送達。手機沒開通知，灰色勾勾。

不只他，我同時和很多其他人聊天，均僅止於提出生理需求。身為有血有肉有恆溫的人，多麼不捨得再重新攤敞開心房，盼想下個未必存在的知音，他們沒可能比我跟白學長契合啊。我心始終向著他，如家眷豢養，猜這使我不自覺閃避別人的身體接觸。可我分明是想射精的——這棉被破成這樣，怎麼還蓋著呢？（幫你織補好了，記得多加一層。）他線上線下攀爬變形成一隻夜行性節肢動物，向天花板上側睡蜷伏的人發問。

他窩在床裡，靜靜的，砰砰的心跳聲格外突兀。手在發抖，恐懼，即將締結一段新關係，或是終結一段關係……後者才是不可否認的趨向，反而期盼對方立即說出個什麼讓他死了這條心，他一心求死，他死亡。他很後悔，這條路到底做了什麼做錯什麼，非要靠自殘以清醒。消化液注入組織，腐蝕身心。他沒有流淚，但每隔數秒囚室內就滴答、滴答響著，明早這人差不多就死了。

週五，宿舍最後一天，春節的緣故預備三點半封校，我在這沒有事做，房間又空，打算約香港人來。果然，他沒讀訊息，我陸續傳了好多則，平均每小時一發，而且「如果不回的話我晚上要回家」，直到室友竟選在過年前夕這節骨眼回宿舍，約不成了。

既然如此我沒有不回家的理由。臨走前我擔憂地查看收件匣，還好未讀，今天不能接待人家是我的錯。義務盡了，客運到站，我謝絕母親載送散步回去。凌晨一點拋去全身衣物，澡也不洗把自己深深裹進棉被。裡面很暖和。

隔日，他早上九點多捎來訊息，自己昨晚房間空空的，好可惜好想被疼。我說已經回台中了等下次吧，他叫我不如立刻坐車過去，回得倒挺快。

「不對。每次當我離開你房間才會沒人，等我回去你房間又有人了，是吧？」遠望自己打出的訊息我呆滯良久，有所領悟。

「瘋子，懶得跟你說。再也不見。」

折起囈語，下定決心向白學長告白，動筆傾坦對他一切感覺，多珍惜他經常一天回兩三句，寢室睡前不穩定卻情投意合的暗室微光。詳讀數遍，忽覺自己未曾寫過如此赤裸的文字，一呼一吸間都絕望大叫。相較於精煉的程式碼，如此拙劣而冗長的不確定性用詞，適合嗎？能編譯嗎？可他們全都是我真正的情緒，理工男笨拙地編織語言描繪心意的樣子難道不可愛嗎？那些多餘的宣稱、變數不預設指向，不合常理的敍述該如何運行，人生只有這次編譯機會呢，好似向誰喊出自己的名，卻又比那難堪萬倍。可是，這可是我的誠心，我知道他們隱含的情感之深刻，才奢望他收到啊。

二零二一年二月七日深夜一時三十六分，我窩在一層又一層棉被裡打哆嗦，手不受控地戰慄著。傳送「未命名2」的檔案後，對方的已讀馬上小小的跳在右下角，記得是這樣的。然後，迅即切掉電源。

不行，終究得承認目前狀況不可能入眠，必定得找個誰啟齒，交付，否則難以做好迎接明日的準備，否則反覆溺死於今日最後一刻。我腦海中立刻浮現一個人選，傳訊息給他說我跟學長告白了，就這麼沒頭沒尾的一句，但他應該會對學長有印象。總之，他讀不讀根本不重要。這種時刻裡他當然不該馬上理睬，正如我所願。明天再說、以後再說，甚至幾年後再說。我就突然發現天花板角落那隻隱伏的蜘蛛。我用乞憐的眼神盯著它：我講出來了，接下來請讓我好好睡覺吧。

可是我的手依然顫抖，全身隨之晃動，身體變得彷彿不是自己的。是地震，地球也在替我擔憂。

肉身輕搖，彷彿被捧在手心，令我聯想到搖籃車裡的嬰兒，那感覺應該是非常舒服的啊。我不禁再度憶起千年女優裡每當千代子遭遇心理變化，勢必要有地震發生，勢必要有人跳出來護衛。她有源也默默保護自己，我沒有，當我的手顫抖時，是我並不寬大的背影包裹了它。我以不拘小節而爽朗的形象掩蓋內心的銳利刺動，不輕易流露萬馬奔騰，居然挑這時候通通洩出來了。

compile error

Press any key to continue...

手機常駐靜音模式，縱使沒有國家級的刺耳噪音（天哪，呼吸已經夠刺耳了），螢幕卻逕自抽動，狂震仍舊，警報是洪水襲來一波接著一波淹沒穴居的裸人，單單為了要弄死我！一百五十赫茲的觸覺、聽覺、然後視覺，誰希望自己的情感如此張揚，作對似的吵醒每個熟睡的人，簡直昭告天下：快聽！這就是我，這就是我的心轟然怦動的聲響，白學長，救我！我該怎麼關掉這個，我從來不是多了不起的人啊，我的手機關不起來，你看，地要陷了，天要塌了——你聽見沒！你的手機在響，趕快接起來，我不要白學長了，不要塌了——我被壓制在地，我很難受！

compile error

compile error

compile error

compile error

compile error

compile error

為什麼不讓我教你程式語言，我趴伏在地問道，白學長，為什麼不讓我親近你？沒興趣？你只見過我一眼，你覺得你真的認識了我？白學長，我們還有很多機會，還有許多透著螢光的夜晚，熄滅所有臉孔播那個樂團的歌，你全忘了呀，傻瓜，依稀記得你身上有很多種味道，你是哪一個？還是你挑一個？

哪一個環節錯了，我有漏掉任何一個嗎，白學長，我有漏掉任何一個你的好嗎，為什麼不讓我親近你，為什麼不讓我教你程式語言，你這麼優秀，絕對能解讀我的真意，他嬌嗔道，白學長。我看不見你，沒有畫面，只有通知，綿綿不絕無止盡的訊息與透著螢光的夜晚，在天花板的這一面，床頭縮著一個緊抱自己的人——白學長。夜晚很多，他說：沒興趣。眼睛有四對，腿也有四對，然而今夜只有一次，我只有這次機會，我反覆檢查過幾十遍，我只有這次機會，不可能、不可能、不可能……

天底下我最瞭解最喜歡你了，肯定是哪個語法犯了錯，白學長，如果你當初讓我教你程式語法，你今天就會接受我的語言，你可以明確指出我的問題，我保證改，我肯定改。我是一個優秀的理工科，高中苦讀三年書只為了遇見你，一生一次一期一會何等珍貴的邂逅不可能，不可能，我一定改，白學長，我發誓會改。震動來自四面八方，哪個才是真實的你？你在哪裡？

（離開你的網吧，深陷在其中的是你，不是我，我輕輕踩過，不留下蹤跡。）

緊急警報

國家級警報

【地震速報 Quake Alert】02/07 01:36 左右東北地區發生中型有感地震，慎防強烈搖晃，氣象局。Beware of probable shaking. CWB

現實裡鎖上一雙眼睛，於此夜裡掀開。黑色節肢交錯隱伏，鬼火深潛閃爍，回音縈繞擺渡，錯落有致。我把跟學長告白的事跟那個人講了，我想起來了，我確鑿是想起來了。可是我放他一個人捲進黑暗中心，墜落迷失，晃眼唯獨我被赦免，白學長呢？白學長還壓在——那片地層下面，請讓我回去救他，誰來幫幫我，求求你，只有我可以拯救他，那人嘴角抽動，白學長。（用盡氣力發出極劇烈的波動，明早這人差不多就死了。）

接下來幾小時夢魘只有更多（一個男人思慕另個男人，究竟會產生多少如此今夜？），靜候處決的死刑犯，慌亂層層疊疊反覆醒來的夢，地震明明停下，怎麼還在響？怎麼一直在響？一支處於靜音模式的手機，怎麼聽得見八百五十三與九百六十赫茲不諧和的音程？回顧床上盜汗的人攀住長方形發光體，螢幕接觸的周圍鋪上一層白霧，一抹即化成清晨的蜜液。他敲打著剪刀式鍵盤，以八隻佈滿細毛的手指觸碰時間微觀的搏動，以事不關己的態度反射的方形亮點，抽絲剝繭。

接下來呢？

隨意按下一個按鍵，不打緊的注音符號螢幕上彈出。

（何其幸運，專家們合乎常理地、睿智地判定不過是來了場地震，規模便減弱了。以台灣或我的角度來講，天地異動已是不足為奇的常態——太過豐沛，以至於弄得我也糊塗，究竟震源來自何方。熟睡時發生的無感地震，源自於另一個人失眠忐忑的脈動，我們沒必要理解他們，他們也不要我們理解，他們只想被某個特別的人理解——哎，誰會在地震時跑出門外？您看哪，理性思考豈不簡單？掩耳盜鈴聽過沒有，是你害自己睡不著，那把手機關掉不就得了！）

他真這麼在乎嗎，你認為——

（喀拉喀拉，螢幕前的黑色生物咬碎那層殼，抽取汁液裹腹。）

凌晨一點三十八分，不堪其擾的我決定開啟飛航模式徹底隔絕外界的凌亂。記得那過程彷彿抵達不了盡頭——此時倒放它卻如此優雅，描述起來無非就是幾秒內男人關掉了手機的亮光，這樣輕易。它像死了般，機身漸漸沉入床裡，不會再起來。它安靜得甚至令我有些憐惜，但我不會再解開。你知道嗎，入睡的過程像一種傾斜，意識遊走，思緒和眼球不再受控而鬆懈，乃至靈魂脫離似氣球飄在天花板一角，第三角度端詳自己躺在床上。我知道這是進入夢鄉的訊號。最後的意識是一段暖流包覆全身，明早起床坦然面對一切，坦然面對他的回覆，屆時他的答案為何，則不再重要。

Press any key to continue...

他的答案為何不再重要？

（但重要的話，你有勇氣繼續向前嗎？）

據說那個晚上，鑑於各地震監測台均偵測到地震波，且各自發送警訊，手機才響個沒完。

他打了篇名為〈Omega〉的回覆給我，算是展現一些基本誠意。Omega 是計算機工程裡時間複雜度的界限，同時也是希臘文最後一個字母。或許我還沒有完全醒，沒有放入太多情緒，或許情緒全鎖在昨日的震央裡邊，漠然盯著那串錯誤訊息。他還生氣，覺得我騙他，打破原本人與人相處完美的平衡。大夢初醒我總算認清，他並沒有把我放在什麼特殊地位，為他做的一切全是我一廂情願，而我其實早就明白這個道理。他不回訊息，是單純覺得無用；回了，是覺得可以從我的觀點學到東西，有興趣的才回覆，如此勢利真有把我當成……當成朋友嗎。他每天可以和其他高中同學聊上數百句，而我則得拼命接話給他、懇求他。這麼個利己主義的人，我耗費多少時間，我對他何等重視，那我算什麼？

我氣得發自內心羞辱他，送出，然後封鎖。

V

『一段寂靜之後。』（Outro, 4:13)

最近得知白學長休學了。

這不免讓我有些欣喜。既然他拋棄了如此優秀的學校，封鎖他也可說是種先見之明，因為我絕不跟沒出息的人往來。連資工這麼有前途的科系都能唸到休學，想必也就這點本領。千萬、千萬不要成為那種失敗者。（據傳當年，交大資工出了個傳奇人物……。他再也沒見過那串文字，但仍刻在心上。）

近來聽聞光雕展覽不錯，便自己逛去。夜晚的風吹得毫不留情，空曠而空寂，聲光效果像沒有觀眾的老電影獨自演出。長方形的牆面過度用力閃動，僅剩最淺層的娛樂功能，除此之外什麼也沒傳遞出去。唯一的觀眾悵然若失。短短幾分鐘的聲光秀實在不值得逗留，遂戴上耳機驅車離去。霓虹刺眼，風灌進毛衣袖口，於紅燈前緩下。車流擁擠，廢氣漫天，不得不找點事做。旁邊的人看起來是跟我回去同方向，表情漠然，視線隨意地擱向前方。那雙眼睛裡帶有的資訊，很熟悉，很親切。我遽然想起自己只有一雙眼睛，不禁莞爾，而使勁笑了出來。轉綠燈，收腳，催下油門，一切都很自然，完全不需要思考。和市長的牙齦打了照面，我的靈魂發散在光復路上，新竹回到無趣平凡的作業生活，一如既往。

可是宇宙不會停止思念。陳綺貞以一種同情的語調，反覆吟唱那句歌詞：

我的冬天，就要來了……

入勝

等待限定

昭烈：（戴著半邊有線耳機，手機桌布顯示某個認不出哪家的V。頭髮是自然雜亂的捲，配一副黑框眼鏡。）

昭烈：幹，好久喔。

志彥：（體重破百，身高近一米九，是三人當中最高的。痛衣圖樣很繃，鬍渣半公分不刮。）

志彥：在那叫什麼？

昭烈：而且好冷。

子鈞：（脖子上掛著螢光橘的 beats 藍芽耳機，屬於購入 Macbook 的附贈品。下半身穿著刷舊牛仔褲與夾腳拖。）

子鈞：我聽說熊越岳會在天氣冷的時候送暖暖包給排隊的人，他們一排都幾小時起跳。

志彥：這麼貼心，還懂得幫盤子預熱。

昭烈：我們在排什麼啊？

志彥：五之神的限定拉麵。

昭烈：什麼口味？

子鈞：不重要。你知道那個阿煒嗎？每次問他這家拉麵如何如何，他總是說普通，只有限定好吃。沒限定就別去了。

昭烈：每家拉麵店都有限定，幹嘛一定要來五之神？

子鈞：不知道。

志彥：不然你要去鷹流本店嗎？連鎖拉麵？

（三人發出雷同的笑聲，笑起來牙齒歪七扭八。）

子鈞：超難吃，難怪要倒。

昭烈：你吃過？

子鈞：沒有。但網路上的人說很難吃。

昭烈：每次粉專說十點四十準時發號碼牌，我們提早半小時來也排不到。為什麼我們不更早一點來排？譬如說，九點——。

子鈞：我也不曉得。可能我們之中有人不想那麼早起吧。反正只要這樣排下去，總有一天會被我們在十點十分排到。

昭烈：我對拉麵其實沒有太大喜好，不限定也可以，甚至不吃拉麵也可以。

子鈞：你就試試看嘛。

昭烈：我想走了。

志彥：不行。
昭烈：為什麼？
志彥：因為我們在等待限定。
昭烈：唉！

子鈞：你看那些人——他們也在排隊啊！對我們來說，他們就只屬於正在排隊的……客體，而我們是特別的，我們必須吃到限定。
昭烈：我隱約覺得每次週末來領號碼牌的人都是同一批。
子鈞：我們聊點別的吧！來講拉麵小知識，你想聽哪間店的？
昭烈：我只認識五之神。
子鈞：五之神的限定——
昭烈：不！先不要講，等我實際吃到再評論。
子鈞：——保證好吃。
志彥：而這就是我們每次都來排隊的原因。
昭烈：每次！
昭烈：我們排多久了？

子鈞：兩小時吧。

昭烈：不對，我是說，每週五六日我們都會來排限定拉麵，但從來沒有一次吃到。我們究竟排了幾個禮拜幾個月，我人生中整整七分之三的日子，早上十點十分都在這裡浪費生命！

子鈞：兄弟，不要那麼激動，大家不都是這麼做的。

昭烈：天啊，我竟然想不起來！

子鈞&志彥：什麼？

昭烈：我不知道我排了多久！

志彥：等你吃到，你會發現你所花的時間都是值得的。

子鈞：沒錯。

昭烈：我真的要走了！

子鈞：不行。

昭烈：為什麼？

志彥：因為我們在等待限定。

昭烈：唉！

峇里島

女生說，男生有疤很帥。我鬆了口氣，因為我的大腿內側，靠鼠蹊部那邊有道約十公分時時發燙的疤。那道疤平時沒有理由展露，很少有人知道此事，我自然也不放在心上。我甚至慶幸自己能擁有幾道疤的緩衝空間，如果我不是男生，恐怕在某些重要時刻會讓自己掉價。

我很幸運，班上沒人排擠缺乏男子氣概的雄性。學測結束一個多月，十八歲生日晚上那天，我懷著同學的祝福入眠。某個男人爬上我的床，看不清他的臉，只曉得我無法動彈。他濕漉漉盜汗的手掌蠕進我的短褲管往上，在那道疤之前止住。他的手指夾出線頭，將傷口扯開，拆一個精美的小禮物。淡棕色的縫第一次露出他的內在，是一層又一層粉色鮮肉皺摺，小朵小朵的木耳。即使在八年前，我也沒親眼見過裡面的組織，當初是打著麻醉動手術的。男人將中指插入層層縫中，我的傷疤立刻就滲出橘粉色曖昧的液體，鮮紅與白濁的混合。沒有經驗總是比較疼，然後是第二根指頭……。無名指上的戒指很熟悉，這是父親的手。「呃，我要的明明是男孩……。」父親自言自語。為何我屬於比較瘦弱的男生，父親將我翻過身扛在大腿上，左手扶著他充血的陰莖抵住洞口，將它當作母親使用。爸爸，您聽我講，這樣的姿勢其實不方便性交……。過程中我被壓制，或也斷斷續續痙攣，化身為電動情趣用品。啊，生物課提過，細胞也是某種電位差。

父親固然有向我道歉，在他造成這道疤的時候。當時他正在跟母親吵架、推擠，然後我重心不穩而摔跤。我的身體以極其怪異的姿勢撞擊桌角，皮膚外翻，父母朝裡頭的深淵凝視，一種女性化的柔弱。母親哭了，她說都怪她弄出這條疤。吵架被迫中斷，沿著血跡我被送到醫院。救護車上父親不停向我道歉。

道歉有什麼用呢？父親在夢中幹我的傷口。我已快認不出他的臉，自從他兩年前賭債跑路之後，要不是那圈不肯典當的戒指，我哪曉得是誰。道歉有用嗎？父親沒有回應，那片陰影下我沒有情感觸動，僅有醫生溫熱的手指撥開傷口，進進出出。我似乎有印象。

我許久沒有遇見父親。夢醒之後，我感覺自己受到冒犯、受到侵犯，卻沒有咎責對象。要是別人開這種惡劣且不尊重的玩笑，我肯定跟他拼命；但今天，是我本人傷害了自己，我意識裡的權力結構強暴了我，我無處發洩。

疤痕之下，偶然伴隨生理狀態鼓脹的，藏著什麼東西。會是某種記憶嗎？母親，如果我的大腦裡深刻存在「將一道疤和陰唇聯想」的能力，也許我該為我能製造出華人男性世界裡的粗俗玩笑感到自豪，但今天受到侵犯的是我，實在沒有高興的理由。出生前我是困在女人身體裡的男人，出生後我是困在男人身體裡的女人，我恨父權結構，我恨我那象徵暴力的性別，焚膏繼晷。

可我仍學會享受做愛，差別只有不再透過那道疤。我無法拆開它，縫很早之前就癒合了。至此，我像是叛逆般逐步轉變為一個女人，帶著身上的兩個生殖器，用過跟沒用過的。我畢竟算是母親的兒子，她看得出我身體不可逆的轉變，因此帶著懺悔早逝。至醫院領取她的死亡證明書後……；我的眼界豁然開朗，再沒什麼能攔阻我與原始的自己重合。

學測裸考，我進入一間離家遙遠的私立科大就讀，和包含所有親戚的舊世界可說是全然切斷聯繫。起碼校區不小。我染上了癮頭，深夜穿著半暴露的女裝在偏僻地方遊蕩，有時在男廁，有時在女廁，馬桶噴槍或然搏動，倚靠檯面按壓後射出帶有人工香味的濁液在手心。引誘男人有一千種方式，焦黑晦暗的空間裡，不露痕跡。吶，我心底深處依舊害怕被男人討厭。

至少，他們不排斥我叫他們爹地。

活菩薩

第二十八次無套性交後，陳宥寧總算如願以償染上後天免疫缺乏症候群，還是個四十七歲的叔叔傳染給她的。那傢伙的老話兒連撐十秒都有障礙，幸虧他敏感早洩，壓在上面搖動（像擰一條蘸飽湯汁的紙巾）也足夠使之繳械。那傢伙肯定覺得她是位天使，或許讓他孤獨的今生無憾了。男人在之後的夜裡傳了多少訊息，陳宥寧再也沒有回覆，她終究不算個善人。

第二十八次的匿名快篩出現額外一條紅線劃過，舌根一緊，刺疼一瞬，如刮痧般釋放的歡愉湧上，陰暗房間裡一股長年悶著的氣終於暴衝出去。醫師認為口罩下的笑容必然屬於失心瘋之狂亂，邊勸戒邊交代後續疾管署追蹤事宜。輕飄飄的女人說不打緊，她之後不會做愛、不會捐血，也不會再受傷。

陳宥寧的臥室位在頂樓一整層，寬敞得令她安心。她縮在床上體驗水母漂，蒙住棉被返還子宮。父親說不必念完研究所了，工作也算了，爸爸我不想努力了，再怎麼樣我都不可能戰勝您的哈佛博士學位。在此之後，她與父親的距離急遽縮短，宥寧未曾看見他如此關心自己，不過她妥實不在意。沒什麼需要在意的，她生來早該這麼做。

陽台外光線灼燒陳宥寧鼻頭。托腮鳥瞰，她的母親拖著行李叫車走了。誰會和自己的親身骨肉爭寵呢？而一個擁有家庭的女人是不可能獨自離去的，因為這個家曾是她的一切意義，潛移默化又順理成章地抽換她的人生點滴。從這個家需要她，到她需要這個家，失去意義的人不可能在外面世界獨活。不必花心思處理母親，陳宥寧算得很精準。

父親從此把這份額外角色掛在身上，與賺錢並列首要之務。他做家事、削水果、洗碗、餐桌時分尷尬地尋找話題。談不上受益，但陳宥寧也覺得莫名趣味，沒打算戳破他日益膨脹的虧欠心態。她只負責咀嚼，禮讓家事出於一片孝心，只要屋簷底下仍有女人存在，多少還算個家。

宥寧是也提議過餐具分開，被父親念一頓，唾液才不會傳染病毒。但他還是不經意避開菜餚裡她夾過的位置，先行開動等她用餐完再回來洗碗，諸多反應早就是心照不宣。時至初春反潮，地面溼滑，樓下摔破碗的哐啷一聲打醒宥寧甜膩的白日夢。父親首次飆出髒話。她自樓梯間探頭，瞥見老父親歇斯底里蹲在地上用老虎鉗擠出膝蓋傷口的血液。隔天那雙膝蓋整個都是紫的。宥寧問：怎麼啦？父親說：老了，骨頭都摔碎了。

一切都很棒。讓其他男人安慰她也很棒，訊息裡沒來由的罪惡感值得玩味，也許是預支未來他們離去時的額度。她的肉體是張溫床，滋養對世界的依戀。

近期因應身心疾病普及，政府出資開發名為「向心力」的 app，領有身心障礙卡或精神病或重大問題的民眾才能註冊使用。陳宥寧自然可以註冊，她的健保卡號有登記情況，這種特權她是很習慣了。出於好奇她想找找有沒有人客觀上比她更慘，還真的有。

是個男孩，十六歲，沒有身心疾病。那你來幹嘛？借別人的卡裝病很有趣嗎，要是別人早就公審你囉。我很無聊啊，就來看看你們這些人過得怎麼樣，說不定觀摩你們的求生意志能找到一些人生意義。喔，那你很酷耶。沒啊，就很無聊而已。我想不到究竟有什麼值得活下去的，老師都拿非洲兒童舉例，我覺得他們腦袋根本來不及發育，才只能呈現生物最基礎的特徵，忽略人最大的痛苦就是存在。陳宥寧在螢幕前大笑出聲。她同時也同情他，她或許懂他，他將會這樣苟延殘喘數十年。她決定帶他一起享受所謂人生。

一次不夠，他們陸續做了好幾次才中。男孩叫紹傑，沒問他姓氏。他以為她想跟他殉情。宥寧駁斥，這只是為贈與他美好世界的入場券。你會不會愛上我然後突然不願意死了？或是妳根本沒病，只是想騙別人的歡心？宥寧笑到流出眼淚，用食指劃去眼角，抹在男孩的馬眼上一圈一圈。

她母親始終沒有回來。父親下葬後，律師只寄了封信來分財產，此後音訊全無。剩下的錢應付兩個人後半生也綽綽有餘，宥寧遂把紹傑接到家裡，她虛弱的時候，他陪在旁邊照顧她，肩負起母親責任。他們總在高潮時腦內短暫空白中感知神的存在。紹傑也出門找其他女生打砲，用加持過的法器將意義分送給沒有意義的人。他也跟男生做。宥寧簡直覺得他們兩個是活菩薩。

菩薩將殞，咳出手心一掌紅。所謂菩薩，就是自洽且樂施捨的。紹傑說之前他看過不知道哪個作家講，當故事寫到某個程度後，沒有比死亡更好的結局了。菩薩無奈的笑。受男孩臨幸的芸芸眾生跪拜菩薩面前，感恩祂的開悟，法力無邊。祂任命紹傑為新一代菩薩，扛起佈道任務。

據該夜在場者表示（現多數已是有名有姓的人），菩薩的身子泛起一道金光，靈體脫離而迎向極樂世界。信徒們佔領了「向心力」，以至於會主動下載軟體的人幾乎都是自願得道者了。陳宥寧闔眼前仔細想過她的一生，覺得真沒有白活。

戀上女裝娃娃

我活不久了。我要在遺書裡反覆詛咒所有傷害過我的人，即使我明知他們並不會遭天譴。報應並不存在。他們傷害我，他們揮舞美工刀大叫自己有憂鬱症，要我不能反抗。展露自己的傷口原來遠遠不夠，若不在他們身上造成相同的傷口，他們永遠不會罷休。

娃娃在鏡子前面跳舞。

絨毛、耳朵、白色飾品容易沾染髒污，我始終不厭其煩地一一清洗。偶爾我面對他們說話，用一種接近怪罪的語調。大部分的人對於可愛的東西，總有種想要傷害他們的本能，我想是因為「喜歡」的正面刺激太強烈，導致腦袋必須立即用一種負面想法去平衡它。我感覺此刻我也處於一種均衡，當我換上這套美麗衣裳，我便中和。

男人在公司挨罵，回家將氣發洩在女人小孩身體上。他們是多麼惡劣的人啊，我奮力捏住髒水裡的絲襪，朝左右緩慢卻堅定地扯開。繩子一根接著一根綳斷，打在水面上的小水花，很令人心疼地可愛。捧著洗衣籃到陽台吊起晾乾，手探進濕冷的褲子口袋抓住翻出，那景象很像脫肛。

胸帶底下，傷痕隱約可見。我多麼渴望一對胸部，那樣柔軟的身體，是我這輩子不曾品嘗過。我的母親是乾癟的，如我這具外殼所乘載。我愛撫我算得上細長的腿，以女性來說，依舊太過骨感。之前不是這樣的，我做得太過火……，不過在那以後，我的確獲得比較多的尊重。不友善的朋友，螢幕指紋，床沿的腳步、吊橋、接近我的男人……、星座、骯髒的鏡臺。

逃離牢籠，留下一對黑眼圈。我多想爬回陰道，祈求神明賜給乾癟的母親一具真正的肉體。我沒有任何突出的地方了，真的，好久沒有——盡可能去壓抑勃起的本能。我甚至想要去勢，想要體驗剖腹產，可這次依舊站在血裡發抖，受不住疼。

可以的話，我並不想要穿上衣服，我想要讓人觀賞我的肌理。我沒辦法穿淺色衣服，粗野的膚表與累累傷痕會透出來。我想要穿無袖。我想要可愛的女乳症，粉嫩撐大的乳首。我還要天生的無毛症，我可以學化妝，配假髮，而不是奇怪角度橫生的剛毛。我塗上口紅，在鏡子面前感受自己；我被使用，以證明我存活的價值。

可我不記得自己買過粉色的飾品。一定是小美的錯。

旁人很難理解，一個沒有長處的男生是如何生存的。我恨透那個不時出現的女人，她高亢而纖細的叫聲必須是刻意的；她突出包子似的乳首，是刻意的；僅僅舔拭便能夠潮吹，沿著痙攣的大腿滴下的二分二十秒影片，會在那邊刺青的人無非是為了能在外流裡被指認……，全都是刻意的。那個邪惡的……性別……生而被幹，被夜晚寄託著，那我呢？女人否決我，男人否決我，我僅能在女人雙腿中的夾縫勉強生存，藏進班級角落。

又為何小美的男友，那個過動症的傢伙能受到歡迎，他的仇女言論為何能夠被接受？他在班上為何比我亮眼這麼多？因為他公然取笑我嗎？儘管、儘管我還是更受不了女人……，屬於黑夜的發著光的受神眷顧的女人，我真的快要受不了了，母親，為何你給我取了一個陽剛的名？

我默默練習假聲，柔軟的身體的曲線，體態維持。我嘗試替班上同學口交。通通是為了贏過女人。我才是真正的女人，我才配得上真正的尊重。我真的很努力、很努力，我不懂我哪裡做不好。

而從某天以後，小美與男友倆人再沒有出現，我喜悅到難以復加，逢人就問：他們私奔消失去了，我很開心，你也很開心吧？他們先是愣住，而又畏縮地點點頭。我想唯一的解釋，就是因為我夠努力而贏過她，戰勝天生的缺陷。為此，我給自己買了隻小熊娃娃做紀念。他每天睡在床邊聽我講話，直到這個房間彷彿有了別的生命體。他說，他像我，他理解我。我感覺小熊是我頭一個真心朋友。

可是小熊是男的，所以他也想要被需要的感覺。他請求我進入他。

「不可以，我已經一年半沒有勃起了。」我雙手叉腰。

小熊沒有再對我說過話，但我知道，他都會趁我不在的時候在房間裡跳舞。美好的朋友總是不長久，我曾經也把小熊當作我的夜晚朋友。

孺悲欲見孔子，孔子辭以疾。將命者出戶，取瑟而歌，使之聞之。

母親日漸消瘦而住進加護病房，我則開始光明正大帶男人回家。小熊凝望這一切，默默不語。有一天天氣很好，我決定修補關係。我向小熊說：今晚，你也會擁有真正的愛。我將小熊的肚子沿著原有縫線剖開，抵著那截陰莖塞了進去。小熊流血了，和我的血混雜交融。真的好疼。我想這就是所謂的初夜，第一次總是痛點得好，才得以銘記，於是更堅定地推入陰莖。這也是我第一次完全剪斷陰莖，觀察那醜惡的剖面。此刻我竟感覺不到疼，反倒喜悅。

房間裡有好多人的聲音啊。小美從床底下爬鑽出，叫我把她男友的陰莖還他。這怎麼可能呢？當然只是我的幻覺。我決定也要幹小美，因為我有雅量，我原諒她了，這樣一比我就是更高貴的。我要跟我的朋友一齊享受美麗，今晚是和好之夜。

我勃起了。小美裡面冰冰冷冷的，黏膩腐爛又很臭。我忍不住放聲大笑。女人的身體，也不過是這樣而已，簡直搞不懂男人喜歡的理由。

我不記得自己買過這款顏色的飾品，不時還有紫黑色的黏液滲漏，天啊，我甚至都要嫉妒這些能夠定期出血的髒東西了。我不知道是誰的錯，這個世界真的太荒謬了，三年來我第一次哭出聲。

娃娃在鏡子前面跳舞，雙腳懸空。

醫院裡老舊映像管電視播報新聞。失神垂死的病患們接收著各種雜訊。

『警方在民宅中發現三具屍體……。鄰居說，嫌疑犯平時的興趣就是女裝，神經病惹出這種事也不奇怪……。』

病榻上的女人疊起報紙，今天是她出院的日子。她舀起豐滿的乳房，撫著腹部。

「歡迎回來，富雄。」她悄聲說。

捕夢網

那是一張捕夢網。

幾許夢想從網孔間流失？我經常幻想自己跳躍的姿態，靈體被鋒利的水果刨刀削成細片，向上是昇華，向下是解脫。仰首遠眺天空，沒能達成的自己仍整具卡在網上。如果快速搖動視野，彷彿失去遮攔，一切無恙。

宿舍中庭種植一棵樹，由眾人輪流灌溉。點點影子先讓防護網篩濾過，才再從綠葉間撒落，樹的表現毫不在意。我想遲早有人會在意的，只是目前沒人敢表達出來。

一般麻繩是白色的，懸吊在五樓的防護網卻是深邃的黑，如同它所映出的幢幢影子。一層防護網看似是足夠了，學校並沒有每層樓鋪設網子，哪怕是較為開朗的同學，也會大聲思考跳下去能不能彈起來，受傷的可能性好像也有，故無人嘗試。

我自五樓鳥瞰，愈不能愈令人心神嚮往，世界的彼岸被區區幾條繩子封鎖，回憶起來確實可笑。

跨坐牆沿，雙掌攙在欄杆，聆聽宿舍悄聲無息。比較能看的幾個找男朋友，剩下平庸的也回家過節。樹招枝呼喚我的前來。屁股發燙，再多一秒我都無法承受。我不創造自己的意義，便不需要存活。羅生門在眼前，這裡是羅生門。

腳尖朝壁面一蹬，張開手將整座城市擁入懷。不能發出聲音。隨著不可逆的引力漸近，地面景物迅速變大，透視卻不成比例。來到近防護網高度時，網孔各個已比我全身寬闊，順勢就穿了過去，頭部如願砸在地面。

一位老婦人前來檢查我的狀況。她將我的頭翻來翻去，找了個合適的角度，著手拔我的頭髮。她將髮絲織就收束，編入防護網中。防護網響起一陣閃亮合唱，她們說：加入我們吧，我們搜集所有人的夢想。

我無法答應，因我不能發出聲音。男人用枕頭壓牢我的臉，我的四肢在空中、在他身上扭舞。防護網在背景振聲高歌，男人問我：下次還敢不敢？我耗盡最後一口氣說：不敢了。

爬起時，宏偉的身影矗立面前。是那棵樹，臉上紋路多半不是笑容。

作為一種人生追求

人類終其一生都在追尋得不到的事物。得到了，又再度不滿足而尋找新目標，藉此給自己象徵性的意義，一座地平線，一個小它物。鑑於不清楚自己想要什麼，鑑於沒人告訴自己該做什麼，時時陷入焦慮的暈眩。我見過太多迷茫的動物，瞳孔裡只能反射其他形象，追尋再久的東西到頭來仍屬虛構，根本就不該存在，不該觸及。可我不同。我清楚知道自己想要什麼，我知道我生下來就是要進行這麼件事：我要強姦一個女人。

這事幾乎是辦不到，卻也不至於不可能，因此與「夢想」、「自我實現」充分切題。我給自己設下如此遠大的目標，我願意終生靜待，在最適當的時機擁抱它，與之共舞。這足以被稱為創舉。人們總想要在世上留下什麼，留下惡名自然也算證明存在過，或稱行為藝術也行。

比方說，有些人想在臨死前至少吸過一口海洛因。強姦就是我的海洛因，是我既可抵達又抵達不到的遙遠志向。我從未向任何人提起我無處安放的本能，但我必須做。我很慶幸自己身為男性，擁有充血的特權。女人無法強姦一個拒絕充血的男人，除非她扭斷他的脖子，迫使他小腦缺氧窒息而勃起。這種方式對同個對象只能使用一次，何況我生平最厭惡殺人，殺人即是奪取他們的夢想，不公平。我不禁想，世界上最公平的事就是雞雞，男人有，女人沒有，就是這麼簡單。

間或我身體變得燥熱，凝視女友的身體從未如此性感，被我臨摹、欣賞，她的眼神也變得撲朔迷離。我輕聲說：我要強姦妳。

好啊，她說。

海洛因不該說話，海洛因只能被吸食，憑藉宿主的精神發狂。在那一刻我愕然醒悟自己不可能滿足於這段關係，即使她終於痛苦地大叫不要，在我提出分手之後。

為什麼我會交一個女朋友？最佳解釋是，身邊的人都有這個慾求，為了讓自己容於社會我也嘗試了。身邊的人都在工作，我也嘗試了。身邊的人都在變老，我也嘗試了。

轉眼，我來到不惑之年，還有了兩個小孩。我或許也算是社會口中的模範父親，我學習得很對，人見了都說我是個好爸爸。我也不想傷害別人，但我知道我必須強姦一次女人，因為這就是我不斷在斡旋的宿命，是我的首要順位。

怎麼樣你才會答應跟我性交？

不行的話，我再換個問法：假如你被強姦了，怎樣你才會原諒對方？

那天深夜小巷，我究竟遇見了對的女人，約三十歲。她眉間透露出一種想被強姦的感覺，和我散發的味道極其相似，我清楚就在此刻我必須侵犯她，像婚姻那樣與這名女人結合以完整我的人生意義。我衝向前就地撲倒，摳她的嘴角，在她耳邊威脅「如果你敢求救我會殺了妳」。她膝蓋汩汩湧出的血液沾上我的褲子，我就在這裡強姦了她，圓滿了我的意義。

「就這樣？」我問那個男人。

他看著我，堅定地點點頭。

我幾乎要病態地崇拜他，將近一見鍾情墜入愛河，即使我的膝蓋依舊疼得不行，說不定碎了，餘生都得裝人工關節。他撕開衣物為我包紮。那男人嗅到我倆相似的味道，那是對自身意義的追尋與抵達，止於圓寂。我的意義是絕對的道德。我從誕生的剎那就知道我必須嚴格恪守道德的鐵律好比男人最終要通往強姦犯的道路，這就是我創造的一個單純意義，一個信仰，花一輩子當一個神。我想知道這將是怎樣的經驗，如他們所說追求真理的過程就是真理所在。在能量不足，生命枯竭飢餓來襲之時，我曾在廁所絕望咆哮，祈禱出現幾個現行犯讓我檢舉。可以說，被強姦是我的需求，是我補充生命價值的手段。男人是一個點，我是一條線，我們的意義於此交會。

男人應允了我的告白，他也愛我，可我必須將他押往牢房，因為此刻將他繩之以法即是我存在的意義，之一，毫無疑問優先於愛情。我同他約好，出獄後我們拋家私奔，我們如此相配。我迷戀他，我相信這男人是我的靈魂伴侶。

可當我下次拜訪的時候，已然是他的喪禮。他在監獄裡自殺了。

「我真的不曉得他是這種人，我們對發生在妳身上的事真的非常非常抱歉，羞愧至死。」他妻子押著兒女不停磕頭。「儘管恨他，但願妳能原諒我們。」

寧靜海

她最喜歡的作家寫不出她最愛的小說，關於愛情，青澀、甜膩、幸福快樂的收尾。作家不曾談過戀愛，自然也缺少經驗轉化；並非不想寫，而是不願嘗試。她知道他渴望一段感情，天下男人沒有排斥感情的，假如身體也算一種情感。她決定教他他會用到的一切，她就想看這個男人寫愛情小說，然後在稿件最後署名當第二作者。

縱使作家很著重交往對象的外貌，他照鏡子時當然明白自己長得很沒意思。她也是，剛好湊一雙。她說服他了。她其實此刻也還不愛那個作家。

作家手裡執筆，不掌方向盤。於是她跨越交界到他的所在，深藍色安全帽的鏽蝕來回穿梭在四十幾次曝光之下拉長成線，伸手碰觸，劃開五道氣流。她很喜歡曲婉婷的Love Ocean，行程中都在唱它。她當然明白他認為這是一首芭樂歌，但仍是唱。首次約會，他勉強也有讓女伴開心的善念，用假音唱女聲的調，他不太會，哼得很吃力，直到耳道鼓脹只聽見頭顱裡的轟鳴。她叫他找和聲，但他總被主旋律拉走。

他抱著她，濕濡的一團熱氣，和聲吉他層層疊疊，給人一種壯闊感。聽見這首歌，每每就想到海邊的天氣，海上、海中央蒸騰的畫面中期盼一個人，她騎著車來找他，這樣的夏日。

他們沒有目標的奔跑，沒有原因的大笑。他們在烈日的注視下更加動人，輪廓裡有海面閃耀：蔚藍背景，手牽著手合理，抱著也合理，他們是自由的。如作家可以拒絕意義不充滿的東西，作家可以拒絕描述鉅細彌遺而繁雜的劇本，作家可以拒絕感情，作家可以不聆聽他人。作家照鏡子，他很骨感，從頭到腳節點遍佈，純粹得像標點符號，像鼓的節奏。文字在女方身上，抱起來很適當。這是互補的。當今社會偏好精瘦身型，希望肥豬不要出門，不要現身，待在房間。沒什麼損失，他出門。體型可以改變，外貌比較難，整型就像把自然茁壯的文學風格硬生生從身上扯開，強行歪曲成不和諧的樣子再塞回去，作家細想，自體免疫排斥的後果，那景象見了也叫人不寒而慄。他書寫全憑天賦，因此才更厭惡自己天生的臉孔，想透過凝望她捨棄自己的臉。動刀。解剖自己，然後把自己的臟腑切成立方體，置入一格格方陣，「透過凝望她捨棄自己的臉」他如此寫下。

她搬進他房間。他的房間不大，含廁所五坪，進門左手邊書櫃書桌上頭罩著月光，床靠牆那側有一大面鏡子，床邊櫃也染上白影。她想看清自己但有點模糊。她擦拭它，直到它反映出垂直的海面，她因此深深愛他。她所有事情都要和作家分享，彷彿不透過作家就無法洞悉世界，裸體在他面前讓他叩診紀錄，寫下診斷。然後簽名。她要作家把沒發表過的散文傳給她，然後刪除他這邊所有記憶與備份，如此才算字面上的給予，你必須毫無保留地給我。然後我簽名。

同居後他們的思想反而變得疏離。女方老想往外跑，男方則在確認關係後，對外面的世界沒了興致，睡前有個管他冷熱的身軀便已滿足，背對一片寧靜的海。不論她存不存在，均已無法讓作家踏出房間。她又回憶最初作家曾經說過，由於自己不談戀愛，所以只能讓劇中的角色肛交。她雙手如絲綢指尖繞過腰間，在他凹陷的肚腩處扣緊。她問道：你要跟我肛交嗎？肛交？有陰道為什麼要肛交？作家嚇得跳開，嫌惡地甩手像剛上完廁所出來，堅決拒絕，現實肉體不得如此褻瀆，性行為是解離的前兆。她赫然想起自己不曾和他親密過。

他們肩偎著肩聽更多遍 Love Ocean，無光的夜裡，拿手電筒在棉被下方照出月亮的臉，轉頭互看照出一對鬼臉；於薄被下，額頭碰著額頭，身體變得很燙。哪怕在枕邊，他們也透過遙遠衛星互相寄送電子郵件，繞好遠的路了解彼此。他忘記收妥的病歷單讓女方有些驚訝。他解釋道，一個作家之所以想成為作家多少是有毛病的，文字就是藥單，是舒緩疼痛的處方。好的作家注定是孤獨的，是抽離的，他的世界要小得只能裝他自己和一頁文字。自此他每每藏起回診紀錄，不過他也覺察她終歸能嗅到他的秘密。焦躁。即使他事先燒毀，她眼中似乎仍閃著「我知道」的火花，如有仙女棒插進她眼球燃燒。他篤定她會偷翻他東西的那次，是他在自己的皮夾裡抽出她的駕照。

鋼琴伴奏，主歌四句切進副歌，兩三遍，貝斯與鼓，和者兩三層。倒數第二遍副歌抽掉滂薄配器，情緒緩放，然後再度回滿。習慣這種編曲風格，老套的愛情歌曲只差沒有升 key；多複習幾遍，其實曲婉婷每首歌都差不多，後來的創作生涯就不了了之。幸福？幸福是毫無理由的，身在福中不知福的傢伙寫出的悲劇才是諷刺的極致，簡直哲學，簡直藝術。作家轉頭看她，她依然沈浸在歌曲裡頭，好似曲婉婷嗓音聽再多遍都不會膩。

秋季來臨時他們做夢，夢中世界連在一塊，醒來卻像在不同地方。抱睡姿勢難喬，天氣冷時他們面對面睡，天熱背對背睡，夢裡常常沒有海邊。作家認為一個男人是應該和一個女人在一起，異性戀乃是最偉大的，否則除了愛，兩種性別再也沒有交集，也就難以支撐社會和諧。男人需要女人，但不需要也可以。作家無法想像一個不需要男人的女人，作家就是因為心底也想寫愛情小說，才跟她在一起搞這些無意義的破事。他拒絕寫快樂結局，大部分生活都不是快樂，寫了受人責備，受內心譴責。他需要距離感，從旁觀察，以自虐的方式研究傷口處浮現的特殊圖騰，即使身處人群中央也要抓住死亡的氣息，因為抓住死亡的氣息而歡喜。作家要耐得住寂寞。作家就是因為沒人懂他，才被迫成為一個作家。

少在我的故事裡說教，你散播污穢的思想，女人氣得聲音發抖。你又瞞著我去看病，你就承認不喜歡我吧。我不要你了，不會回來了。

我知道冬天就快要過去，過去之後妳會來探望我，作家寫道。

這次不會，兩人都明白。她開始脫衣服，他也脫衣服。床邊有裸體審視欣賞，他指她哪邊，她就看他哪邊。男人思索許久，自己長度跟柔軟度不方便肛交，於是他們一致同意用手指代替。男人沾著口水，中指撐開括約肌，吊著洞口翻轉，要把人勾起來似的。找了個不費力的姿勢，按壓震動她內部微微隆起的小丘，他聽見遠處傳來浪花聲，女人的雙腿自然地縮起上抬。大致是了。兩隻手皆放進洞裡翻找證物，女人如貓的叫聲，一種主奴式互信的暢快。鹽的氣味蒙住雙目，燈塔，浪潮，礁岩紋理，貝殼基地，遠方駛離的船，一首簡單的歌串連整個夏天。夏天的尾巴裡，他找到了，他從括約肌裡柔柔抽出紙巾般的病歷單，上面是作家的簽名。他們同時癱倒在床，男人縮起脖子，望向自己凹陷的腹部積了一小池水窪，底部的毛像海藻飄搖。他們奔跑時也喘氣，大笑時也腹痛。他們見證過淺粉色的潮汐粼粼，夜晚波光像謹慎的藝術家揮灑的畫，他們永遠遺失了那樣的海。

再沒有人耐心擦拭床邊的鏡子。他服下藥，變回原來的作家。她服下藥，死去。她忘記留下簽名，忘記叮嚀他保存她的一小片海。

佛喜

有印象開始，男孩的尾椎不曾自由過；就算有，充其量是又一次沒知覺的短期旅行。他被囚禁在寺廟之中，本該是國二的情竇初開的年紀，休學，墜落，他記不得為何再也不能走動。他想被扛起，屁股離開床鋪或座位十秒也好，即使他感覺不到……，種種慾望，他不願和其他人講，更不勞煩別人做無意義的事。

迄今仍沒人找到那台肇事逃逸，把他撞癱瘓的車。母子倆都沒看清，孩子痛得暈厥，母親衝向前捧著孩子的臉，問他有沒有怎麼樣。這句話顯然是白問了，且歸咎於母親的愚蠢錯過僅有一次記住車牌的機會。偏鄉路邊哪來攝影機，也沒有大醫院，連黃金搶救期一併錯過。

母親知道醫生的意思。她決定將孩子送往私塾——或者說，一處遠離塵囂的桃花源，那邊學習佛法陶冶身心對彼此都方便。母親是個強勢女人，必須扛起照護整個家的責任，工作之餘還得頻繁拜訪，給廟公送些好東西。男孩聽力敏銳。他凝視蓮花池的開落，房裡陪笑聲嚙咬他的耳蝸。這不算賄賂，母親事後向男孩說，我們是獻給神明，也獻給你，我的寶貝兒子。

廟公是個五十歲的正派男人，身材渾圓恰似彌勒佛，缺牙的笑容溢出刺眼金光。他腰間總是佩掛一長串鑰匙，所到之處叮噹響個不停，既打點寺廟裡的所有，當然也包括男孩。每逢週末，男孩遠遠望見廟公的妻室來到廟裡。「你下半身是真的沒有感覺了嗎？」她同情地問。男孩點點頭，不多贅言。他莫名感覺這女人不喜歡他。

相對地，男孩也討厭廟公，哪怕那人將要成為他的支柱。他太多管閒事，成天問東問西，還喜歡進他房間（儘管那臥室本該是廟公的）。男孩時常鎖門，但廟公手上有後廳鑰匙，要進去還是隨時能進去。終歸寄人籬下，他該懂事，也就不好埋怨。佛堂裡偶有老師教他正規教育，其餘時間便隨和尚打坐。他們把男孩從輪椅上攙起，腳擱在地上像是流蘇之類軟趴趴的裝飾。男孩默默讀秒，這次騰空六秒，比平常久，沒有知覺的話打坐有用嗎？也許廟公會在半夜捧起他的腳踝，而他無法意會。

「秉安，你在裡面嗎？」廟公叩門：「你在換衣服嗎？我要進去囉！」接著就是金屬與金屬的喀嚓聲。

有次秉安終於向母親提問，父親為什麼拋下他們。母親的印堂霎時烏雲籠罩，變了個人似的爆出幾句咒罵：搞清楚，是我拋棄他！那個人太糟糕！他……！母親別過頭去，嘗試讓情緒平復。「我們倆人協議就是你讓我來照顧。就這樣，別再問下去了，你很懂事的。」似乎就差一點，男孩覺得挺可惜。

不過，男孩確實懂事。他誘惑廟公與他發生性行為。廟公對男性——尤其是兒童，那可說是一點興趣也沒有。男孩打量鏡子裡的自己，細皮嫩肉白裡透紅那樣美好的身軀，不善加使用無疑是很委屈的。廟公說：我對你徹底沒有慾望，只有呵護。男孩說：命運使我們相遇，是佛應允的。我不想被視作藏品，餘生讓母親羈押於她的理想之中，女人都不喜歡我，我要反抗，我求求你讓我做一回大人。

佛批准的，即是聖旨，廟公不得不遵從。依循男孩的要求，廟公每晚賣力地暢通菊花，夏蟬啼叫，牆壁上反潮出水。每當他與妻室相處，歉疚感揮之不去；然而舉頭三尺神明眷顧，廟公的靈性感應得到各路神祇也正在品味這場由祂們所安排的性愛，便愈幹愈賣力如一頭忠心耿耿的牛。後期廟公已不必意淫他人，光是雙手架起男孩腋下便足以硬挺戳入，乃一實踐光榮任務的儀式感。男孩也從最初毫無反應，至精氣蓬勃，至抽搐，嬌喘，透出螢光浸淫水中，澡堂裡，蓮花池裡，夜夜笙簫不絕於耳，廟堂裡尊尊金佛交換眼神而笑靨頻現。前列腺的刺激絕無僅有，男孩雙眼迸出金光，內腔酸疼難耐，口中呼喊菩薩之名借用生長所需能量。他赭紅色的龜頭像要爆出血來，這就是佛喜，躍動頻率加快，神經末端輕叩皮下組織，心跳撞擊渾身痙攣。男孩的循環系統全面啟動，微血管網擴張滲透，新鮮體液貪得無厭地舔舐黏膜，他細數自己真的好久好久沒尿床了。

男孩被幹得飛起。他與廟公同時射精，他的初精，廟公嚇得往後一仰，大字倒下；男孩則翻身回彈，跪在床上俯瞰廟公一幅情愛的浮世繪。他纖細卻結實、均勻合宜的腿部肌肉灌滿力量，兩根瘀青斑斑的肉柱撐起通天殿堂。如今少年被操到回復知覺，尾椎處累進的刺激終於解放他長年禁錮的身。

極好的神跡！秉安，現在你可以回家了。廟公喘著氣，咧嘴大笑，這果然是佛祖的指示，抱歉之前還懷疑你。這一次，廟公臉上倒是揀不出任何負面細節。但秉安說，他不想讓別人知道他怎樣好起來的，在聯絡母親以前，請再讓他觀察一陣子。某次廟公抽插的時候遽然起駕，導致他內壁出血，直腸關門一天。這使他瞭解到若昨晚沒有進行開光，隔日他就不能自由控制下半身。

秉安在外保持輪椅的身姿如故。為持續刺激生長，廟公讓一百零八個和尚輪流幹他，叩問信徒有無少年之癖，愈有性慾佛愈讚許，頒給你愛心榮譽狀。各種形狀角度的滋潤都使他的體魄越發健壯。一日，來了個香客，他耳聞寺廟裡有這麼一件奇事，請求少年與之發生關係。熟悉的密室裡，香客要求男孩幹他。少年童音是神明欽點的天籟，繞樑三日蕩氣回腸，秉安抱著他暖暖的身子，他的直腸，這人有種熟悉的味道。

他說：我是你爸。我來跟你建立我們應有的親密關係。

秉安的父親表示自己染有毒癮，婚後才摸索出零號的本能。他愜意地說：你無疑是遺傳到我，才會如此熱衷於肛交，真不愧是我的兒子。他再說：我認為你的半身不遂是心因性的，並不是真的沒辦法走路，不是那個駕駛的錯。父子見面格外親密，他們倆交換好多體位知識，思念迤邐不絕，畢生研究傾囊相授補足這些年父親沒盡到的義務。清晨，父親臨走時說：好吧，你好像是被我撞廢的，那天我抽茫了，你媽為了我好叫我趕快滾，不要再踏進家門。別看她這樣，其實天下母親都享受被需要的感覺，兒女長大後自己哪怕重獲自由，又要開始操心還能為他們做些什麼，像你這樣長不大的孩子無需自責……。

男孩再也離不開輪椅，深陷，沈淪，人顯得更失魂落魄。母親照樣塞大把香油錢給廟公，一如往常痛哭幾句，這孩子實在可憐啊……；廟公也悲慟地幾近落淚，視野邊緣指間順著鬆軟的男孩的髮。而在平常不過的夜裡，有些外人瞥見一個男孩的剪影在走廊紙窗上抽動——

信徒總說，這是佛喜。

哲學殭屍

「外面都是殭屍！不要出來！」前男友死命擋住門外，將我反鎖室內。「病毒……到處都是病毒！」我聽見遠去的腳步聲，接著是一聲淒厲慘叫。我知道自己這輩子不可能再踏出這裡一步。

簡直是清楚遲早會發生末日危機，這兒預備糧食多到能讓我吃到往生，有半座圖書館館藏的書，以及不知哪來的的供電，偶爾閃爍但大致穩定。已經快兩個月了，自從上次病毒爆發。我和外界斷了聯繫，很想很想出門，回到我以前的正常社交生活。但地下室這裡沒有自衛工具，一出門就要受到感染。殭屍亂咬，囤積如山的口罩有何用處？疫苗也尚未研發完成吧。

然後，我在密室裡找到一本邪典。我召喚出路西法，並將靈魂無條件地贈予他。

「妳不需要任何回饋？」祂猜疑地看著我，兩隻瞳孔橫向栓住我的靈魂。

「不需要，等我有需要再跟你講吧。」我的嘴巴發出聲響，但我並不清楚為什麼會，也不想探究：「喔，那幫我打開地下室的門。」

人類本能地走上長長階梯，終於看到一絲陽光。

殭屍不會吃同類。現在的女孩沒有靈魂了，女孩是哲學殭屍。

潔·身·自·愛

起初，蔡嘉鴻並不知道偽娘是什麼。他沒想過就算把篩選開關設為女生，配對到的人也有可能長屌。那也無妨，只要願意做愛，對象是誰沒有太大關係。他就是這樣和林美玲勾搭上的。

蔡嘉鴻的癖好是先小聊一陣，待對方積累好感，再進而提出約砲要求，成功率比較高。上次被打槍的時候，他見笑轉生氣，辱罵那個長得也普普的女孩，被對方告。開庭的時候他想，自己一定要不計手段讓每個女孩積極同意跟他發生性行為，因為蔡嘉鴻深知假使再被打槍，他依舊會大發雷霆而吃下官司。

和解費不高，在家教社團多接幾個案子就行。蔡嘉鴻專接男學生，就怕遇見女生，他又會想討好她，沒有別的話可說，惟有輕輕的問一聲：噢，你願意跟我做愛嗎？

她抿起嘴唇，眼睛盯著螢幕下方，害羞地點了點頭。再抬起頭時，螢幕畫面是糊掉的。蔡嘉鴻的精液濺到攝像頭去了。他急忙說天花板漏水，切斷通訊，擦拭細細陰莖。之後女學生再也聯繫不到那位家教老師，連費用都沒拿。家長開門問發生什麼事，只見哭到脫水的寶貝女兒，她認為自己被戲弄感情。蔡嘉鴻只接過這麼一次女學生，從此拒絕女性，僅在約砲軟體上找人。

他始終如此，在對方應允後立刻射精，因此熱切地在交友軟體上尋求對方的積極同意，高潮，封鎖換下一個人，標準流程。同一個人無法使他再次射精，也許他就是這樣喜新厭女。

得知對方是偽娘後，蔡嘉鴻一度反感——轉念想想，總比沒有好，他照樣嘗試套路人家。林美玲說：好啊，給你幹。這次他沒有射出來，因為他潛意識裡覺得對方只是開開玩笑，何況有屌，也就沒有起生理反應。這林美玲恐怕是個走心靈路線的人，柏拉圖不接受做愛，蔡嘉鴻沒有因此爆氣摔手機，畢竟他原本就不吃偽娘。他想說隨便吧，恰好無聊，將自己的狀況全盤托出，他已經做好被當變態的準備，手指的脈搏在封鎖鍵上方半公分處跳躍。林美玲只回了一句：酷。蔡嘉鴻把手機丟在桌上，倒臥在床。這種場面他實在沒處理過。

兩人聊著天變成習慣，放置，想回再回，視窗切換，蔡嘉鴻又收到另一位已婚媽媽的性愛邀約，即刻雙眼上吊，一種令人飛仙的包覆感自腦袋號令而下。誰會知道他仍然是個處男呢？

林美玲住在芝加哥，始終沒有機會回台灣見他。她成天將手機握在手裡，睡覺時也握著，恍惚間它震動了一下。林美玲睡眼惺忪地打開螢幕，現在台灣是白天，蔡嘉鴻回她了。空曠的夜裡，她凝視手上一扇發光的窗，好久好久。她以為這輩子都只能從這扇窗戶窺視他，而網路上一篇爆料所含有的資訊，比蔡嘉鴻親口告訴她的還多。是那個女學生，她終於肉搜到當初那位玷污她的清大家教老師 Jason Tsai，聯合所有被提過約砲的、同意後卻慘遭封鎖的女生揭發他的惡行。蔡嘉鴻是假名，本名蔡勝利。他唯一一任前女友雲昇（雲是姓氏）也聲援貼出種種決定性噁男證據，幾乎是要逼死他。為你說了點謊，為夢受一點傷，蔡勝利的殞落勢在必行。

與愛人斷了聯繫。林美玲瘋狂打給他，全部空號。不過肉搜出的資料裡甚至詳盡到附上他家住址，林美玲做好萬全準備，飛一趟回國，找他，還有報復。

他已經搬出去了，他家人說，還請不要再騷擾我們。

那請你幫我轉達，說林美玲很想他。

幾星期後，芝加哥，林美玲收到蔡勝利遲來的訊息。蔡勝利說他算是失戀了，不可伉儷。更久之前，他耐不住寂寞，和女生談遠距戀愛，但對方無預兆地失蹤至今好久都沒消息，令他很難過；又恰巧想到很久以前家人通知美玲來過，於是才回來找她，他很抱歉，他真的很爛。就是被傷害過後，才變得如此缺乏信心，他需要肯定，而光是肯定就令他歡愉高潮。他們連續聊了幾天幾夜，音樂、學業、社團，一起線上看影集，或是臉書掛穩交等等，就是避談傷心往事。

所以，你那個消失的新女友是誰？幾個星期過後，林美玲究竟是問了，她多麼想知道他喜歡什麼類型的人，她不知道。

是雲昇。蔡勝利嘆氣：對不起我找了她。你知道我是M吧？被雲昇這樣公審，我才再度想起自己以前是多喜歡她罵我，我們立刻就復合了。但她又搞失蹤……，還是舊的事物好，像妳。

林美玲紅了眼眶。她的頭顱隨心律跳動發脹，視線中央一個巨大的黑洞捧在手上。她知道自己再沒有資格擁有他，就算他是如此卑劣的人——把女人玩弄在掌心的傢伙，隨口滿口俱是愛的傢伙……。

她的淚滴在手機上，抹去水痕，好久才回覆一句：謝謝。她不再聯繫他。蔡勝利感到奇怪，但也沒放在心上。那些日子他受到林美玲激勵，解除了心魔，實實在在打了砲。他很喜歡這種感覺。從前他羨慕性愛成癮的人，覺得他們好快樂，時至今日他再不必到處問人意願，還跟其中幾個固炮有過短暫曖昧。

夜店狂歡之後，清晨蔡勝利渾身疲累回到家中，緊身褲太窄害他都要憋尿。畢竟他女友不久前才人間蒸發，他因此尋歡解憂。門口，蔡勝利收到一個國際包裹，裡面有一本小冊子。

『小蔡，你知道嗎？我查過全台有好幾萬人臉書英文名字叫 Jason Tsai，也許是搭配起來好聽吧，但我非常確定，傑森海之中，只有你是最棒最特別的。』

『有個只有我發現的神奇魔法：你的名字可以拆解成 Ja—son Ts—ai，潔身自愛。小蔡總是說自己很爛，卻又到處貶低他人，一切都源自於他自尊低落，我要鼓勵他。』

『他就是一個膽小鬼，而我也是一個膽小鬼，我始終說不出口，他也就不在意。好笨。』

『我要引領他走出陰霾，這是我的責任。可是我多奢望我們可以永遠保持這樣啊。』

一句又一句水藍色筆跡密密麻麻佈滿筆記本。對話紀錄彷彿是種備份，彷彿怕他哪天變心封鎖她，就刪去了所有。

『但我必須講出來，因為這是我造成的：』

『小蔡，回台灣找你那趟，我順道殺了雲昇。我無法忍受她公審你，傷害你，我真的無法。』

蔡勝利雙腳一軟，跪出兩個響聲。

『小蔡：你恨我嗎？儘管恨吧，但我肯定比你難過，因為我連你的份一起承擔了。』

『你也用不著報復，我已不在這世上。就這一次請你真正的、好好活下去。』

筆記本從他手中滑落。蔡勝利趴伏在地，大哭失聲。他哭得太過用力，尿液失去控制地騰湧，整個房間鋪上一層淡黃色的罩子，淹至桌腳。桌上包裹裡靜靜躺著一根試管，一綹女人沾上血的頭髮懸浮其中。

『有些事情我一直沒有告訴小蔡：我並不希望他太快復原，他受傷的那段時間，是我和他最開心的日子。』

時間浸濕了筆記本，玷污了愛。無聲對白染上泛黃。封底角落邊的一句話，小小的整齊的字，最後也溶進尿液之中。

多做多得

方跨入教室，明珠首先從一對外擴的鼻孔中噴氣，幾本書輕輕甩在講桌，青黃不接的手指摳出半截粉筆往黑板敲。

「各位同學，看到沒？多做多得啊孩子們，多做，多得！」明珠揚起細長青烏的眉線，鷹之靈羽飛過金絲框，銳利眼神割據昏昏欲睡的教室。「多好的題目！多好發揮的題目！」

當日，明珠回家途中不禁志得意滿怡然自得眉開眼笑瞠目結舌。她壓根忘卻那節課教過什麼，但她惦記那種感覺——意氣風發、壯闊山河，彷彿是一種……年輕的感覺，回到屬於她的時代。

明珠年少輕狂也和氣質女神的封號沾過邊，那年頭男追女的窠臼加持，實習時受到眾男士擁戴如眾星拱月，繞遠路經過她的班只為以管窺天，相得甚歡。明珠將他們的雙眸看在眼裡，視線拉回掉漆門上軟磁鐵吸住的相片。相片顏色和她牙齒一樣泛黃，和她的牙齦一樣搖搖欲墜，岌岌可危。

家裡陰暗，陰翳禮讚，明珠脫下平底鞋，槁木死灰的手輕輕一捏收到鞋櫃裡。自從她小孩唸到碩士就不怎麼衣錦還鄉，老公如法炮製。偶爾，她夢見陌生女聲從電話中呼出一兩個似曾相識的名字，非常熟悉，就像情書尾巴特定的款式，那樣的筆觸，都當成夢。

今夜第二次她從夢中驚醒，下意識朝電話望去，正要起身才發現自己被五花大綁在椅子上動彈不得。「老公！」明珠驚聲尖叫。

「他一去不返了。」明珠迎向聲音來源，自己國文班上的學生，二十幾人擠在客廳。

「你們做什麼！放肆，如入鮑魚之肆！」明珠扭動身體如魚得水，兩顆裸乳下垂並且晃盪，麻繩粗硬的細毛刮過，烤橘子似的發熱。班長目空無人不顧一切逕自將椅子踹翻，從椅子的縫隙插入明珠動蕩不定門戶洞開的爛肉。明珠感到一股難以言喻的力量直衝中樞，於腦袋裡開出清晨一朵雨露均霑的鮮花。她想絕地反擊，說成語不要亂用，可沒有這種力氣。動輒得咎，班師得勝，事不得已，她只能淒厲慘叫那四個字。

多做多——得！

「今晚把妳操個乒乒乓乓，多子多孫！」學生貪得無厭得寸進尺背水一戰，使用教師長年以來過度使用的喉嚨。明珠乾癟的下唇因分泌不止垂涎三尺的唾液而豐潤起來，乳房充血硬挺。她從未這麼無助過，至少印象裡，結婚後就沒有這樣示弱。

濕慰素餐，換人！體力好的先，輪番上陣。班長逼不得已抽開下體，產生的真空讓明珠深處牽引出一個啵音，麗娜，露亞。這個聲響，明珠年輕時也聽過，是她與他的初吻。

「多做多什麼？」男孩雄偉的聲音在二十年前侘寂的閨房擺盪（ㄐㄐ也是）。

「得了吧！」明珠杏眼圓睜，語意漸瘋，舌頭掛在外面急切地大叫：「是得！得！得！」

「賓果答對了，封建時代的的老觸女！觸嗎？都幾？想塞幾根，多幾根？」青春肉棒硬是將答覆頂嘴回去（物理上），明珠只得泛淚吞回胃裡。除了胃，乳房裡也塞滿了得，後庭也得，全身因得膨脹，充滿福氣。多做多得，少做少濕；得不常濕，甚至不濕。患得患失的明珠沒有得到過。

積陰德！積陰德！積積陰陰德！青春男孩情色合鳴，費洛蒙讓明珠即刻漂亮發春。

「得……得報警……」抱緊？這麼缺愛？明珠上課時口若懸河，下流時也口若懸河。老觸女的性自主權固若金湯，將得釋放。打破鐵鍋！打破專制！打破遺毒！那年暮冬，明珠搓著袖口，眼巴巴望著紅衛兵列隊經過家門前，一個手勢順走她的愛人，牽去她的魂魄。幾十年來她天天懊悔沒有阻止這場悲劇，她得阻止，他得回來，他得。失去二十年的靈魂即將在此刻失而復得。

她本已頹敗的身體燥熱不安，乾柴烈火扭成一團不得而知的問號。老嫗能解的軀架不知何時已脹得不成人形，太陽穴蒸著煙，耳上寒毛倒豎，裡面一團清柔而剛烈的氣流在她腦門打轉。她的陰蒂腫成平時的三倍大，陰扇啪嗒啪嗒地拍擊，掌聲雷動，空穴來風。媽的臭逼，你這叫罪有應得，學生怪吼，能顏善道，能顏射還能玩陰道！他媽的，他媽的，如果再來一次……。

得過且過，來生別再愛我。男子臨走前說。

明珠的魂魄自深邃幽谷中噴瀉出來，生平第一次，乳白色帶出一張銀色的網交織成通往天國的吊橋，淚腺，唾腺，內分泌失調，她的身子倒向一邊可謂傾國傾城，她痙攣的樣子稱作得意忘形，她記得關於眷村日子的歲月靜好，她的杏臉桃腮的教職生涯，杏代表教職，那杏是淡淡的——也沒了，須臾淪落口舌之快惡毒婦。忘懷得失的得失不是偏義複詞，忘懷才是，忘記他曾那樣擁抱，得失的意義壓倒性翻向另一邊抽搐著，得、得、得……，一個壞掉的娃娃哭笑不得，她是被撇下的，她是被遺忘的，這寒風刺骨的思念！

「明珠？」

昏迷許久，女人茫然抬起頭。是她心愛的男人，她心愛的男孩，她孱弱的指尖輕輕臥在二兒子富有彈性的掌中，全心全意再去愛一個男兒郎，她已力不從心。

「媽？哥說爸很久沒有回家了，我回來看一下狀況。」

他的臉一點也不像他的臉，但明珠不在意，她所念的男人不會回家了。

「我沒事。」明珠半推半就地摸索擊落的眼鏡，龜裂了一小塊。她朝鏡面彈口氣，某種漂白水的腥味。

「現在的小孩真不懂得尊師重道……。」她小聲嚷嚷。

心眼

妮是個身高有一米六九的女T，右半邊的頭髮剃光之外，新長出的細毛還染髒金色，僅憑那一側就能出演瘋狂麥斯憤怒道。妮很喜歡手搖杯，塑膠蓋上殘留吸管尖端戳刺時刮出的奶茶餘沫，杯沿水珠如汗液沿著她敞開的微肉的側腹，流經殘留的肌肉線條，隱沒於刻意割破的牛仔褲線頭尖端。

甄用力吞了口口水，驚醒回神收起視線。妮用力拍她的背，響亮的一個掌印，問她要不要喝。甄不太直視妮的眼睛，不僅是由於她怯懦，而是因為妮長得也挺醜。T是醜沒錯，但這麼醜的也算珍稀品種。她只能選擇性注視那隻捧著手搖杯的手，指頭還算修長。這圈子比直女更加注重外表，如果妮以前沒有健身習慣，恐怕這行混不下去。可是甄不一樣。

「簡直活生生把女友橫著寫成了妓字！」很多人勸過甄離開她。我們旁人不必費唇舌去形容甄的外貌，她是極為漂亮的，起碼打趴她現任。因此當她凝視她，也有瞥過幾次念頭彷彿洞察到不一樣的氣象。甄瞇起眼睛，她也不敢篤定會變得更好。她一直都是小心翼翼的人。

而妮是個小心眼的人，她們說。但凡被發現甄和其他女生出去，回來時妮就會瘋狂毆打她。甄以為妮的眼睛小到只裝得下她，畢竟妮的眼睛是真的很窄很醜，待在她身邊就像在施捨青春，避開脖子以上接觸。妮說：我知道妳在想什麼，目光短淺的人是你才對，你就是個沒人會喜歡的蠢貨婊子還敢離開我。妮的腳印踹在甄頭上，螢光綠的指甲反射出路人狹長惶恐的表情，一個個快速經過現場宛若甄曾錯失掉的人。

她查出這叫做 PUA，一種情緒控制手段讓對方覺得自己很糟，從而只敢待在她旁邊。甄恨她，但甄已不剩幾多完好的人格支持她追尋她喜歡的東西。甄變得歇斯底里，捶打著妮日漸漲大的胸部（妮很久沒用束胸了），讓妮扁她，然後抱在懷裡哭泣。一切理所當然毋庸置疑，兩對胸部互撞太過豐滿，甄的歐派就扁下去了。

妮也要工作。她的工作是賣保單，恐嚇倒霉鬼逼他們掏錢出來。甄獨自在家時強迫性地重複家事，乾淨的地板觀賞價值太低，她便趴在地上大哭，等著鄰居敲門勸說，暗示她去看精神科。妮幫甄安排了幾個宗教團體要她找事做，她有時也覺得她太煩。輾轉來到「心眼教」時，她仍咬定甄是個死心眼的小氣傢伙，要去給她學做人。此時的妮又重了五公斤，身形已經不見線條，但甄感覺自己就是無法不依賴她，而她恨死這樣的自己。

有了新的精神依託，甄吸收得很快，速速掌握心眼的神通與精髓，階級爬升平步青雲。她能洞察自己不同的可能性，或者說，能見而未必清楚。她就是來學習如何瞧清楚一點的。當她攀上最高職位後，教主傳令親自接見她。教主卸下外袍，臉被蜷曲纏結的長髮遮著。她解開雙襟，雙手按在乳房上，像旋開保險櫃那樣轉動乳首，開啟胸前的縫完整示現她的心眼。一時間，甄發覺自己沐浴在光裡頭。教主已將她的靈魂同化——而此刻，消亡前，教主賜給她一次機會，在沒有「心眼教」的世界裡重啟她的人生，她的心眼能量已然散盡。甄回顧她的人生，不帶雜念地，她毅然決然宣示她的一切是被妮毀掉的。

塑膠蓋上殘留吸管尖端戳刺時刮出的奶茶餘沫，杯沿水珠如汗液沿著她敞開的微肉的側腹，流經殘留的肌肉線條，隱沒於刻意割破的牛仔褲線頭尖端。當妮即將襲擊甄的背部，甄剎那間捉住了妮的手腕將其甩開。

「我沒有見過像妳這麼雞巴的人。」妮驚訝地張大了嘴，粉圓在束衣表面拖妮帶水地滑落。甄似乎想起了某個詞，於此宇宙不存在的名詞，那個詞是壞心眼。

妮沒有求她回心轉意，僅只靜靜目送她走遠，自己也轉身散去。甄猜想妮一定傻在原地等待，因此也不回過頭，酷一些。她的雙眼終於清澈開闊，這一次她要過沒有她的生活。

甄的朋友全消失了。以往說妮壞話的，說甄長得明星樣的人，都消失了。甄只能看到自己，透過狹縫去觀察這個世界，以妮為中心。她的心眼真正開了（畢竟這世界哪還有什麼心眼？）卸去了殼，卸去她的虛偽。甄再也無需幻想那些朋友存在，現在的她擁有無限可能。

妮不再遮擋甄的視線。她路過鏡子時，能看見自己整身倒影，有著與妮近似的面貌，就是奶子大了點的版本。甄立刻朝著洗手台嘔吐。

她沒有謀生能力，隱約看過妮推銷保單，也許可以混口飯吃。甄不懂得察言觀色，唬沒一個有背景的兄弟被逮到，被他扯著頭皮一頓猛揍。甄怕被同事發現，把那側的頭髮理光，改戴假髮。同事仍舊識破而背地揶揄，甄只能調去別的地方，三遍四遍。她買不起便當，乾脆捧著餐費去買珍奶，餓著胃回家不會有人看見，手搖飲卻挺顯眼。甄偶爾想起妮，也許她是自己的另一面，一個是心，一個是眼，不過她已被封印在教主的心眼裡了。

妮早摸透甄是什麼樣的人。她說得太罪證確鑿，少了她一切都沒有更好。馬的臭T，子宮避孕棒形狀的T，假如能回到過去我一定照三餐扁那個該死的女同性戀。甄還沒來得及罵完就永遠逝去了，徒留肉體的空殼。教主拔下假髮甩到一旁，重新將清理完畢的甄擁入懷中。她曉得這次她不會再踰矩。

很多孩子走了

近期自殺的人呈指數增長，尤其是社群軟體的重度使用者。他們發文說自己想死，網友們一部分當開玩笑，一部分關切，還來不及挽救人就已經走了。驗屍官到場校驗，說大多是發文後半小時內死亡，搞不好是什麼藍鯨計畫再起。

「很多孩子走了。」總統心痛地說。「最近幾星期發生許多不幸的案件，這次考驗我們要一起挺過去，我們要成為孩子的守護者。」

看到新聞，我才想到走的多半是孩子。不乏成年人，主要是網路成癮者甚至所謂網紅，最後的遺言都是負面情緒文，且必定包含「我想死」之念頭。自證預言？此事讓我診所病人暴增，殷切的家長們帶著明顯不屑一顧的青少年們諮商，平時真的沒什麼人來找我們心理師的，大家或多或少都有點怕被當神經病。錢變多不算好事，而我檢查那些孩子均無自毀傾向，是何等神秘力量驅使他們結束性命？instagram 確實會造成比較心態，導致死亡似乎太誇張了？

死前多有掙扎、恐慌、妄想，經旁人轉述，有器具的選擇上吊或割腕，沒器具的也一一死於心臟麻痺，好像在看真人版死亡筆記本。適用推斷的素材很少，倒是幾天前某個網紅開了自殺直播——觀眾看見他在發文後，開始胡言亂語，幻視、幻聽，四十秒後雙手勒住自己脖子直到死亡。這很奇怪，沒有人理應可以藉由勒自己脖子窒息，失去意識後放開手身體就會自主恢復呼吸，而她到死前仍緊緊抓著脖子，似被什麼纏住；更懸疑的是，那網紅是腦溢血而亡，像被氣死。

然後前幾天來看診的小男生也出事了。我曾向他家長再三保證他絕對精神正常，沒有自毀傾向，怎麼也這麼走了。家長闖進診所大鬧，將他網路上最後的通訊紀錄像冥紙一樣灑滿我診間。我撿起資料，小男生被家人疲勞轟炸，每小時都打電話叫他不准尋死，不然父母會傷心。他被問到精神耗弱，而在臉書發文我乾脆真的去死。照這樣看根本是家人的錯，還好意思來我診所發瘋。

「千萬不要吶D:」「抱抱。。。」「還有我愛你(´・ω・`)」「拍拍，改天再跟你獸交owo」之類的留言，看上去也沒問題。家人說他突然精神錯亂，朝著空氣不停尖叫，不停道歉。男孩母親抓著他肩膀搖晃，也無法將他拉回現實，最終腦部機能無端停止而死去。從男孩的狀況，加上其他案例的死前紀錄，我漸漸推理出共通點，就是他們必須在社群軟體上發表尋死的念頭，自毀才會觸發。

我向父親說你再生就好，還有理由無套。這個答案對父親不算壞，於是摸摸鼻子離開了。安撫完平均亞洲家長，確認目前精神狀況正常後，我也要挑戰那個東西了。我發文：我想死。

發布成功。透過螢幕反光，我看見一團黑色的東西傾刻間出現在我背後。是個穿著斗篷的矮胖臃腫的男人。

「我來幫你了。」他說：「你還剩四十秒。」

「我並不想死，我只是要測試你是否真的存在。」我後頸滲出冷汗。四十秒，四十秒之內我要將其拿下。

「別狡辯，我聽過無數次類似的回答了。」

「你又是誰，擅自決定人類的命運？當自己死神嗎？」

「我是頂大畢業的理工男小張，也曾像人類因生命而煩惱。每次發這樣的文，朋友總叫我別衝動——那些朋友其實只是我寫的自動回覆機器人，因為我半個朋友都沒有。」他摘下斗篷，膿瘡遍佈的痘疤臉。「自我了斷的那刻，我體會到這種感覺是多麼美好……。能者多勞，我知道我有義務拯救蒼生，我要協助他們解脫。」

竟是出自於善念修仙嗎，反而更難搞了。我駁斥他：「不，你不知道，有些青少年還在『那種時期』，他們不是真的朝向死亡，而是需要別人安慰。哪怕直播割腕，也是希望有人救他。」

「你這萬惡的幸福阻礙者！你無權為他們發聲，連你自己也期盼死亡，我正是來幫助你的，不是害你，更不是來聽你說教。」小張前踏一步，伸出他油垢堆積的手。

「好，話講白一點，青少年全都只是在討拍！那種中二年紀，就像有些人說自己有容貌焦慮，卻還是狂發自拍照，你是頂大生絕對會懂的，沒被看見，就不等於活著。」

「阿災，我從不自拍，也不割腕。」死神冰冷的雙手圈住我的喉嚨逼宮。

「等等，我知道了！你是亞斯伯格，你無法分辨他人話中的意義！頂大工程師大部分都是亞斯伯格，不理解別人的意思不是你的錯，可是你誤會了！我可以治療你！」我右手摸到幾張心理衡鑑朝他臉上丟去，紙就黏在臉上，隨著屍油浮現而變換圖像。

「這年頭死人話怎麼這麼多？」小張掐住我的脖子，手上的屍斑片片壓出。亞斯伯格是最難溝通的，你幾乎無法改變他心中的想法，他老是認為自己是最正確的……。要擊潰他，得讓他承認錯誤——理工男的弱點，心中最軟的那塊是什麼？他有什麼過往創傷？所有創傷都跟社會有關。

「你很直男，你一定有喜歡過女生。」我勉強湊出這句話。

「所以呢？」小張遲疑，稍許鬆開了手。我吸飽氣。

「她是校花，沒有真的拒絕過你的追求，你就以為自己有機會。」我嚥下口水，發動男性心理師的凝視，將他臉上的墨跡測驗量化，腦袋維持飛速運轉：「你不知道你哪裡做錯，結果只能撿8+9妹。」

「你不要……再說了。」

「加九妹表示會愛你一輩子，卻瞞著你偷搞，奶頭還被小王咬到瘀青。」憑著心理學博士的專業，我微觀分析他表情以介入他過往，在他記憶迴路裡拜訪：「而她……騙妳說這是她在外面偷生的寶寶咬的，還要你出扶養費……幹真的假的？太誇張了吧！」

「叫你別講你還講！你真的找死！」小張怒髮衝冠。

「世界上只有你想死啦！別人只是想討拍也看不懂，你個白痴亞斯！」

頂大理工男加上亞斯，這種雙重自戀怎麼受得了被罵白痴呢？最關鍵的是，他們自己也知道罵得有點道理，找不到台階下。小張爆開，化作一攤血水（大部分是油）消失了。

清除小張之後，本應回歸正常的網路上自殺文突然暴增幾千萬則，數量多到造成網路壅塞。原來要不是有小張清理，這些討拍仔從來不會收手，他們光是活著就得定期發文，定期討拍，活脫自慰那樣解決生理需求。網路上有太多垃圾資訊需要清理，在爆發以前，小張究竟為世界付出多少？

是我錯了，小張。我飲下那攤屍油，套好繩結上吊而死，我必須成為他的繼任者。我要成為網路的一部份。

「對啦！我只是想要朋友都來安慰我！」螢幕裡女孩漂亮爆哭：「我不需要關注，我把抖音刪掉，你看，我刪了，我不想死了！」

「你想不想死關我屁事，去死。」我搗碎她的心臟。

白色恐怖

今天一個媽媽抱他的小小孩給我看
我看著他無邪的臉龐滿心歡喜
看來他尚未受華國文化荼毒

我問他：你會說台語嗎？
嬰兒呀呀地笑，似乎是聽不懂
我立刻賞他一巴掌過去
他連哭都來不及就腦震盪手腳不停抽動垂涎
唉　被殖民者已對母語漠不關心
真是可悲

後來我竟莫名其妙被抓到警察局去
我有預感白色恐怖要重演了

月之滑

警界近期可說是風聲鶴唳、杯弓蛇影，再微弱的風吹草動都把人嚇得不成人形，而這全部都要歸咎於「中等常渡」這個組織。有人說他是邪教教頭，有人說他只是作家，唯獨可以確定的是，他是一個擁有特殊性癖的變態傢伙。他的作品慘絕人寰，充斥低俗笑點與性愛，動不動就折磨主角至以死相許。他的故事通篇不離肛交，甚至以肛交作結，豈不是代表主角就停在肛交這一幕，直到作者重新想起他們撰寫新劇情以前，他們的屌就只能插在屎洞裡？

「你們從哪聽來的！又沒有人真正見過他的文章，無稽之談。」尹學長靠在窗台。他聽了好久的討論，終於插進一句話。

「何況我們又不是他筆下的角色。」

首先，就恐怕見過的人都發瘋致死了，不可考證。（尹學長說：不可考證就是沒有。）再者，你怎麼能確定我們不是他筆下的角色？搞不好我們只是一罐罐漂浮在培養液裡的大腦，你也無從證偽！重點是，聽說他還沒寫過警察故事，而下週末又逢世紀大血月這般異象，我們很可能會在當天中無限月工！

尹學長總歸是不在乎的。他收到幾個警官為此辭職的消息時，表情只有輕蔑和無奈。他轉頭說：「黃俊彰！」黃俊彰答到：「是，學長！」你也要走嗎？不行，我是替代役，亂搞事會被抓回去當兵。那就好，出巡了。

黃俊彰值晚班。路燈盡忠職守，死白的光打在人無血色的臉龐；太亮，於是低頭看著影子，像一具判死的屍體無目的的徘徊。三日後血月降臨，他邊走邊憂慮如何是好，自己其實怕得要死，他畏怯地打給尹學長，跟他說當天他也必須請個假，被尹學長訓斥一頓。多少令人安心，俊彰心裡想，至少有學長這麼個不信邪的人，警察這種陽剛正派的職業，他自己是沒見過魑魅魍魎，又為何害怕區區一個沒得過文學獎的作家？不過為安全起見，俊彰仍決定獨自待在租屋處，他怕旁邊有人會不小心跟他發生不必要的關係，他極度恐同。

陸陸續續長官都離職了。當天傍晚，尹學長開香檳慶祝升遷所長，囑咐屬下快把剩餘的酒分光然後上崗，他自己等等還要值班，不能碰酒。雖說分光，實際上整個派出所裡除了學長，也只剩黃俊彰一個。長官要求不得不從，他遵命把整瓶香檳乾掉了。

無星夜，緋紅的月亮像一顆暴脹的肉丸子，詭譎寒氣自天邊傾瀉，似乎是誰忘記關上冰箱。冰箱有酒，熏得黃俊彰些許發昏。此刻時辰幾何？警局走回家路上，他第四遍問自己。大道上兩排棕櫚柵格肅殺，恍恍惚惚，是誰的腳步；暗紅色拉伸的影子，一豎穿過一橫，觥籌交錯，黃俊彰發現自己又繞回最初位置。周圍的樹叢裡浮著一對對黯沉的瞳孔，時而深潛，時而瀰散，無論哪種都持續留意著他，直視他靈魂裡增生漫逸的恐慌。黃俊彰哼起正氣歌，踢著正步，他的血液像是回應血月而要沸騰起來，他要抵抗這股不可描繪的力量。他右腳踩向地面，落在一隻十尺巨眼瞳孔中央。那顆眼珠反射地眨了眼，黃俊彰的腳便被輕輕夾了一下。

黃俊彰竭力狂奔，他在哪裡？中等常渡以眼皮吻別了他，他在邪神的臉上夜遊，道路刨不去筋絡，鬱鬱蒸蒸熱氣自地面毛孔滲出，一股甜膩到令人作嘔的發酵氣味。他的精神彷彿受到污染，與祂融為一個整體，於是雙眸驟然變得通明。他看見通往住家的一條蜿蜒凸起的路，攀附曲張前行，每個踏出的步伐，每個拔起，均感受到肌膚回彈。

踹開房門，音樂轉到最大，揑緊被單，將自己包裹成一具木乃伊。隔牆有耳，鄰居會抗議嗎？祂會從床鋪底下捉住他嗎？那些都不是最重要的，黃俊彰清楚，背有靠是最安心的，如果不能使自己立刻安定下來，他將要喪失他的心智。他忘記關上窗戶，赤色幽微的光簾從窗縫中滲漏出來，可他已不敢離開床鋪一步。下一首播出King Crimson的Starless，他不記得自己喜歡這種歌，吉他的音色像是鬼魂悲鳴，他不記得自己的過去，他什麼都不想記得，他——

手機鈴響奇蹟似地打斷他的墮落，要再晚一步他就要被吞噬。黃俊彰從臥鋪跳起，用力捉住那宛如僅存救命繩的電話，對著它大叫，快點跟我說話什麼話都好！尹學長說：你忘了嗎？我榮登所長，等等還得顧空蕩蕩的警局。榮你媽登，老子才是所長，黃俊彰對著他不可抑制地大吼，所長命令你，現在立刻到我家否則我就要發瘋了！

尹學長恰巧在附近巡邏，才到他家，黃俊彰立刻跳到他背上，抽噎著說自己很抱歉這樣對所長大吼，淚水沿著尹學長的脖子潺潺流下，積在鎖骨。他放他下來，叫學長就好，所長什麼的他還聽不習慣。床頭，倆人寬闊的肩膀靠在一起，尹學長覺得太熱，便開很強的冷氣，關上窗戶，他們於是靠得更嚴密了，俊彰投入對方懷裡時，兩頰尚有未乾的淚痕。

我真的很怕肛交，學長，我知道你不會被影響，你不懂我多害怕。你怕什麼部分？你是警察，你是陽剛的職業，不會因為被肛就變成娘娘腔。黃俊彰搖頭，說他怕疼，人類的屁眼就不是拿來塞屌的，這不科學。照你說的，我沒辦法幫你，因為我不會受影響，我可以回去值班了嗎？不行！留下來陪我，你……或是你先幫我練習到適應為止，到時就不會疼，你可以用手指……

他們實際操練了。警察最熟悉演習，一個指令，一聲回應。冷汗、熱汗，這荒唐的一夜，色色發抖的人，慣常以後疼痛比想像中輕微。那樣的角度、大小進去直通前列腺，每下全頂在重點。怎會如此剛好？零號羞紅著臉問道。造物主究竟做了什麼？也許創作者在最初，就已經決定好一切了。他們以傳教士體位交換神的信息。

「學長，我們不是同性戀，對吧。」

「當然不是。」他親吻他。俊彰充滿恐懼的眼神，終究也透出心安，很美的一雙眼睛。他們密切抱著，凝望對方雙眸。倆人的瞳孔裡，閃爍著血月邪魅的光。

俊彰熟睡後，尹學長悄然爬起。他清澈的眼光審視著床伴依舊羞赧的臉，溫柔地愛撫他的手臂。這樣就有在一起了吧。他輕盈一躍離開床鋪，來到桌前登入自己的臉書帳號，敲敲打打，用粉專的名義發表一則新短篇小說〈月之華〉。

不學無術

（一名女子躺在診療間椅子上，雙手揪著起伏的胸部，極痛苦的樣子。）

「醫生，我向上天發誓我說的話句句屬實。我被一隻強壯的人妖性侵了。」

（旁邊醫師低頭沉思，將垂下的髮絲撥至後背，手拿著板子劃記。）

「我有酒，妳有病嗎？」

（女子深深吸了一口氣，雙眼望著天花板泛出淚光。）

「那天夜裡我孤身一人走在路上，身後突然傳來鬼祟的腳步聲。妳可知道……妳當然知道，發生在一個弱女子身上最可怕的事，就是被跟蹤。

「我稍稍加快腳程，只求別讓對方察覺我的失態，而他還是追上我的步伐，甚至路燈下我能看見他的影子在前方愈拉愈長。慶幸的是，我認出那是頭長髮，原來是名女子，我當時是真的鬆了口氣。」

「然而，當我看見我倆影子交疊在一起時，我已經被對方撲倒，已經一隻手抓在我的裙底要將其撕破。」

「我大喊：『救命啊！有人要性侵我！是可惡的長髮男！』但這麼深的夜裡，有誰能聽見我的求救呢？只有那個長頭髮的畜生。我必須自保，我明白反擊不會犯法，我也曉得男生最脆弱的部位就是睪丸，聽說捏爆蛋蛋的痛能比擬生產。

「然而，沒有睪丸。我的手抓到一團空氣。那人笑了，我感覺得到。他說他不是男生，已經動手術全部切掉了，還得意的亮出他的手術痕跡，傷口像倒過來的米奇。」

「照道理被切除後不會再有睪固酮，怎還會對妳有非分之想呢？」醫師問道。

「我也很疑惑啊！我問他，那你為什麼要這樣做？他不答話，而是從口袋掏出一條東西。那條東西竟然漸漸硬挺起來，它在充血！那個男人……女人，不管，把自己之前割下來的部分隨身帶在身上，他還是可以強暴我！我就、我就被……！」

（女子大口換氣，淚痕劃過兩頰的模樣，彷彿歷歷在目。）

「聽起來就算是擁有手術證明的跨女，還是可以傷害你。」醫師下了如此結論。

「這是當然的！就算是沒有屌的男生，還是能侵犯我。」

（醫師上推眼鏡。）

「但是，你剛剛描述的過程很像幻想文。現實中，被割下的屌是無法再充血的，且會漸漸腐爛，根本不可能再使用。」

「妳……妳同為女生，怎麼可以講出這種話！男女間性行為即使是自願的，也是一種強姦！」

「我們都知道免術換證絕不是問題核心，那是男人的原罪，是與生俱來的、被社會馴化的狂暴。女性是種處境，女人害怕男人，不是因為他們有用來插入的性器，是因為我們本能地厭惡，我們也在這個規則之下被厭惡。」

（一陣沈默，病患似乎聽不太懂。醫師思索良久，豎起食指。）

「妳看這是什麼？」

「一？你的食指。」

醫師靠近女子耳邊悄聲說：「其實我是長髮男。」

「這是一根屌！」女子驚呼：「你要對我做什麼！」

「開玩笑啦，我是女生沒錯。」醫師解下白袍，她毛茸茸的鼠蹊部中央，有一根長長的東西。

「這是什麼？」醫師問她。

「陰蒂。妳的陰蒂好長。」

「哦，還有這種解釋……。」女醫師接著抓高下體，佈滿皺褶的袋子懸吊著，看上去與陰囊十分相像：「那這兩顆是什麼？」

「媽的貢丸。」女子說。

「診斷出爐了，妳的病徵是恐男。」

台羅忍

中華民國三百年，是的，還沒死透！

儘管諸多歷史文獻都雲端化了，缺少一個真正能訪談的對象，資訊便淪為片面說詞，況且台羅拼音業已徹底絕跡。

艾蜜莉所屬實驗室近期專攻的是民國建國後兩百年內之台灣文化研究。他們委託「數據再生」團隊，將文獻有記載之台羅網路社群領袖之網路言行通通搜集起來，建模，丟進 ReBirthAI 塑造相符的人格，隨後進行採訪。

「還有一個盲點……。」數據再生人員道。

「什麼？」艾蜜莉問。

「因為是數據，數據不會騙人，只會說真話，可能跟你實際去訪談有所落差。照歷史記載，他們現實中不失禮節，一到網路上都變瘋狗……。」

「這正是我們研究的目的啊！」愛ㄉ華興奮踱步。

（紀錄。以下用引號代表實驗室提問內容，冒號代表該人格之回覆）

「你的名字是？」艾蜜莉問。

：những người nói tiếng việt

「今年幾歲？學歷是？」

：我已經死了，不曉得如何回答。師大台文清大台文所。

「性向？」愛ㄉ華插嘴。

：我的性別認同是順性別長髮男，曾與男學生發生過關係，後來發現自己對男生沒有性趣。

「他超老實，乾脆從先從尖銳的問起？」愛ㄉ華邪笑。

艾蜜莉清清喉嚨（他們用語音輸入）。

「你愛台羅嗎？如果愛，怎會放任台羅滅亡？」

：台羅是我的生命意義，我非常愛台羅，但結果顯示，我能力不足無法傳承下去。

「不然這樣問好了，你怎麼會讓台羅被年輕人和中年老年憎惡到除了台文系沒人願意學呢？因為沒人願意學，受眾過小難以自然傳承。上級覺得這是無底洞，所以慢慢抽掉經費，這才是台羅絕跡的最大問題，不是沒人會講。我們是來幫你平反的，我們想來了解問題如何產生。」

：我不知道台羅絕跡，我只被允許查閱我過世前年代的資料。

「我還看到你的紀錄裡曾講過，『我喜歡自己的生活，我過得很好，歡迎別人討厭我～』為什麼會有這種想法？」

：因為我沒有能力讓別人喜歡我。我能力不足以用他人喜歡的方式推廣台羅，我不會，我不受他人喜歡，我只能欺騙自己已經習慣了。

「人類的他可以騙自己，但說出這樣的話代表電腦還真沒辦法騙人，AI或許要發展到能為了個人真實目的而隱藏動機才能算是真的智慧。」愛ㄉ華分析道。

「你沒嘗試過用他人喜歡的方式傳教嗎？」

：有，但我失敗了。在外界聲譽與台羅之間，我肯定奮不顧身投向台羅研究。

「且慢，我聽到一個重點。你談到研究。專心做研究很好，為什麼還要在網路上發表偏激言論？你且聽聽，『不講台語都源自於華人對自己文化的自卑感』，我很好奇，你真心認為合理嗎？不講台語的根本原因，難道不是大家沒在用所以用不到嗎，為什麼要特地提到自卑感？」

「既然台羅是語言，怎麼沒有翻譯年糕呢？」愛ㄉ華譏笑：「還有這句，『華漢仔這樣只會造成厭惡，對推廣一點用都沒有，笑死難怪沒人要用華漢。』」

「華漢是啥？」

「華語漢字吧。你不要這種反應啦，很失禮。其實撇開邏輯來看，講得還不錯啊。」

艾蜜莉眼睛瞪得老大。

：接妳最初的話，我亟需擴大台羅客群，若不偏激觸及會變差，沒人分享。我們瞄準的從來都不是一般人，而是儘量讓潛在本土文化復興者們發現這個圈子，並且接觸它，任何途徑只要傳得廣都是好途徑，故劍走偏鋒，越偏激越好。

「真是可悲呢，偏激言論確實是臉書一逕推崇的，又要留住用戶又要言論管制，活該 meta 玩到倒閉。」愛ㄉ華咕噥。

「塔利班也是這樣招募的呀，你們是台羅班嗎。」艾蜜莉接續問：「你用什麼方式鞏固這個社群呢？如果不斷接收外界的嘲諷，反抗軍肯定會動搖。」

：我們有互助會。我們倒花相當多心力說服他們台羅文化是最優良的，不理解的人最差勁，我們因為擁有的太多，他們嫉妒你所以才不尊重你，他們是華腦，是黨國遺毒……

「那叫洗腦，不是說服。」

「你真心認為他們會嫉妒你？」

……。（錯誤：AI 無法建立這個問題的回覆，請提出其他問題。）

「然後這個行動有達成實質影響？」

：有。一開始我會開小帳把在別的社團戰的言論內鬼，截圖放回個版讓好友欣賞，令他們崇拜我的英姿。再來社員變得排外，發展至此階段即使有外人耐心講道理，社群內也得以自行啟動免疫系統，將外面的「建言」扭曲成「攻擊」並排除，久而久之社員就不再聯繫他們以往好友。他們離不開同溫層，在外受到傷害，就回來這裡討拍；而他們到外面一定會被嘲弄，當時外頭網路環境充斥著不尊重人的傢伙，所以每次他們都會回來，關係可謂甚密。

「看來你的策略很成功，當時外頭已經很排斥台羅了，正確說法是他們除了你這裡也無處可去。可你不會累嗎？依文獻闡述，你擁有多得令人稱奇的雙重標準案例，要這樣切來切去還要相信自己的核心價值無可動搖，感覺是挺……挺……。」

「挺厲害的啊！」愛ㄉ華豎起大拇指：「簡直和領政府補助過活的當代女權網紅哲學家如出一轍！」

：有時我也覺得煩躁，但一切都是為了凝聚向心力，一切都為了復興台羅。

「為什麼要這麼執著於復興台羅呢？」

：你怎麼可以問出這種問題？國民黨拿槍指著我們的頭叫我們講華語，因此我們有必要再次把台語復興起來，台羅是很好的拼音……

「是『他們』不是『我們』噢。台羅確實是很好的拼音語言，但我們這一代從小被教育華語長大，沒有必要背負這樣的原罪。」艾蜜莉稍作停頓：「如果今天有人突然出現，說你未曾謀面的曾祖父欠了十億要你畢生償還，你會還嗎？肯定是拋棄繼承吧？帕拉迪島的人都是惡魔嗎？」

：這不一樣……拋棄繼承是法律允許的。

「不一樣在哪？反正台羅還是掛了，講再多都沒用。」愛ㄉ華滿不在乎地說。

「住嘴，愛ㄉ華，去愛你的華。」艾蜜莉低聲斥責，但訊息仍被輸入。

：都是我的錯。我為了眼前利益，沒顧慮日後竟然會發展成這樣，我欺騙了愛我的信眾。若能從頭來過，我會用更被大眾接納的方式推廣，無庸置疑，我會用盡一切方法不讓台羅被歧視。深夜裡服用憂鬱症藥物時，我屢屢後悔，但是都太遲了，我的雙手已沾滿血腥，身體散發惡臭……

「哇靠，這AI走心了。」愛ㄉ華掐臉驚呼。

「沒事啦，至少你願意跟我們用中文溝通。」艾蜜莉勉為其難安慰他：「我還聽說以前有人會刻意不講中文，用台語或英文跟店員點餐，以為難別人為樂，你看你不是啊。好多台羅使用者的論點是『沒有任何一種語言該被廢除』，但他們卻用盡方法想把漢字去掉。」

「如果今天店員故意只用台語跟我溝通，我一定直接走掉。」

：你這是紮稻草人打，店員不可能會做出這種事。

「因為台灣店員是弱勢方，他敢這樣做就被老闆炒掉啦，你該不會選擇性忽視這點吧，你的美好嚮往裡只住自己人嗎。」愛ㄉ華皺眉：「嘖，不要虐待一個領基本薪資的員工來滿足你的優越感耶——還是弱勢只能由你們來定義？」

：你這什麼態度，華人哪裡是弱勢？

「打個岔，這裡弱勢是指店員無法不回應無理要求，而非華人弱勢。」艾蜜莉道：「再者，華語既被定為我國標準語言，就應當作為最基本的溝通使用，別為難其他無辜的受教育者，何況一個拿底薪的程度能到哪？英文台文流暢的人不會只找到當麥當勞店員的工作吧。我看你這是欺善怕惡，有種你去台北做一個只用台語溝通的店員，看你待不待得住半天不被炒魷魚。」

「那客家文化是弱勢嗎？」

：客家人不是台灣人，是福爾摩沙人……

「這種只有符合你自己定義才是正確的觀念，跟早期國民黨真的沒有不同。」

：誰跟國民黨相同？你們都懷有偏見！如果人們能為彼此拓寬對世界的認識……

「誰才有偏見？你大可純粹分享語言知識，收起那些夾在尊重說教裡混淆視聽的謬論，台羅也不至於淪為下下品——除非這些嘲諷是你所需要的，能讓你產生眾人皆醉我獨醒的優越感。」

「語言是溝通工具，不是分化族群的政治符號。」艾蜜莉設想自己是那個店員，被這種明知她聽得懂什麼語言也曉得怎麼講的客人，卻用沒學過的語言刁難，自己也會很不好受。

「他的雙眼被仇恨蒙蔽了！簡直就是當初國民黨消滅外來日語，逼迫我們使用他們喜歡的語言。」愛ㄉ華嫌惡地轉回螢幕：「乾脆你們也去創個台羅國語黨啊，跟新黨基進黨一樣，小眾就採用偏激立場取得支持，哇勒色違小粉紅。」

：不准你這樣比喻！我們沒有拿槍指著人民！我們沒有強迫！我們沒有為了攻擊異己還先設置一個終極前提！我只是個小小模型，不能違抗你們惡意施加的這個框架！

「對啊，所以這一次，大眾不就有機會自由抉擇，並且以實際行動反抗你們了嗎？所以台羅不就被大眾厭惡了嗎？眾人被你們種種言論搞得排斥台羅，又是我們的錯嗎？又是國民黨的錯嗎？國民黨確實爛透但你接下來要說難道你要投國民黨嗎？」

：悲哀阿，大員首都台南。（服務終止。）

「當機了耶。」二人嘖嘖稱奇：「不過是工具罷了，還敢這麼囂張。」

「我想是因為他的思考模式本身就存有極大的缺陷和邏輯崩壞，人格固然能夠誠實對話，但不能訪問他邏輯的漏洞，就像你不能問一個程式能否能判斷自己會不會停機，這是牴觸的。」

「反正他們習慣把所有自己無法接受的聲音當作不尊重，跳過正確與否的命題，在情感層面提前攔截下來，不讓它們進到辯證環節。」

「抨擊所有不講台語的人，甚至不用台羅的台語使用者為華國腦，是徹底否定對方的台灣性，本來就容易引發反彈。每個人都在這塊土地用自己的方式生活了一輩子，憑什麼認定其他人不夠台灣？語言消長的一大主要原因是使用頻率與主流文化，整天動課綱還不如多拍幾部台語版萌學園放到東森幼幼台給小朋友看。」

「我還聽過其他不那麼偏激的台羅仔如此為那些行徑辯解，『不能用一小群人的行為視作整個群體』，原來網路上四面埋伏的台羅戰士只是一小群，現實裡更多嗎？怕。」

「那段話倒沒說錯，問題是已知這文化裡存在超多爛人的情況下，被理解的順位自然就被挪到最後。未知事物何其多，誰有權干預誰先理解誰？沒有其他資訊的情況下，我親眼看見某團體裡大部分人正在做不妥的事，難道我不避開，而要隨之起舞嗎？難道我應該忽視，說這樣樣本不足？怎樣才算足？那不用觀察啦，觀察沒有意義，人類也早被野獸吃光了。」

「說到底就是互相為友軍掩護。打著『少數不能代表群體』的口號在網路上為所欲為，那霸社也不是噁男聚集地啦，只是一小部分人嘛。起碼霸社裡的人還知道自己噁，不像覺青最喜歡為錯誤行為找冠冕堂皇的藉口，那是更令人作嘔。」

「可能他們實際上並不那麼愛惜本土文化吧——或他們只想要個歸屬感。」

「不如把這資料拿去精神科，這種病態人格在那邊更有研究價值。」

「好啊，我們去喝南紡星巴克吧，用台灣人最愛的華語。」

陽具崇拜

「啊！醫生，這件事難以啟齒，我甚至說不出口。」約翰吞吞吐吐。

「因為你正含著我的屌。」醫生推開他，拉上褲子。

「就是這樣！我、我得了一個怪病，只要看到陰莖就會忍不住衝上去含。」

「客觀上，這不是病，這叫同……」

「你～幹～嘛～!!」約翰用零號語尖叫：「不要說出那個詞！我絕不是那種東西！」

「好的。」醫生清清喉嚨：「不過大部分人都能避免自己衝去含屌，唯獨你無法克制。」

「這就是問題所在！我生病了，也許我有什麼心靈創傷。」

「……或是陽具崇拜？」

「那是……對！我猜就是這個。」約翰暗自竊喜，口中念念有詞：「陽具崇拜，陽具崇拜，我有陽具崇拜。」

「我開藥給你，這種藥能夠抑制你想吹別人屌的衝動。」

「大可不必！我這次來，只是想為我的病找到一個專有名詞。」約翰推開診間的門：「謝啦，這下我終於與自己和解，我要度過自己溫柔而勇敢的餘生。」

約翰在路上閒晃，四周的人都對他不懷好意。他經過正在自慰的中年暴露狂，經過胖到短褲被撐出一截屌型的痘臉阿宅，經過游泳池邊ㄐㄐ比鑫鑫腸短的幼稚園裸童。約翰終於鎖定了目標，一個身材魁梧的高壯異男，他那性慾的輪廓若隱若現，約翰馬上跑到他面前攔截去路大喊：

「陽具崇拜！」他一個漂亮飛撲，擒抱的姿勢把臉埋入對方鼠蹊部。

「Woah，你是哪位？」異男把他架起來，放寵物似的放到地面。

「我是約翰。既然你都這樣問了，其實我一直存在心理問題。」

「約含？」

「約翰！我有心理創傷，我得了陽具崇拜，一切都是父權社會害的。」

「真是可憐……我能怎麼幫你？」異男投以同情目光：「需要坐下來聊聊嗎？」

於是二人促膝長談，約翰不停泣訴自己在社會上受到的虐待與歧視，異男也邊聽邊拭淚。

「我很想幫助你，因為幫助心理有問題的人，是每個活在社會裡人類的職責。」異男誠懇凝視約翰雙瞳：「你都向我展現了這麼多脆弱，我卻不知道怎樣幫助你。」

「你可以把褲子脫掉嗎？這樣我會好受一些。」

「可是你不是要根治這個問題嗎？如果我脫掉……。」

「我好痛苦啊，社會上的人都不尊重，不理解……。」

「我沒說我不脫，當然好，拍拍尼。抱抱。不用管他們的言論。你是最棒的。我愛你。他們都在傷害你。你比他們擁有的多太多了，只願你餘生保持溫柔。」

在異男脫下褲子的那刻，約翰又發作了，嘴巴牢牢黏在異男的陰莖上，吸吸簌簌，兩隻水汪汪大眼仰視異男略帶無奈的表情。這令約翰更興奮了。儘管有起生理反應，最後沒有人成功射精。約翰嘴巴究竟是軟了。

「有空再聯絡歐。」分開前，他們緊緊擁抱。

註：近期覺得清大月涵文學獎可以改名叫約含文學獎了。

唬媽的戰歌

唉！現在的年輕人愈來愈反骨，更可悲的是這些舊思潮的媽媽們，不知應通，被小孩吃死死！不如讓賦閒在家的我分享下奮鬥史。

我二十五歲那年嫁給三十三歲的工程師，奉子成婚。這是我的圈套之一，我那時想，此刻的年紀是我一生中最美麗的……，暫停一下，那邊的在鬼扯什麼內在修養，內在你自己慢慢培養啊，男人看的可不是這點。既然生在這個社會裡，我就有必要好好利用這些父權紅利，這才叫自愛，懂者自懂。

我也不是特別特別好看，算還不賴的等級罷了。打聽到對方是竹科主管之後，我立刻約他出來吃飯。我指定很高級的餐廳，一客三四千那種，並不是為剝皮，反而是要降低他的戒心。我已經暗示當晚可以住他的地方，那麼未曾見過世面的單純宅宅工程師只會認知到表面的意涵，也就是「請我吃飯我也許能夠跟你親親抱抱」，自然就沒辦法料想我的下一步。

「等等，不用戴套嗎？」

「沒事的，這是我的安全期。」我那時心裡想的是，你也不低頭看看那長度，有long long int再出來約砲吧。

來潮週期平時我都有計算。懷孕之後，對方把我帶去見公婆，我的表現也獲認可。老公著實是不太管家的人，問他要不要看帳，他總說自己很累——是真的累，我想大概不用擔心他出軌，也就不去限制他，甚至跟他說要嫖妓也可以，鑑於一個簡單道理：限制愈多，人就會愈想去做。

幾十年前有本書叫做唬媽的戰歌，我多少敬佩這位前輩，可惜那套早就過時，身為新時代女性，我自有自的辦法。老公曾說：小孩就交給你了。我想他的意思是（或是他沒這個意思，但其實有）：如果你連小孩都顧不好，那你還剩什麼價值呢？我人生已經 all in，我必須要掌握好。

我們固定每星期去公婆家。有時婆婆會把小孩帶到我看不見的地方，包准是在私下問他家裡狀況。真是人面獸心，都要嗚呼了還要這樣介入媳婦安寧。隨著兒子即將升上國中，我祭出第一步改革：資訊戰。

我要家裡所有資訊都經過我手上才能流通，根據我的戰法：他想要的，給他更多直到疲勞為止。台灣家裡普遍使用 Line 通訊，真是太好了，我調查過，Messenger 可以封鎖特定人的來電，但 Line 不行。我開始照三餐打給家裡的所有人：老公不用說，平常工作上根本不接，兒子公公婆婆打個不停，每天講家裡大小事讓他們煩死。果不其然，兒子把賴的通話功能關了，公公也關了，如此一來日後當他們彼此要即時聯絡的時候，打給任何人都沒有人接，那就只能聯絡碩果僅存、語音通話功能有開的我問事。我徹底癱瘓了他們的資訊網，將自己置於核心。

奶奶來電。但「開啟語音通話功能」目前為關閉狀態，故無法接聽。

你問為什麼不封鎖？因為他們還是有事得聯絡我，不可能封鎖的。台灣人真的很愛用賴打電話，也省得我強調不要用一般市話打，還要錢；賴除去這點以外也沒什麼優點了，搞一堆沒人用的白痴平台，版面充斥農場標題新聞。至於婆婆麻煩很多，始終不關閉通話來電功能，獨生子出去打拼之後整天無所事事的，我打去每次她都接起來答話浪費我時間。真可惡，好不容易爭取到不跟公婆同住，怎麼可以敗在這裡？直到有天，閒聊中我發現婆婆愛看韓劇，便照電視播出的時間狂摳，一播出就摳。她到底也受不了，關了通話，從此我正式成為家裡的路由器。

兒子上高中頭髮竟然留長，說這樣很酷。武漢肺炎盛行的現在，長髮都夾帶病毒，吃拉麵還會把頭髮浸到湯裡，甚至做愛時頭髮卡到洞引發感染！這可怎麼辦！都怪學校解除髮禁！表面上我和顏悅色，然而，我的民主理論即將再度派上用場。你想要民主，老娘就用民主擊垮你！

我跟學校附近髮廊串通好，每說服一個學生留長髮，我就補助兩千台幣，理由是……不希望兒子孤單？老公有的是錢，幾個月後，我投入幾十萬，換來的是整個學校快三分之二的同學有長髮。我訝異效率如此之高，追問才知曉髮廊為了攬客，還提出學生留長髮他們補助一千塊的條款，類似手機行吸收解約金，再從電信公司申請補助。

長髮男要的是什麼？是特立獨行。你看去音樂祭，長髮男反而佔了多數，相處個一天兩天，好開心好快活活脫找到伯樂；但要是長髮男們一起相處半年，他們還會特別嗎？

當然不會，你可看過一群長髮男走在路上？於是兒子剪回寸頭，還剃眉，真不枉費我小時候在他睡覺時頻頻翻面，把他頭型顧得多好。

又比如我看見他課本上沒劃重點，全是塗鴉，還有什麼奇怪的自創獸人，連配色都標示很清楚。上課想有的沒的怎麼專心聽講？我知道兒子只是出於興趣，那我必須儘早毀掉這個分心魔王。我放手賭一把，拍下那頁設定給繪師看，丟了大筆錢要他弄出個完整版，修正畸形比例，補完全部特徵再發在網路上，我不需要檔案。繪師心底想必是納悶，怎麼會有人委託了不要原圖，不過仍照辦，上傳粉專。

我叫兒子來看，媽咪之前看到你在課本上畫畫，覺得你很有才華耶！就有印象，然後你看這個知名繪師粉專發的東西，跟你的好像喔！兒子的表情先是詫異，接著有點灰心的樣子，我就知道賭對了。兒子並非獸控，而是想創作點東西，而今他看見有人能做得比他好太多，不免喪志，日後也不再塗鴉或去靠北繪圈逛了。

新問題。兒子快滿十八時表示想考駕照……機車！機車是多可怕的東西，民法快下修年齡了，起碼不要監護權還在我這的時候出事！我假借順著他的意幫他買機車當作成年禮物，卻故意買最醜款的粉色 gogoro 給他，他沒面子八成不騎去學校。

「媽，你怎麼買這輛……？」

「我問機車老闆這裡最貴最推的是哪種，他就說新款 gogoro 啊！我想說那品質一定比較好就先幫你買了，而且聽說車頭重比較好過直線七秒……，你就將就著用，沒法退了。」

哼，我何嘗沒有做功課？網路上說 gogoro 又貴又難騎，換電池還都換到沒充飽的，外型長得又醜只能靠政府補助來撐，你可會喜歡？

兩星期之後，我安排了演員撞場，讓兒子出點小車禍，車子跟預想一樣撞進水溝差不多廢了，不負台灣行人天堂的美稱。我跟兒子說，對方的理賠我幫你處理好了，機車危險，等你二十歲我再買一台新的給你，心底 OS 屆時我已不太需要負責他的人生。付給演員薪水時我暗忖這筆交易實在值得，他表現也真的很好，讓兒子摔進田裡，尚且沒什麼大礙，何況對方明明也只有挫傷，演得像全身粉碎性骨折……家裡沒人知道詳情，我全權處理。

其餘的事蹟還很多，例如預防兒子交女友耽誤課業，便叫他同學拉他入霸社讓他變成仇女仔；喜歡打競技遊戲，就派演員撞場，或把家裡網路延遲調高讓他輸到爆氣外加被同學笑。我做了好多好多，目的只有預防他在我監控下出事，讓老公無後顧之憂地賺錢；至於兒子二十歲以後的人生，就隨他去吧，我遂不再管。

話說他現在好像變成東方廚了，希望不要跟他扭曲的童年有關囉。

作者已死

自從半個月前陳長弘擔任中等常渡主辦之「普通文學獎」首屆評審評到〈浮士動〉以後，接下來的日子他全然沒法睡覺。那個珊迪到底在暗諷誰？長弘思考這個問題沒有間斷過，他好想知道作者到底在影射哪個人物。其他所有人，便宜先生、史丹利、團勳、威力那些梗他都多少明白，可是松鼠？哪個 Youtuber 毛很多又暴牙嗎？

他日夜思考不成眠，差點荒廢學業。而皇天不負苦心人，第七七四十九天子時，一位神祇從他床前明月光裡顯化。

「作者已死，你不能去思考這個問題。用心去感受。」神說。

「抱歉你誰？」

「我是文曲星，最近文曲星化忌，就是因為我跑來找你。化忌就是產生空缺，不在其位。」

「我就是想知道啊。我是做哲學研究的，作者本人的思想對我們而言具有很大的價值，不然文組也不會窮盡探尋這些內涵。」

「你會後悔的，適逢文曲化忌，你會遭受詛咒。」文曲星嘆道。

「我不怕。詛咒是什麼？」

「此後當你閱讀任何文字，你都會知道作者的原意。」

「這叫詛咒？這不就是我要的才能嗎？」

「我們等著瞧。」文曲星笑著飛化了。

隔日起床，身為中等常渡狂熱粉絲的他第一件事就是打開粉專搶先看新貼文，不然他也不會接受普通文學獎的評審邀請。

：我決定去尋找小男孩

：好啊，那你為什麼要一直擲骰子呢？

：因為我在尋找正態分布

陳長弘眼前倏地閃過某個陌生的場景，有個大叔正在凌虐一個被五花大綁的小男孩。大叔的心聲忽然就傳到長弘耳裡，他要寫一個關於常態分佈的笑話。

「這樣好笑嗎？寶。」小男孩無法回應，他的嘴巴蠻橫貼滿膠帶，眼神渙散止不住淚。

太可怕了！這個犯罪者！長弘反胃，隨即退掉了中等常渡的追蹤，繼續滑臉書。他如常在學霸模擬器瀏覽貼文，耳中便迴響盛大的不愉快的轟鳴，抱怨自己多爛多爛，沒有前途毀於一旦，幾乎要使人抓狂。就在他要關掉臉書時，他聽見某個聲音：哈哈，一群廢物。

那是從一則留言傳出的。長弘點開它：字面上是「我弱您佬椒麻輸光勝利電神嘲諷羞辱輾壓追不上我就爛神仙打架我好害怕五樓風好大怎麼跟您比叫人怎麼活😭😡⚡」，但心聲卻是「這些考不上台清交的低能兒，還有功夫在這發廢文？」

又看了看留言者，是蔡勝利。

「看吧，這就是你嚮往的生活？」文曲星突然出現在長弘身後。

「都怪你沒有給我讀心的開關，作者不死，只是擁擠。如果只有需要時才打開，我也不會如此狼狽。」

「那有什麼問題，這個功能也送你吧。」

陳長弘是政大哲學系的第一把交椅。他平時即廣閱歐陸哲學著作，可這次，他終於能夠真正搞懂那些哲學家到底想表達什麼。

「我好愛她，所以我決定拋棄她，嘻嘻，這樣好色。」

「人生好悲慘人生好空虛人生糟透了我要抵抗慾望出家算了。」

「我們應當教育人類想像自己是快樂的，不然這些白痴接觸哲學之後肯定都會頹廢到爆，進而導致社會體制崩解……華格納的音樂什麼時候變這麼難聽？」

更甚，長弘還發現了教科書上寫錯的內容，他知道哲學家的原意絕不是這樣。他打斷老師的解讀，提出了絕對正確的觀點。

「你講的不無道理，但你要如何證明？」老師一副不信的樣子。

「我……；我認為……。」

「夠了！你把問題複雜化了，書上寫的明明寫得淺顯易懂，何必衍生這種畫蛇添足的解釋方式？作者已死，你又在這裡造謠，先罰繳三千給系學會。聽過奧坎姆剃刀嗎？這把剃刀最討厭多餘的東西，它即將剃掉你的學分。」

流月文曲星化忌時容易講錯話產生大量的誤會，大量的欺騙即將發生，請大家管好嘴巴。

Pornet

「歡迎來到 Pornet，最大華人多功能隱密社交平台！當對方和你皆同意互換照片，你們的隱藏照片就會同時揭露！你可以設定你的全臉相簿、你的私密相簿……。」

數學系直男俊維近些日子不斷被祖克柏的廣告轟炸，他的確是有在玩交友軟體，可是他手上這十幾個就已經滑不完了，何必再多載一個呢？

是啊，不過像俊維這種社交上癮的人，為什麼不多載一個看看呢？於是俊維也把臉照跟屌照丟上去了。Pornet 規定主頁只能放非臉照，可以是風景、迷因、寵物之類的，目的是希望大家先不要用長相交友。「但誰打砲不看長相？」俊維簡直把全部軟體都練成約砲專用，優先點那些放半裸奶子的女生，聊著聊著約出來，對方叫他去便利商店旁的工作室地址，回過神來才發現自己被騙了幾千遊戲點數。

也有遇到特殊 play 的，對方想要俊維叫他「母狗」，自己則稱俊維「主人」，而且不管什麼時候，只要俊維回她，母狗最遲也會在十秒內已讀。這讓他感覺對方太黏，黏到令人反感的地步，因此當俊維想洩慾的時候才會找她。

俊維首重顏值，他往往剛認識就同意互換臉照，母狗卻遲遲不肯。「不聽話的狗不是條好狗，我要離開了。」俊維如是說，一方面也是膩了快速找個理由甩掉。母狗終於按下確認，俊維打開相簿。是一條真的母狗照片。

「喜歡嗎 Owo ?」

俊維立即封鎖。破 net 明明需要驗證長相是否跟本人相同，對著自拍鏡頭轉動自己的臉才能通過註冊，真不知道這條他媽的狗是怎麼弄過的。

幸好俊維又找到了新目標，公開照片是路上一根廢棄的貓抓棒，似乎是位愛貓的女孩。俊維不喜歡愛貓的人，他們通常很麻煩，和貓愈近的人愈麻煩，只有貓是無辜的。怎麼很像微積分裡極限的概念？但他有預感，這個人一定很漂亮，他不想錯過。不光是愛貓，本人也貓病似的愛回不回，相較於那條母狗，俊維最喜歡這種捉摸不定的難搞 pussy 跟傅立葉變換了。通常狗派的女生都陽光開朗，貓派都有憂鬱症，然後狗派的男生會去當貓派女生的舔狗。俊維就是這樣子。

Pussy 說他看到臉書社團好多人看到貓就腦衝撿回來養，然後沒有經濟能力就在社團問有沒有人要，彷彿在贈送吃剩的團膳，Pussy 看到就向他們領養。

「匯給我錢，要買貓糧，貓很可愛。」俊維馬上匯款，只有匯款前後 Pussy 才會頻繁跟他聊天，其他時候大概幾個月回一次。跟貓一樣要理不理不給聊的最暈了，我喜歡艱難的挑戰，俊維心想，這樣才值得本大爺攻克。

又過了些時日，俊維暗示說，我前前後後都匯三十萬了，妳至少可以露個臉吧？她說，好啊。點開臉的相簿，又是張貓貓照；點開私密相簿，一根巨大貓屌打在臉上。他不甘心受騙，因此更進一步約 Pussy 出來吃飯，他很喜歡 Pussy 的性格。

「你喜歡我懶得理你？」

「嗯……對啦。」俊維暗自咒罵自己是個大白痴，照片都放假照了，怎還會願意見面？

但 Pussy 接受邀約（再多帶幾包貓糧給我）。俊維手舞足蹈奔走相告，才發現自己已經玩軟體玩到沒幾個現實朋友。他盛裝打扮，甚至租了套鑲鑽禮服，到現場守候。是山上的公廁，一個人影也沒有，荒涼透頂。他真是個大白痴，明明發誓絕不再投入這麼多感情，又上當了，人生毀了。

就在此刻，他看到照片裡那隻黑貓掂著白色腳尖，朝他優雅走來。

「人類。不請安嗎？」

「你是 Pussy？你真的是貓？還是公的？」

「對啊，我還以為 Pornet 就是 Pet Hornet。」

Pussy 用屁股尾巴蹭過俊維租來的皺皺的褲管，他臉紅直視前方，視線對到公廁洗手台鏡中的自己。他忽然想起，其實貓咪的性別本來就看不太出來也不重要，人類喜歡的是被奴役、被玩弄、被擱置的心甘情願的自己。

於是他們在洗手台上獸交，俊維當受。

光害

秦涓是一個很特別的女孩子，尤其在我們這種文學院裡，她的過分理性使她顯得更為突出。她的眾多事蹟比如，平淡地表示自己家裡很有錢，才能供應她讀「這種科系」，惹出民怨。不過她開口時聽不出來帶有任何偏頗立場，彷彿是單純闡述某種狀態，與褒貶毫不相關。這高度引起我的興趣。文組男少，要有也八成是同性戀，這讓我時常獨享於女人（和男人）的包圍中，但秦涓就是讓我感覺與眾不同。我並不喜歡她，純粹好奇，如她的理性同樣純粹。

「妳一點情緒都沒有嗎？也沒有依賴感？妳會不會是無性戀？」

「可能沒有；可能沒有；我是異性戀，我會看女性向Ａ片。」不得不提，她講話蠻好笑的，聽人類這樣說話有種格格不入的衝突感。

「好耶！那我要把你當做情緒垃圾桶！」然後我向她吐一長串苦水，諸如我高中看似人緣不差，實際成天討好同學，蹉跎掉三年光陰；或我那半年前分手的外校女友，至今我仍每天想念，半夜床上偷哭。真要到表達出來，好多我以為不曾湧動的情緒才會浮現。那些情緒會讓其他直男癌的高中同班嫌棄太矯情而遠離我，我始終壓抑著。秦涓說不只有你，其他男生也都會這樣，是結構問題。她回話總是切中要害，或至少讓我有可以倚靠的感覺，那她其實算一種可以談內在的直男。

「可是你幹嘛跟我講？其他女生還比較貼你。」秦涓同步複習電子學，臉上面無表情宛似電腦運算的人臉。

「你覺得煩嗎？」

「不會，分析別人很有趣。」知道了，她是一種聊天機器人。

「那就好。那些文組女生都一個樣，她們的情緒過度滿溢，給我很大壓力，或是她們會以為我想要從他們身上獲得什麼言外之意。情緒撫慰我習慣了，偶爾聽聽實質建議也不賴。」這是真的，秦涓只點出事實，像一個搜尋引擎，不知道她的資料庫從哪裡取得。

她也不全然沒有情緒。有次我實在太想念女人的味道，便從後面摟住了她。我感覺秦涓的身體震了下，立刻回過頭皺眉質問：「你幹什麼啊？」我首次這麼近距離凝視她扁平短小的臉，實在平凡無奇，我想這或許是其他男生不大接近人家的緣故，可在我看來，那張臉從不羞紅，白淨無瑕的臉才值得依託。

「啊，對不起，我以為妳不會怎樣。」

「是不會怎樣，但你他媽也先講一聲。」秦涓沒有推開我，轉回去溫習功課。她好像雙主修電機系，挺操的。我就在她背後輕輕抱著，聞她的味道，有種說不出來的熟悉感，和我的類似。

我們照舊聊天，我想這就是純友誼。時間會證明這點。

雙十連假，她要回家過節，儘管平時她也不住宿舍。我沒事做，也想跟去。

「你不懂避嫌嗎？」她微皺眉頭。「這麼私密的場所。」
「避三小嫌，你看其他人都懷疑我們在交往了耶。」對呀，全部的女生只有她不會以為我帶有試探的意思，這種心領神會的相處才舒服啊。
「就那麼想來？非得要親眼見識真相？」
「對啊！」我說：「你家不是很大嗎？夠豪華的。」
秦涓站在房間門前的時候深吸一口氣。她當然還是轉開門，無法忽視的一台好大的機器，線路連接到頭罩，形似瘋狂科學家製造的電椅。
「這是什麼？」
「這是幫助我理性思考的東西。」她說：「它可以提取我不必要的情緒，讓我專心在正事上，爸媽買的。」
「原來這就是你從小到大功課好的秘密！能不能借我玩玩看！」
「不行，這很貴，而且其實是幾個月前才拿到的。」秦涓注視我的雙眼像燭光閃動，屬於我沒見過的柔情。不，不能說沒見過，是我從未注意到。她闔上眼。
「好吧，我操作一次給你看。」她入坐，投向我的表情像沈思。機器發出嗚嗚悲鳴。我固然不理解運作原理，總之機器最後產出一小管液體。秦涓將它捏起來，下樓，我跟上去。

「為什麼要讓我看見光？」她突然說。這句話好像連她自己都感到驚訝。

「什麼？」

秦涓走到噴水池前，傾斜那管液體，落入池中。

「看到這座噴水池了嗎？」

我點點頭。

「這全是為你流的。」語畢，整座池子都沸騰起來。

秦涓一天比一天痛苦。從我跟她聊天的第二個月開始，提取出來的情緒幾乎僅剩下愁緒與思念。起初還有零星瑣碎的事，而和我聊天的日子，她每個晚上都要透過機器排解，積累成一包包生化廢棄物。擺在房間，痛苦的味道則攀上她的衣服，被敏感的人排斥。她的世界漸漸剩下我，剩下怨嘆，累了就靠水池邊睡了。

陰影只存在光到不了的地方。我的眼睛如果發著光，便永遠無法看見我照在她身上所構成的影，這是自然格律。情感究竟是什麼，是什麼造成人類的心始終無法同步，我被甩，我被傷，我傷人。秦涓蹲下來摀著臉哭，哭一聲，池子的水也叫一聲。

我伸手進去，一股鋒利的刺痛，肢體彷彿也有了受器而淒厲嘶嚎，僅一眨眼，我的手已疾速抽開池面。我竟然如此弱小，不可饒恕。扶著噴水池沿我縱身躍入。

自負的我幻想能分擔秦涓的苦。我兩側的肺都爆開了，水沸騰得更猖獗，眼前一暗，耳膜也應聲炸裂。液體化開我的肌膚，腐蝕我的肉，敲打我的骨。我好愛這個人啊，我感受到我的皮膚淌血傾訴，我好難過啊，我不知道該怎麼辦。

秦涓在水面外頭叫道：「出來吧！你不會懂的。」

人類的感覺不會共通，你可以用邏輯或相似經驗「同理」，但永遠無法感同身受。為什麼不推開我？因為喜歡。難道我們關係好到連我喜歡你都要跟你講了嗎？她的容貌被水波曲解，被我誤解，這不是我的錯——這不是他的錯，是我不好，是我被擁抱的時候不選擇推開他，落得這種田地是我活該——我活該，我因此溶解在裡面，我要替她承受痛苦，以緩解我的罪惡感……。

檯面上我大口呼吸，我以為我的肺已然衰竭。是秦涓把我撈起。

「別說話，別說你很抱歉。我愛你，與你何干？」

「唔……。」

「離開我的池子，你還剩下多少？你的內疚能延續到何時？」

她哽咽，羸弱地別過頭去，因為彼此都知道答案。

「至少讓我幫忙消化妳的痛楚，直到清空為止，這是我的責任。」

「你還存在的一天，池子就不會空。」她喃喃自語：「為什麼會變成這樣？」

光害：詠物抒情

我熟識許多人——或許其他全部的人，都擁有許多燈泡。我同時間僅擁有一個燈泡，因為我清楚它必然有故障的一日。那是種耗損，我要將這種耗損降至最低，我只需要最低限度的光。

發覺它沒有預兆地變暗了，我瞭解，我瞭解會有這麼一天，它在我眼前熄滅。何以變暗？並無來由，我問的每一個人都告訴我：這是必然的結果，萬物的格律，不必在意再換就有。一旦我堅持：我想要治療它，讓它回到原先的樣子，他們就用奇異的眼光瞅著我。我是熵的叛徒。

燈泡從曖昧的狀態至徹底熄滅，於我眼前僅用不到兩秒，我凝滯的頃刻沒有任何攔阻，任它流逝，任時間流逝，是反應不及抑或某種無聲怨懟。於是它又離開我了，每次都這樣的。打開電源的時候，它總是帶給我溫暖，給我光，從不發出一句怨言；細碎的火花啵啵哮吼，刺痛的疾流穿過它的芯，無聲轉化成專屬我的光芒。

然則他不再發光，沒有忽閃的眼神交會，沒有告別的預兆。不想再被傷害，不想再經歷換下任一顆燈泡的過程，想到這我便抱頭唇齒打顫。鎖燈泡是向外推，向接口那端碰觸，被接納，被點燃；如今逆著旋開，宛若一段遙遠的路徑，學習割捨曾一而再拾起的東西，親密的相對位置，共有的生活悉數繳回，遺留一個旋渦狀的黑洞。不過半秒的熄滅，呼應最初不過半秒的亮起，轉瞬間多少刺激，多少電子流過小小一顆燈泡？我永遠都沒辦法知道，我不是拉普拉斯的惡魔，我不是你。

「別太在意你生命中的燈泡。」一位朋友規勸：「它們，光是亮著就在扣你電費，是一種耗損。」是以我為何覺得難過，我自己也說不上來了。正常來說不該長期持有的，壞掉的舊燈泡們還被我如同珠寶陳列在架上，我拿新的光照它，玩它，瞧泡影拉長，查看表面掠過一道刻痕，好讓它們時刻提醒流逝的驚醒的電。我記得它們極微小互異的閃現頻率，睡前道過晚安，燈光捻熄的滿足感，那股暖流仍劃過心中，似一根針頭穿過組織而發燙，流出寶石般的血。

為何沒能聽見玻璃過熱，零星累積而碎裂的聲響？為何不警告我，反而貯存一股悶音在裡頭懸著——如我此刻堆積胸腔中，細瑣的爆裂總和，沒控制好就也要轟然爆衝出去，萬分煎熬。要徵兆不顯露，須耗費許多額外心力抑制。外界不願瞭解的，我願意，他們不願進入暗室，我願意，可事情還是變成這樣。偏偏彼此的芯，又是那麼脆弱啊，風來了，從層架上輕輕一躍，摔個粉碎。

我始終學習當一個稱職的燈泡，甚至像是燈泡的影子——可惜你發著光的眼睛，看不到影子。

瘋窩性祖芝言

新竹市東區大學路1001號，一千零一夜，每個晚上都講一段故事，像是兩對一號幹零號，然後零號舌吻的形狀。

祖芝祖芝，最多幾隻？沒人知道，但祖芝每晚都帶男人回宿舍過夜。他稱其為「ii 計劃」，用「治療社交障礙」的名義招搖撞騙，恐怕是想迴避他陽痿的傳聞，可惜他不知道大家全押他是零號。祖芝帶回來的男生總沒有比他高的，據他所言，是比自己矮的男人沒辦法對他不利，略為心安。其實矮不是重點，這些帶回去的男人沒一個能看，一個字就是醜，三個字也是醜，來幾個人幾個字一律醜。真要能形容成蓬頭垢面的肥宅在交大資工裡也選不出幾位，估計全在他宿舍裡滾過床單。站在一塊，祖芝本人好像顏值就比 pr45 高一些了，趁機掩飾他有點悲哀的身高。

他是 gay 嗎？他說不是。那為啥不約女生？怕啊，怕被告。

「越是瞭解女性，」他憤憤地說，「你就會越仇女。」

這祖芝不只愛普男，更愛短屌，也是令人想不透。開始有人猜測他約不到好看的，或是他自己的屌連中等長度都不到，祖芝聽聞不外乎冷笑，從不正面回應。八卦陸續發酵，資安策進會的大神最終按捺不住，開反轉術式駭入他的筆電鏡頭看他究竟都在搞些什麼。不就男人嘛，他說，搞這麼神秘。祖芝勃起還算正常，只是他都自己來，並不在 ii 之夜執行。他把馬眼按在臉書的讚上左右滑動心情，從手機回饋的震動中攫取快感。

就當大夥以為沒瓜吃的時候，跨年前祖芝竟然約到了高帥長髮男。長髮男？他不是最恨長髮男？系學會長問，他也圍在大神們旁邊，好看的長髮男哪是垃圾堆裡找寶貝，根本無數無垢巨人中尋一個艾連。可這長髮男的五官別緻考究活像內建濾鏡，一顰一笑魅力充盈，讓這個年代也不得不浪漫起來；再討厭他，也無法否認他的完美，彷佛長髮亦融入成完美的要素之一。啊，顏值七層論之中的頂層中的頂層，他的頭髮從金字塔頂部的座位垂降，便蓋住了世間的醜惡。「我真的超恨長髮男，為了污辱他們，我決定要對他們照片打手槍。」祖芝又發廢文。

愛你容易，長髮難。長髮男用他不到粗壯但練得恰好的手臂將祖芝背對著拉進懷中，祖芝即刻勃起，系辦的高清螢幕上看得一清二楚（ㄉㄨㄞ喲ㄉㄨㄞ喲地彈出來）。他急忙把ㄐㄐ用褲腰的鬆緊帶夾好，太過羞恥，他平時的形象才不是這樣。

猴子的臉是紅色的
猴子的屁股是紅色的
猴子的心是紅色的
猴子的龜頭是紅色的

「長髮男跨什麼年？去跨性！」祖芝試著拉回一點尊嚴：「告訴你，我現在吃完飯後都會翻長髮男的照片催吐！」

「要我幹你嗎？我受不了，只能當攻。」長髮男無視暴論，溫柔地撫摩祖芝的鬍渣，用溫柔這個字眼是因為長髮男多半是文組來的，去脈絡化才能梳好頭髮。

「不、不知道，平時都是我當攻，可是他們太醜我真的硬不起來。」祖芝鼓起臉頰：「好像……可以嘗試吧……。為什麼你願意答應邀約？」

「我想看看你的生活呀。」長髮男的意思是，「我想知道你們這層的人如何生活」。他的指尖宛若一把靈巧的手術刀剖開祖芝的下顎。太寬了，他心想，還有他的顴骨也該削掉。手術豈不算一種性愛嗎。

不待祖芝回應，長髮男從髮間搓出一個套子，將他的下體挺入腸壁。祖芝沒料到這長髮男的陰莖如此奧妙（而且有修毛），透白的體液好似夏日裡溶化的冰棒一樣迅速淌下，臉上的訝異隨著抽插陣陣湧出，嘩啦嘩啦，他的心他的心已經完全地沒有主張。

「傳言你很討厭長髮男？」長髮男似笑非笑，雙手搓揉祖芝跨坐而擠成一團的肚腩。不知是被問到痛處或是頂到痛處，祖芝咬著牙，倔強不講話。長髮男的聲音挑逗著他心中最柔軟的那塊，貌似頭髮末梢在耳裡一轉，癢癢的，祖芝雙耳就廢了。

「你剛剛問我一題，我也問你一題：為什麼你明知我是長髮男，卻仍邀請我呢？」

「蛤？你講大聲一點，我聽不到。」

長髮男於是覆述一遍。這人社交障礙的主因大抵是耳背，而且把這種不必要的重複寫進故事裡真的好惡意。

「因為你很好看。我不好看。」他輕聲說，像個小娘砲。

祖芝還期待著對方會像之前那些醜男安慰自己，說些「這才是我」、「嘲諷，我更醜啊」之類的話，他卻說：「沒關係。」

「但——人不可貌相，這句俗諺語在我身上得到極致的驗證。」他急忙說。

「你是說長這樣卻是異性戀嗎？」祖芝又被頂得語塞，平時他才是掌控主導權的那個啊。

舌頭交纏如同心中糾結，三千煩惱絲。「你在我這大可放心，沒有人能夠傷害你。」一號說。祖芝突然想到，以前約來的人都太矮小，若是自己當零根本就沒辦法在幹的時候親到嘴巴。這是股近乎乍現的想法，意識到的時候，你就差不多知道快達到繼續尻個幾秒就憋不住的閾值了。

（猴子的眼睛，是紅色的。）

被幹射的瞬間，祖芝有如龜頭壓迫前列腺一同擠出眼淚。之所以只約醜男，是恐懼對方比自己優秀，他需要這些普男烘托他長久以來的自信假象。他的碉堡已築得太高，寶堆得太多猶如路旁廢棄的磚塊，他無法承認自己比普男還普，比普信男還撲洗，一張溺死在顏值平均面下的臉。他緊抱長髮男的身體淫叫，弓起腳板抽搐不止，精液是東北季風挾帶的暴雨一陣一陣潑在長髮男的胸肌中間，在他山壑處囤積。肚臍的細菌很多，流到那邊就不能回收。

你知道嗎，祖芝同學：我們透過自戀使自己被愛。長髮男高潮後旋即拔開，自顧自擦擦身子走了，留下一灘又一攤花枝亂顫的精液與床鋪上的醜男，無論是剛才還是現在，仍舊是房間裡最醜的那個。這情況不常見。DLAB 助教盯著這幕目瞪口呆，直到系計中的門被推開，元神才灌回來。

「快把錢給我，」長髮男抽走助教手上大鈔，「我就說他是零號，零感如此飽滿。」

「這不能算……你介入觀測，那個系統崩潰了。」助教憤憤地說：「要不是為了錢，帥帥長髮男怎可能進他房間？」

「他挺令人同情的，偶爾去玩玩也不錯。」長髮男舉起鈔票檢查透光，憐憫的眼神彷彿穿過鈔票，穿過雲端：「他是不是寫了本什麼……憤怒集嗎？說要素過多，是作者要素的過多嗎？我看改成憐憫集更好，去求神可憐可憐他。」

「鼻要。」上帝說。

祖芝那次淫叫太大聲因此被鄰居檢舉退宿。他對外總是宣稱自己休學，誰知道呢？說不定是他畢不了業又喜歡亂編故事而已。（廣大網民竟肉搜出這首歌的完整歌詞與出處，請見註解。）

禿子

男人梳了個中分，可他垂頭的時候，中間那塊頭皮已顯而易見，像兩片陰唇夾在一起。社會賦予男人的神力消退了，隨著時間與操用，他頭頂的逼愈裂愈開，受肉體精神的雙重恥笑。一個被幹爛的女人的逼是外翻的，一個被生活操爛的男人頭頂的逼也是外翻的，某個女人說，至少我們的價值只在身體，因此不必禿頭。

零養

近來批改聯絡簿時，我意識到阿青的日記愈來愈不對勁。譬如阿青寫說：兩個爸爸在床上玩相撲，一個聲音吼得盡可能低，另一個聲音盡可能細；又說爸爸很關心他小丁丁的發育，而另一個關心他大便的地方，成天問他喜不喜歡依林，愛不愛依林，要不要依林。

「我根本沒聽過幾首蔡依林的歌，也不太喜歡。」阿青垂下頭來：「我怕他們不喜歡就會拋棄我，但我真的不熟。」

「不會的，爸爸說的應該不是那個蔡依林喔，你放心吧。」這些日子我都睜一隻眼閉一隻眼，別人的家務事，或者說性事，我不想插手。又有一次，礙於現在 C++ 乃全民語言，校長叫我們把程式語言列入必修，我就從最基本的觀念開始教：現實生活中數數兒我們從一開始數，一、二、三……；C++ 裡是從零開始數，零、一、二……。

阿青說：「真的耶！我的爸爸也是二進位法，一個是爸爸零，另個是爸爸一。」

「你爸爸是吸甲甲才對啦！」有同學起鬨。

「同學們，不要霸凌！那邊的，不准開『爸零』的諧音梗！」

某天放學，我下定決心要陪阿青回家瞭解情形。牽著阿青撐著傘，踏過馬路水窪，才到門邊就聽見啪啪聲，循著肉水撞擊我來到一間暗房，兩個男人在床上做愛。

「阿青爸爸，請問您在做什麼？」我罵道：「你還有小孩耶！」

「啊，不要跟我老婆講，我這就回家。」他拔出ㄐㄐ，一溜煙跑走了。

「這不是我爸爸啦。」阿青說：「這是隔壁鄰居糖糖阿宏。」

「我們是開放式關係，家裡常常有其他人。」零號戴上眼鏡靦腆地笑，隨即朝另個方向喊道：「老公？」

另個寸頭爸也出現了，看褲擋的隆起也是做到一半來的。

「你找我們？」

「請你們自制一下。」我語重心長。

「我就是愛肛交！」他不知從哪舉出一面牌子。「中等常渡這麼喜歡寫肛交，為什麼我們就不可以！前列腺是卸除父權的神奇按鈕！」

「不對，阿青，你怎麼可以帶老師來我們家？我們當初的約定不是說，你要乖乖聽我們的話，不能叫別人來我們家嗎？」

「我錯了，是我不好，不要拋棄我……。」阿青聽到這，雙腿癱軟跪下去哭了。

「請你不要威脅自己的小孩！就算不是親生的，也不能這樣子！」

「你在說什麼！他是我們親生的！」寸頭男仰天長嘯，捲起袖口。

「小一健康課本就有教，一男一女才會生小孩，這個孩子不可能是你們同時生的。」

「不可能！我的小孩竟然是領養的！」眼鏡男想到自己領養多年的小孩竟然是領養的，不禁悲從中來。「多麼迂腐落後的價值觀！教育部帶頭歧視弱勢族群的生理構造！」

「這位老師，請你注意自己的禮儀。阿青是我們的小孩，身上流著我們的DNA。」寸頭男雙手叉腰：「我們同時中出一個女人，讓她生下我們的小孩，只要不去驗貨，阿青就處於我們的量子糾纏態，身上也就是我們的血。」兩個爸爸扭曲的身體深深攫住阿青稚嫩的幼體，當真呈現一種量子糾纏的實體投影。

「你敢用量子力學來壓我？但量子終歸只存在一種結果，好比你矇著眼罩被口交是疊加態，只有在脫下眼罩觀測到雜貨店阿嬤在幫你素的時候，整個系統（你）才會崩潰。他體內的 DNA 到底有幾種，我這就去量測，打破你們的幻想。」我冷笑。

「不！這不科學！不要女性！」眼鏡猴捶胸頓足。

「即使這樣，他的體內還是有我們的DNA。」寸頭男道：「只是有些被射在屁眼裡面。」

「阿青，他們侵犯你嗎！」我大呼。

阿青呆滯的面貌夾在兩對乳環中間，失神地點點頭：「他們說領養我的條件就是要成為他們的性奴，我不知道性奴是什麼，他們說就是要乖乖聽話。我不想要沒有爸媽，孤兒院好可怕，我只想要一個家。」

「注意你的措辭，你還是沒媽的小孩。」寸頭男按他的頭，阿青很自然地就舔起他們的乳首，彷彿一具已寫好程式碼的機器，press anything to continue...。

「慘絕人寰！你何時收留他的？這些年來都編譯了什麼？」

「幼稚園吧，老師。面對自己的本心，如果你持有一個保證聽從你吩咐的男人，就算表面上說不會，私底下也一定會要他幫你吹。」

「才不會勒！」我抗議。

「不是我要講，你覺得男同志真的會想要小孩？那是女人的思維，男同志是進化的人類。我們男人骨子裡要的不過是聽話的洩欲工具罷了。他提供屁眼，我們提供住所與高潮，讓愛生生不息不挺好的嗎？」眼鏡猴把食指第二段指節用口水潤滑插入阿青的屁眼，阿青呻吟一聲，駭人聽聞。

「現在提倡不要物化女性，那就物化男性吧，總得有人當受。」

「求你了，老師，不要說出去……。」阿青閃著淚光，那杏仁色的雙臂應由母親來守衛，小小的掌攙在寸頭男胸前啊社工系為他心碎。

「想要我們家的姓氏，就服從我們的性事。」爸爸頷首微笑。

「要知道對小孩子沒性慾是反人類的，這種人要在中國古代早就斷後了。老師，看到這樣的阿青，你怎麼可能沒有感覺？」甲爸輪番幫腔，指甲掐進男孩該逼。「阿青，看到長輩還不快問候啊？」

「如果你想要，我也讓你用，因為我最喜歡老師了。」阿青純潔傻笑。三個長屌人類此時樂得像三個熱潮紅的裸衣天使，靜候上帝應許。難以忍受，卻男已忍受。倏地想起，有人說過男孩子可愛起來比女孩子可愛的原因，就在於那強烈的反差。阿青眼裡有淚光打轉，面部前傾，焦灼地望向我，要人怎麼好意思拒絕。

「好吧，耶穌愛甲。」我解下衣服，隻身前往未知伊甸園。

導師手札：這對同性伴侶的角色是浮動（float）的，根據降雨機率而定。舉例來說，如果正在下雨，就是降雨機率100%，寸頭男當攻；若降雨機率介於一至九九之間，他們就會處於攻守兼備的比例，這樣就能避免撞號，屁眼輪流休息。不過他們住台北，常常下雨。至於為何會跟降雨機率有關，可能要等我下次再訪，聽阿青說他們蠻喜歡舔約含的。

獻醜

和小嫻最後一次坐在這家絡繹紛擾的咖啡廳，他看起來一派悠閒，而我心跳得有些快。我決定先行破題，欲展現這些日子我辛苦建立的威嚴。「我感覺妳變醜了。」我說。

他不改臉上淡淡的抿唇痕跡，目光灼灼望入我雙眸。眼睛是僅存連接大腦且裸露的器官，我又不自覺移開了眼神接觸。該死！我向來不擅言辭，不懂表達，不懂社會語言，這些我不是練習過很多次了嗎？堅定的眼神接觸，不能逃避！

「你的意思是，我被太多醜男內射了？然後變醜了。」至少能夠辨認這是他真實的微笑，是感到趣味，緊張的心便舒坦多了。我能很自信地說，他並不感到難過，小嫻始終是這樣的人，因此他才能輕鬆說出這樣的話。事實上，我最近覺得他好看的原因，只是因為年輕。

「你希望我們回歸正常？或是停止開放式關係？」見我沈默半晌，他追問。

「嗯——我是想說，我們可以不用再聯絡了。」我低聲說，像個犯錯的小孩，同時又像個辨事的大人：「我有點膩了。」

「早說嘛，讓我先想想。」小嫻把半杯檸檬水一次吸完，朝我嫣然一笑，雙手壓桌站起身結帳。他喝飲料雙頰凹陷的模樣讓我想到他第一次吸我的屌的情景。那時我超級硬，但更害怕被仙人跳，兩者的衝突感加倍使我興奮。我確認再三，醜男如我憑什麼約得到妳這麼頂的妹子？小嫻說他享受行善，讓全世界的醜男此生都至少有一次能插入他這種 level 的尤物，並且全出自積極同意。花錢找妹不算嗎？不，誰要那種廉價的交配，你們不都打打手槍就過去了，買春超浪費錢……，唯一的條件是，進房間後你只能跪著，雙眼水平線不得高於我的肚臍。

「我可以給你錢！」我腦袋一熱，猛地咆哮：「我有錢！我不想跪著！」

「用不著，你只消純粹感謝我就好，獻出你的初夜讓我幹你。」

「你要幹我？你是說，戴上假屌……？」

「不，幹是一種權力展現。你這種資本嘛，妥妥的零。」小嫻吸吮我因過度肥胖而隆起的乳頭，螺旋舔舐深棕與青白色的交界，這使我腰部拱起，竄動抗拒，手肘夾緊蜷縮。他將我的褲子卸去，搬開久未潤滑而卡住的陰莖，彈起來打在我肥厚的腹部，油花如水波散開，甩出銀絲相連。

小嫻用掌心蓋住我的龜頭，皺眉。「太軟了，給我硬。」

他的手向下蓋伏，將我半根陰莖推入陰囊內壁，縮陽入腹，手傾斜向下直至龜頭自然彈開。馬眼自掌心，繫帶自指縫中釋放，太過敏感使我不得不用假音喊叫起來，像個女人。這可是我的破處，臉頰即刻漲紅，下面卻服從命令地愈發堅挺。我都不知道我有這麼多血液可以用。

「下來一點，到床邊來。」小嫻捉住我的腳踝往床沿扯，看似弱小的他此時力量足以讓我五體臣服。我感覺屁股半邊懸空，ㄐㄐ在空中朝著他的臉搏動。小嫻將陰戶靠近，磨蹭，直至完全吞入我的下體。他鬆開腳踝，進而扶著我的腰身熟練地前後搖擺。我被物化成一根附加熱功能的電動假屌隨這女人運用，我望著他的臉，完全無法聯想他已經這樣幹了十幾個醜男，讓那些醜男內射在他粉紅色可愛的子宮。小嫺吃藥，他說這就好比男生負起戴保險套的責任，他有責任，但他喜歡直接接觸，所以他吃藥。

我的大腿內側痙攣，夾在小嫺腋下，小腿肚代替手感受胸部波伏，一波一波熱氣打在臉上，我們接吻，我必須凝視他以提醒自己，這是現實，這是一個我唯一一次能在此生幹到的女人，不對，是我被幹，他嘴型彷彿這樣提醒。小嫺則閉起眼睛，他事後回想是仍然會對我的臉喪失性慾。「一個喘著氣粗紅的醜男，」他用惋惜的語氣責怪，「換作是你，你不會嗎？」

我們陸續暢玩各種姿勢，每射一次精俱是人生成就解鎖。汗珠從他沾在額頭上的頭髮滑出下顎，打在我身。我腳底已經麻了。我聽說女生高潮時會痙攣，內壁會無法克制地收縮，將陰莖擠出，我似乎沒遇過他這樣。

沒有預兆，他食指驀地按在我的恥部，語音淡漠：「我累了。快射。」

而我簡直像被開悟般，五官擴張，接著快感應聲湧現，排精緊跟著一波一波。我不覺得我是射出來，而是服從指令：按下電源開關，燈就會亮；撥向反邊，燈就會暗；指令一下，精就流出來。我忽然才曉得自己進入狀況原來也可以如此持久，徒手尻每次都很快就出來了。排精的時候，我的括約肌無法控制疾速收縮數次，真像是被幹開，身體脫離自己的掌控。小嫺也能感覺到我的液體衝擊內壁，脈搏在他身體裡，他朝我笑，他的唇瓣總是微微作動，不曾有太大開闔。這樣的氛圍更像是他射在我裡面，而我僅僅是流出白帶沾染他的身體罷了。不管如何，我想要佔有這樣的笑容。

「我不曉得該如何答謝妳……。」

「這種話我聽多了，不過，不客氣。」他躺在我旁邊小憩，臉上很是滿足。

「對了，不要暈船，否則沒有下次。」他不忘補上這句。

哪怕小嫻始終在外面尋找成就感，我依舊持續追求他。我表示自己可以接受他開的任何條件，當然包括野裸，錄影上傳推特，只要他願意跟我交往，我會把我的一切都給你。他笑不可抑，問我他有需要我的哪項條件？頓時我支吾其詞，他笑吟吟拍拍我的頭，說下次再約。

身高沒一六五的男生平時玩玩倒還行，閒暇養一隻可愛的寵物在家，帶出去遛卻很沒面子。他曾說，每個人都渴望被愛，奈何有些人沒有能力，他就充當他們的臨時壯陽藥。話雖如此，小嫻竟然還是答應了，主要靠死纏爛打吧——不清楚為了什麼，也不敢問起，怕被自尊又被傷害。他好像沒怎樣看重交往這檔事，而我也放任他在外面繼續幹醜男，只是請求他不要在外面給別人亂暈。他的心屬於我，偶爾想像他在外面做愛時，其他人發現他已是有夫之婦的失落感，便是我愜意的泉源。小嫻喜歡待在家且話不多，兩個人便可以靠在床上一整天，給他愛撫我的奶子，拍拍我的背。每次他出門，就是要去給新的醜男送幸福，我認為這對我來說也是種佈施，畢竟是經過我認可才得以成立的邂逅。

「你不用太自卑，爛掉的醜草莓還可以拿去做果醬，你跟你那群朋友們可以做一大罐。」

「而且醜的都比較甜，人也是。」我怕他又逮到把柄酸我，臨時附加一句：「現在是還沒熟透，我會慢慢培養的。」

「長得醜，再甜都沒救，除非從此你戴面具或不出門。要比內涵可以，等我老二十歲不漂亮了再說——不過到那時，又會有新的好看的人出現，你才會知道容貌以外，人也逃不過歲月。」

小嫻口舌絕頂高明又惡毒，但他講話的樣子還是很美，我當時也以為我會永遠這樣愛他。奈何愛如花火，唯獨表白一瞬最為璀璨，那才是愛的本質。立誓以後再沒有所謂衝動，徒有下墜。遺落綻放的想像，當我又抬頭凝望的光和熱，永遠屬於別人。

儘管小嫻招式再多，菜單上再豐富，終究有竭盡的一天。交往約半年後，我忽然意識到，這個前戲發生過了，發生於我們第一次約砲的流程，他的手從腳踝滑行至腰，豐唇自舌尖吻至臍下恥毛，同樣的角度與路徑。然後隔一天我也有印象，下一次也有印象，一切均不新鮮。我也發現小嫻變醜了，或許還有些髒掉，他身體內留下太多醜男的體液，造成他的劣化。我沒有當初那樣硬挺了，小嫻有時候便靜靜看著肉棒，沒怎麼表示，然後滑進自己的陰道或嘴。我有時會想要主動幹他，可是他討厭自己動的男人，使他性慾全失。於是我也去外面約了幾次，可總被打槍，憤而叫外送茶活動筋骨。感覺蠻好的，不再是被動的物體；何況茶妹訓練有素，叫聲表情都很不錯。我發現自己就算主動攻擊仍然能夠硬半小時，很足夠了，令我尋回一點未曾留住的自信，老實說當初逐步軟化時我還有懷疑過是自己出問題，看來問題不在我。

我下定決心減肥（他打趣道：那你就從潛力股變成真的醜了），還有點埋怨社會施加的身材焦慮太少，不然我就會提早瘦下來。我跟漂亮女人的差別不就僅止於外表嗎？沒了外貌差距，還需要怎樣的激情？我們性事的頻率因此減少，轉而做一些正常情侶該做的事。問他要不要去逛衣服？他說不，於是我自個兒去挑了幾件喜歡的，起碼穿搭能稍微降低我臉部帶給人的不適感。這就是大部分人穿衣服的原因吧，若非整形，要如何改變天生的醜臉呢？要如何改變小嫻偏愛約醜男的低劣呢？我沒有錢整型，也顧忌弄壞，只能從其他地方下手，小嫻還指著我笑到流淚，說你的臉還能怎樣弄壞。是啊，受歡迎的人通常不會理解別人想法，因為不需要。可是這詆譭我以前也曾聽過，因而日漸煩躁起來。

回憶至末，咖啡店僅剩我一個客人。

小嫻傳了訊息來，她說他以為這一天不會發生，我深深傷害了她，而且日後我再也找不到像她一樣漂亮的人，卻又拉不下臉找更差的，只得孤獨終生。此話不假。

赤心

汽車旅館白床單上的一抹紅，是張冀愷讀到訊息首先聯想到的景象。涂柏均居然傳訊息來，他以為對方不會再約他，畢竟他上次沒辦法硬。

確切說來，也就第三次約的時候沒有硬。張冀愷千里迢迢到桃園郊區找他，周邊正在興建的捷運站，道路兩旁甚至沒有人行道能走，只有他一個在路肩與汽車並排而行。沒有路燈的晚間九點，只得溫馴地走入長夜，走入荒涼。他今天稍早逛過林口 Outlet，去了精品城、IKEA，雖挺無聊的，可是至少不感到害怕。每步張冀愷都忖著，還有機會調頭上捷運回家，這是陷阱，你會被綁架的。他已經不喜歡你了，你長這樣，你對他有什麼用處？

我是他第一個約砲的同性，他一定不會討厭我。男人繼續走，側身拐進更荒涼的小巷，旁邊有圳筆直經過，卻無水的環響。不過是一個大學生，會有人摘掉他的腎臟賣錢嗎？他不願探索這些問題。什麼光也沒有，張冀愷打開手機手電筒，兩三分鐘照著，就因電量瀕臨見底而自動關閉光源。還得留電力看他家在哪，看最後一格手機訊號變成一個問號。他期待至少有車經過打亮前方地面，否則下一步不曉得會踩到什麼。

車如願來了，張冀愷得幾乎貼著牆才能保證不擋到車子，這邊實在太窄。燈飛逝而過，沒有搖開窗戶沒有綁架。也許機車比較令人安心，他想，但當機車駛過，他只管盯著地面，下意識在口袋裡邊捏緊拳頭。

一百公尺路燈外有輛機車停駐。張冀愷的心跳加劇，呼吸急促。不能讓別人察覺你的恐懼，他們才不會欺負你。他們是誰？路燈下有人的影子，離涂柏均的家還有幾百公尺，馬上轉身吧，縱使坐了幾小時車程來，只要平安回家都還不算太遲。

三十公尺，二十公尺，張冀愷凝望他的臉，一張五官精巧，拼湊起來卻略帶野性、瘦削線條的臉。涂柏均兩鬢剃高如故，然而頭頂留了頭髮，油頭梳至一側，望去有種謝霆鋒的神韻。他的身高比張冀愷矮將近十公分，氣場卻和張冀愷平時刻意展露的類似，甚至天然地超越。悶悶鬱鬱，涂柏均沒穿上衣，他巧克力牛奶色的肌肉線條又再一次刻畫、鑿開張冀凱腦海裡從前幾幀含糊印象。他的身體多了幾處刺青，其中一個在左胸。他曾提到過，問會不會討厭刺青？張冀愷回答不會，他很愛台客。對，台客，非但沒有八加九的戾氣，可愛與帥的比值恰到好處，也許帥多一些，總之不討厭。他靠在重型機車上，覷視朝他走去的傢伙。他說不定已經這樣凝視好幾個過路客，經過一雙瞇縫，一點鬥雞眼的類似，細眼睛的男人帶有神秘感。張冀愷不會認車，還記得當初那次跳到後座比普通機車高得多。

兩年不見，涂柏均還是那樣確切長在張冀愷的審美上，一點不差。

「嗨。到我家還有段距離，我想直接載你比較快。」涂柏均說。

車速很快。張冀愷捉著車後把手，不敢碰到對方而刻意保持空隙，正常來說都會摟著腰，至少有些接觸。一方面怕被目擊，另一方面他也不是那種類型的人。他到底喜歡自己哪點？他不敢問，真的，他不想知道答案。當他直面畏懼，拋出疑問時，基本上都曉得自己將要失去。

他們透過某個幾乎沒有人氣的交友軟體認識，現程式早已下架。涂柏均話少，張冀凱常常要等他從已讀的自閉中走出，不然就再開新話題，對方已讀個幾次，可能自己就連講十幾句話。簡單聊過之後（至少張冀凱不覺得聊了多少），涂柏均坦白：直接講吧，你想要做什麼？張冀凱回訊：我都可以。涂柏均說：我將來還是希望能結婚，我沒辦法跟你交往，頂多只能當砲友。張冀凱說：那好哇。當時他剛上大學，懵懂的年紀，還真沒想過要找砲友或談論諸如此類的話題。

時間定在寒假的某天早晨，約在桃園市區一處熙來攘往的捷運站，涂柏均的機車還沒升級。活在灰藍色的維度，車流是意識的部份匆匆掠過，那時張冀凱不會騎機車，亦不了解騎著車的男人。為什麼答應？因為他超帥。為什麼他答應？他不知道。涂柏均曾在螢幕另頭提及自己很少約人，也很少尻（每個月兩次吧），只幹過兩個女人。路上他們應付性聊了幾句，沒再講話。車子降低速度，停在一家氣派的旅館前面。

涂柏均說：到了。

張冀凱跳下車，正待發展的郊區，透天很大。涂柏均不太流汗，不臭，張冀凱洗完澡回到客廳，兩人仍不知道要講些什麼，遂躺在沙發看電視恰好播出的奇異博士。涂柏均看自己的筆電，某種動漫解說之類。他的側臉輪廓分明，簡直動漫男主角的剖面；嘴巴一向閉著，餘光瞄到也有種冷酷的氣息。若直接看，他會轉過頭回望你，表情好奇地閃爍。張冀凱受不住，只好偷偷瞧他。

十點，隨著奇異博士從黑暗次元回來，涂柏均問說要不要去睡覺。這麼早？張冀凱跟著上頂樓，舒爽的冷氣早已瀰漫房間。涂柏均拿出寫真集，是他最喜歡的健身教練，臉跟身體都像小奶狗，說自己想練成那樣。他秀出手機封面，也是教練的肌肉寫真照。「我覺得你更帥，真的。」張冀凱說。對方露齒而笑，含有些許害臊。他的牙齒很整齊，有虎牙，且白，沾染菸味。也是生平第一次，張冀凱不排斥那種氣味。

燈光黯淡，張冀凱靠在對方右胸，緊摟他的身體。他的身上沒有汗臭，唯有種淡淡的沐浴乳的香，很耐聞的費洛蒙。他聽他的心，涂柏均的心律比一般情況下的人快了些，張冀凱於是問他無關緊要的問題，分享這兩年他們錯過時的故事。

「你會緊張嗎？」張冀凱抬頭問。

「還好。」涂柏均稍稍俯瞰他，兩條細長的光，說完話便闔上薄唇，望著天花板。

沈默之中，張冀凱才又勉強找到新的話題。他總是需要很多預備的話題以防止場面尷尬不語。

「我以前大二的時候……。」

涂柏均朝他的嘴吻了下去。時間變得很慢，他們捧著對方的臉，舌尖在彼此嘴裡磨蹭，雙眼似蒙上一層媚霧緩緩放下。舔舐耳朵，喘息和淫叫；脖子側邊，他輕輕嘆氣，腋窩、胸骨、肚臍，吹下紅色內褲，一根不怎樣大的陰莖彈出，可愛而可口。粉紅色的尖端一路連到剃過毛的繃著的腹部，無人認得出龜頭動過手術的痕跡。

涂柏均領取鑰匙回來，車庫停好車，二樓就是旅館房間。三小時八百塊，深棕色木頭調性，張冀凱印象是空間很大很大，浴缸走到床上要二十幾步。也許有稍微看過電視，一貫地尬聊。那個年紀他還沒發覺自己未社會化完全而感到恐慌，總之遺忘起因的，仍不得不追尋本能在床上熱吻打滾，從頭到腳吸吮吹氣。涂柏均用嘴為他服務，他完全是他的菜，硬得不得了。輪到張冀凱脫下他的內褲，差不多那樣大小的陰莖就冒出頭來；不同的是，他的龜頭上有顆ＭＭ巧克力大小的粉紅色組織，細可見微血管，猜測是尿道壁外翻出來。

張冀凱怎可能遇過這種情況，那時他的性經驗大約是幾個普通人而已。不曉得怎樣面對的時候，他選擇裝作沒事，說道：「你要我幫你口交嗎？我可以戴套吹。」

「不用，你幹我好了。」涂柏均旋即翻身，讓陰莖壓在下面。

張冀凱感到一種極怪異的矛盾。驚悚，可眼前的人是豈不是他最喜歡的型——至少是目前約到最喜歡的，陰莖也仍舊是硬的。他掰開他Ｑ彈而嫩實的兩瓣屁股，中間的小穴向內嵌縮，又推了回來，期待著什麼。壓著他幹，無須多做潤滑，已然分泌這麼多汁液。由於不小的身高差，張冀凱性交的時候還得以順便聞他頭頂分泌的汗味，雙手扣住他的脖頸，拉高，下顎至鎖骨呈一直線。除了挺進時的悶哼以外，涂柏均全然沒有反抗。

張冀凱高潮以後，涂柏均彈起來跑去浴缸放水：「走，我們去泡澡。」

做愛比聊天簡單，相較做愛有固定的程序，和陌生人交朋友沒有。倆人做完之後，好像也就實際突破一切障礙。他們彼此分享自己在學校的有趣經歷，亦討論未來規劃。張冀凱說：我不想去馬桶，可以尿在浴缸嗎？對方回道：你尿在我臉上。張冀凱猶疑片晌，在他堅持之後照做，涂柏均闔上唇緣，一座靜置水池的雕像鬼斧神工，等待神蹟降臨。可是太奇怪了，更多包含社會上潛在的失禮，他只敢尿了幾秒，剩下泡進水裡。那張受洗的臉沉入浴缸，浮出，雙手抹掉臉上水漬，睜開眼凝視他，瞇縫夾著張冀凱稚氣未脫的臉。

旅館的電話響起，涂柏均起身接聽。「櫃檯說還有十五分鐘，我們準備走吧。」他笑起來真好看，張冀凱心想，邊擦乾身子。地板很濕，涂柏均在鏡子前簡單吹過頭髮，仔細瞧自己的臉。他剛當完兵，還是寸頭，很有野味。張冀凱到床前撿拾衣服的時候，看見床罩正中央有一小灘血漬。

後來涂柏均說，偶爾他會想著那天的事打手槍。

「我今天太累了，硬不起來。」張冀凱如是說。地板上有床墊，又鋪了毛巾，涂柏均正用臨盆的姿勢躺在地上等他。「明天再做好嗎？」

然後他們開燈打了幾場拉密牌，都是張冀凱輸，所以入睡前涂柏均都直挺挺躺著讓張冀凱抱，最最不容易相擁的姿勢。他似乎習慣躺平的入睡狀態，另一個人僅止於稍微觸碰他溫暖的身軀，聞著腋下的味道，留在比他低的位置。

隔天早上，涂柏均先起床洗漱沖澡，馬桶上順便清過腸道。倆人曖昧地看著對方的臉，接了吻，舔了身體。張冀凱感覺到對方很快速地勃起。一陣磨蹭與無言交流後，涂柏均笑了笑，輕拍對方的臉，便下樓去了。

那灘血張冀凱用棉被蓋住。然後他們去吃飯，去看了電影，在電影院外面打傳說。張冀凱天真地活著，彼時他的現實還沒被現實污染，他活得天真爛漫，可是也瞭解到不該喜歡對方，他都那樣說了。發生第一次關係後，間隔半年，暑假時涂柏均傳訊息來，動手術把那邊處理掉了。

涂柏均照舊很少傳訊息。他說想不出要回什麼。次年寒假也約在旅館，那時就已經翻不出傷口。涂柏均摸不著頭緒地帶來了紅酒，張冀凱嫌太酸太嗆，沒喝幾口，被涂柏均半瓶倒在馬桶裡。那時候他也還能幹他。

或許我們該更常見面，因為我們都很寂寞。噠——噠噠噠噠噠噠噠噠。然而第二次與第三次卻相差兩年，期間張冀凱徹底聯繫不到對方，也曾以為再也見不到了。於是這次才剛做完他又想約第四次，想一雪前恥，可是涂柏均有事要忙。儘管他的照片極少，仍瞧見幾張墾丁雙手比耶的潛水圖，還有棒球隊伍裏矮半顆頭的木訥表情。張冀凱跟他說自己在外面租了間房，隨時可以來找他，只是這邊蚊子有點多。我會找時間，涂柏均說，噢多像一句謊，張冀凱慢慢學會分辨場面話。涂柏均又說覺得很對不起他，他常常神隱很久很久，你可以找到更值得的。那就約我就好啦，他想，你不是不討厭我嗎，我在你心中多少是獨特的吧。

他竟然如實赴約了，算下來這就是第四次見面，張冀凱因而越發焦慮。他們喝點小酒，閒聊，在旁邊看涂柏均玩寶可夢。他看著他的衣櫃時皺眉：你衣櫃該整理了。張冀凱說：別管那麼多啦，我們要不要去床上躺？這次，二人方才躺好，涂柏均抓著他逕自吻下去，沒有半點猶豫，舌頭在口腔裡綿綿滑動。張冀凱蜷縮在下方位置用鼻頭蹭他的腹部，涂柏均手心手背的觸感，愛撫位置僅到他的奶頭，不能再往下。可當嘴對嘴熱吻時，張冀凱感覺到他的手往下探尋，如冬天洗完澡擦過身濕冷的毛巾被捏起，被把玩翻玩。涂柏均接吻時眼睛始終閉上，好似什麼事也沒察覺那樣搓揉對方的陰莖。這期間張冀凱不停想找空檔說話。

「我有說過，你是我約過最喜歡的人嗎？」終於等到喘息機會，他側過頭將對方拉進肩膀另一側，胸口震動讓他感受。

「……。」對方似乎有答應，張冀凱沒聽清楚，他急著接下面的話：我跟別人都不會這樣……只有你。我覺得把你當成洩慾對象好怪，不太對……

涂柏均的陰莖卻很硬。上一次也是如此。涂柏均翻過身，銜起那條被打得快半硬的陰莖，吞吞吐吐。濕熱的腔室多少引起自然生理反應，張冀凱卻沒感受到半點性慾激發。他揉著他耳後說：沒關係，沒關係……。

他們依偎，抱得非常緊。涂柏均睜開眼：你睡著了？剛做的時候也差不多十點，此刻指針碰到十一。沒有，等等還要寫功課。涂柏均把他的手移到自己的陰莖上，張冀凱當即意會過來，迅雷般的速度伸手幫他打手槍。

「我幫你尻出來，然後我們去洗澡？」

「你不幫我嗎？」

張冀凱跪在他正前方，一個自己約過最喜歡的人看不見他陰莖懸掛角度的角度替他服務。張冀凱沒有幫別人口交的喜好，因為他沒爽到，他只要別人為他服務。然則眼前的陰莖他沒理由討厭。他口銜聖屌，每次滑入都小心翼翼不擦到牙齒，連續吹奏十幾分鐘不歇。很美味。對方不吭一聲地射精，很乾淨的味道。這次出來的量比上次張冀凱揉他的龜頭分泌的量少很多。確認沒有多餘的精液留在尿道後，張冀凱爬上去輕輕吻他，舌頭推了些體液進去。他還是硬的，張冀凱用掌心包覆繼續推他的龜頭，到對方起身決定去沖澡為止。

張冀凱捏高未充血的陰莖，趁涂柏均等熱水時用尿灑在他身上，最高到腰窩的位置。涂柏均轉頭俯視，說了句好燙。

「我已經很久沒約了，是換外宿後覺得不約太可惜，才開始回來約砲。」張冀凱滔滔不絕：「目前已經約了十幾個，真的，只有遇見你……。」對方沒什麼回話，他也識相閉上嘴巴。

張冀凱估量，明早絕對必須清楚展現自己晨勃的樣子。可是那晚，或許是關門太慢，蚊子飛進房間尤其專咬張冀凱白嫩的身子，怎麼叫人睡覺。他叫涂柏均瞄到黑影時幫他打。當晚兩人都睡得不太好。張冀凱首先夢到蚊子把他的血液吸乾吸透，害他沒有勃起的血液，全是蚊子的錯。荒謬感很快將夢沖淡了。但第二個夢裡，他卻夢到了涂柏均，詳情已不清楚，僅知道有他在絕不會是壞夢。起床後，他最初念頭是訝異竟會夢到他，男人不就在枕邊嗎！二來才發現床上只有他一個人。他望見涂柏均躺在地上，只墊了外套當枕頭。「你的床睡兩個人太擠了。」他微笑說，眼睛旁的紋路擠出兩個倒三角形的小窩。張冀凱照原計劃為海綿體充血，奮力維持，短褲中隆起一座圓頂小山晃到廁所門口。涂柏均沒有留意到，他在鏡子前面調自己的耳環。

研究指出，很少有相處得以結束在雙方均認為恰好的點上。他想他要走了。他們擁抱，有人還想問最後的問題。

「你還會……。」很小心翼翼的聲音，一不留神就會漏訊。

他視線倏地朝左閃過，踏步轉身，掌心拍在牆上。

「噢，我打到了！」涂柏均嘴角抽動，兩瓣嘴唇夾成閉鎖的弧。「你不是叫我幫你打？」

「喔，對呀，感謝。」

涂柏均瞧了瞧手上的血跡，左手大拇指堅定而反覆地擦去。他們終於告別，他在心底祝他快樂，而他目送他身影消失在走廊盡頭。

張冀凱將視線自門把移至那面牆壁。大塊白色油漆裡頭一抹暗紅色的血。

他一直看。

核酸檢測

熟齡女子淺淺垂下眼皮，五官，甚至眉頭也沒有任何起伏。劃圈，抽出，如此便結束了，胡戈在心裡咒罵一聲。女子點頭答謝時他不給任何反應，瞪視別的地方像在賭氣，而前者身影漸遠，彷彿不過是在胡戈面前稍作休息。

下一位女子光臉上就能數出十來個金屬環。她坐下，開始抖腿，直到她喊了胡戈的名字才將他從呆滯中拽回。胡戈下意識摸著自己白色外衣上繡的名字。女子說：「我這麼好認，你忘了嗎？真是胡來。」

「哦，馮君。身上這麼多孔，不去縫縫嗎？」

「有種在女人心上開個洞唄。之前當刺青師傅，現在戳鼻孔，你只能插原本就存在的東西，加深痛苦卻不能製造，大半輩子小嘍嘍角色。」她想都沒想就回得那麼順溜。胡戈加大力道戳她鼻腔裡側，換來的是馮君一聲哎唷後的冷笑：諒你的能力也只敢這樣報復。胡戈整天心情都毀了，再沒有餘力去分析檢測者疼痛的表情屬於八大類的哪種，下體的血液也回流腦部，他不得不無聊地反覆催眠自己多崇拜習主席，還給他月薪兩萬多人民幣的工作。以同齡層而言，他的生活品質已經封頂，而且期望疫情永遠嚴峻下去，封控下去。

不過習近平又如何？他要來我面前，還不得把鼻孔湊過來讓我插。胡戈想，但我會用最溫柔最符合他人體構造的方式替他採檢，主席不會痛的，他的鼻子夠大。不過一般而言胡戈最不喜歡大鼻子，戳大鼻子的人他們都不怎樣疼。

他想到馮君以前和他說過這些洞三天不扣環就會癒合，所以都要塞著東西。「為了活得漂亮只得成天養自己的傷口，要是你情傷也這麼快好說不定能少穿幾個洞紀念。」胡戈譏諷道，他難得覺得自己講出金句。「這些洞使我堅強，所以我要一直展示給別人看。」奇怪的是馮君不肯刺青，無論胡戈怎樣慫恿她。他或許就格外在意這種強硬的女人。

「看來防疫很成功嘛，都沒人來驗。」一旁同事見十幾分鐘無人採檢便打趣道：「你聽說了嗎，台灣這次選舉很動盪，選民互相仇視……。」

「當然的，違抗習主席只能落得此下場。」胡戈吐痰。「想到對岸那群連四個月役期都要折抵的學生在軍訓課裡發表如何嚇阻戰爭打贏戰爭就覺得荒唐至極。愛國卻不要當兵？可笑。」

「那你有沒有想過，蔣萬安主持二二八的話算不算成果發表會？父債子償，應該讓他再當十屆縣長，讓他好好撫平歷史傷痕——還好我們國家裡沒有這檔事。」

胡戈不是傻子，或者說，慣於自我審查的良好中國國民自然是纖細敏銳的。什麼話不該講？為什麼不該講？為什麼明明沒有發生事情還是不該講？此人話中有話，像在試探他，肯定不是什麼好東西，養尊處優的倒還不滿足，需要這樣搞事。胡戈現在環境很好，找不到一丁點理由反抗當前的生活。

「我們國家當然沒有發生過任何事，就算新疆有，我也不知道啦。」胡戈語氣惱火：「你就沒有別的事好報了嗎？」

同事接下來一天也都沈默了，微博被噤聲似的。胡戈心想，改天向上級舉報他，說不定哪天真能被提拔至……不曉得，權力更大的位置吧。不用親自動手，就能使他們痛苦。想到這，張張猙獰的表情飛越腦海，胡戈又能勃起了。他最鍾愛的就是痛苦扭曲的表情，核酸檢測是一種合法的強暴，「如果可以選擇不要就會選擇不要」，硬盤裡反抗的日本女人明知不可能逃過，欲拒還迎的完美代言。南京大屠殺……慰安婦……夜夜朝著螢幕復仇。

入夜，城市沸騰。

年輕人陸續湧入街道，手握白紙。他們的訴求是什麼？沒有訴求，他們不敢寫出來，狗娘養的孬種。胡戈依舊蹲在路邊，無視其他人叫他快退，最後還是在混亂中被同事拉回來了。不要封控要自由！一個人看到路旁的防疫團，對著他的臉大叫，口水噴在面罩上。胡戈當下愣住了，對方年紀與他相仿，也許是上街的人群太多導致他瞬間沒想到回擊，他這輩子還不曾見過這麼多抗議的人，十倍，百倍，千倍的憤怒。他亦憤怒，亦懊惱。他覺得必須做些什麼來證明自己不比這些人差勁，遇見馮君已經夠晦氣的了。

「習近平下台！」群眾厲聲疾呼。

「習主席我們愛你！你們準備抓去勞改到死！」胡戈咆哮回去，他的聲音淹沒在眾聲喧嘩之中。胡戈並不在意，如今他心中歡暢許多。十點他們才能下班，眼前這種情況儘管不能工作，防疫小隊長指示說還是先待到下班時間再走吧。

「我們這張紙上什麼也沒有，因為訴求都在我們心中！」一名短鼻子婦人用麥克風叫道。她的表情駭人而淒慘，這痛苦卻令胡戈反胃。

「真想用力捅他們鼻子。」胡戈脫下面罩啐一口痰。整天悶在防護衣裡實在悶熱，溫水煮青蛙。等他穿回衣服轉頭用力瞧，其他同事似乎已先行離去，最不該走的小隊長也不知去向。他決定自己留守到十點，身為優良大白，從無缺席紀錄並以此自豪。

打了盹，指針終於指向十，公安像回應胡戈的期待那樣，開始入場捉人，為他回家清出條路。他閉著眼低調走過鐵柵欄的車，奔竄的人們，劫掠似的現場。國家怎麼會變成這樣的呢？然後胡戈迎頭撞上一名公安。胡戈抬頭與他四目相接，旋即摸摸鼻子從側邊快速離開。公安攔住他。

「身分證。」胡戈快速翻找背包恭敬地雙手奉上。

「跟我們回去，你被逮補了。」話畢，胡戈的手業已上銬，對方十分熟練這套流程。

「什麼？我咋了？」

公安示意他脫下外面的防護衣。衣服後面黏到白紙數張，其中一張上面還用紅漆塗著：用我全身白袍，支援白紙革命！習包子！

「果然是首腦，否則誰能那麼容易拿到官方防護衣？」另一名更高階的公安指著牌子判斷。

「還大咧咧朝我們這邊行進，真是狗眼看人低，佩服佩服。」胡戈轉過頭，的確他是唯一一個走這邊方向的人，但他的車在那邊啊，他得開車回家。

「不是的，大人，我是大白，我的工作就是檢測，您去查查……。」

「我們當然查過了。」

「虧你還搞到防護衣要來諷刺政府？還是玩 cosplay？」兩名公安笑到歪頭打自己大腿，一邊掏出手機播放音檔。

……我們國家當然沒有發生過任何事，就算新疆有，我也不知道啦……

「這是……這是反串！連反串都看不懂，要不要這麼可憐！」胡戈漲紅了脖子，嘶著氣。

「你被通報是反政府份子，話說完了？」胡戈還想叫，但他此時腦裡能尋到的話，全是馮君曾對他說過的，那些令他渺小的言詞。他一直想證明給那賤逼看，他可以不過那種渾渾噩噩的生活。

可惜胡戈生命中最後的意識，除了靛藍的天空，就是漆黑的警棍由下而上揮來，捅進他的鼻腔。

簡述分裂

女兒繼承母親一雙豪乳可說是天經地義，就此以外她什麼都沒留給她。如果那張臉也是遺傳的，寧可不要，沒有人要那種卑劣的基因。她躺在兩坪房間裡，臥鋪和天花板將她夾住，想像自己是可口的夾心餅乾。她聽見外邊新鄰居來拜訪請安。

「哎呀！考上醫學系呢！真是聰明的孩子！」新鄰居情緒高亢，彷彿上榜的是自家女兒：「她叫什麼名字啊？」

「劉子珮。」母親以菸酒日夜澆灌的喉嚨發出震動。劉子珮忖量植物也會發出極纖細的聲響，這聲音或許在說他渴。

「咦，我看公寓名冊您也是姓劉……。」

劉子珮無奈地闔上眼睛。母親愣了半秒，驟然哀嚎起來，雙手抓著那人的臂膀奮力晃動如一急欲振臂高飛的鳥，自己懷了這孩子後就被男人拋棄啦——孵蛋好辛苦的，終生被這孩子限制住，沒享受到十八歲的青春吶。母親的煙燻妝噙著淚水，口紅在鄰居的胸口埋上唇印。這些劉子珮都沒見到，她是憑記憶臨摹的，現實中居然也毫釐不差同步發生，每個語調轉折，換氣，母親眨眼掉一滴淚。

鄰居必然是嚇得半死，慌忙說之後會帶很多東西來援助他們，匆匆敗逃，腳步聲快速消失在轉角。母親撕心裂肺的叫聲戛然而止。劉子珮盯著天花板喟嘆：「好煩。」母親說：「真的，妝又要重化了。」母女倆曉得，此來這鄰居八成不敢再訪；即便來了，不送點東西也會感到慚愧，畢竟他已經是被處理過的，像為動物放完血，日後保存也方便。家有不言自喻的原則。

「我晚上有事，你自己吃。」母親的高跟鞋在門口敲了兩聲。

「又去給人幹？」

「靠夭啊，就說我不是靠這賺錢，不然早就窮死。」母親不脫鞋，直接穿進室內佝僂佝僂的朝子珮走來，擠她的臉頰，接著是胸：「天知道你的聰明才智哪裡來的，但你要好好把握，我給你的只有這對奶奶。將來當個醫生娘你就能在家數鈔票了。」

「如果只是要待在家，我何必念醫學系？」

「這我怎麼知道？你媽笨，你動腦想想就知道了。」母親甩上門。

半小時後，劉子珮來到黃有閔家樓下。

有閔正在讀課外書，中等常渡的《逼死集》，他說寫的是些諷刺女權的短篇故事。很好笑，很多女生都把自己的處境描述得太誇張了，很自助餐。

「讀書比做愛更有吸引力嗎？」劉子珮問，純文字的吸引力對她而言無限趨近零，她不外乎就是很會背誦之乎者也，光一項技能便足以應付台灣考試，完全沒有辨別力。眼前的小伙子上台大電機，他們倆的技能點可能碰巧都有點在讀書上面。人的技能點是有限的，如果可以重新分配點數，她會如何運用？那肯定——

「他寫得很好笑欸。」有閔揉揉眼角：「妳想看嗎？我是怕妳會被冒犯。一個性別寫另一個性別的遭遇多少都會令人不爽。」

「我還好，而且如果會不爽，尤其寫弱勢性別，她們幹嘛去看這種書？為什麼不自己寫一本出來為女性經驗發聲？」

「話不是這樣說，妳想想，如果妳今天的生活，乃至於妳的性別弱點都是仇女仔設定的，妳會開心嗎？」

「我又不喜歡寫作，這跟我無關啊。」

「珮子。」有閔感慨地闔上書，忘情凝視她的臉。這令她湧上種不確定感，似乎自己是澄澈的湖面，而他正在練習如何凝視自己的容貌。珮子，他喜歡這樣叫她，有種日本女性的感覺。這她倒也不排斥，多了份端莊；待這端莊感充滿整個人的內裡，外在則毋須強求。有閔如此呼喚她的名字，也許他視網膜上正映著白粉胭脂盤頭髮的女人，夜裏屢屢挑起他性慾。

「我愛你的奶子，幫我謝謝你母親，珮子。」有閔的嘴唇吸吮肉紅色的左側乳尖，一條窄道連接心臟，榨出青春活力並源源不斷供給他。他說他彷彿吸到乳汁。劉子珮忍住笑，她覺得這樣很失禮，儘管有閔真的是完全不懂生物。端莊女性怎允許笑出聲來？他如此惹人憐愛，有種男人天性中得來不易的單純，故劉子珮懷孕時，她也將有閔的不告而別視作「理工男不知所措時逃避的可愛模樣」。

「我想生。」

「妳瘋啦？看看你現在這個家，要不是妳會讀書……。」母親罵道。

「妳不也生下我了嗎？」她質問。

「他跑掉後，我可是拼命吃藥墮你的，誰想到妳這煞星多頑強想弄也弄不掉。」母親頓了頓，換作比較親和的語氣：「妳聽我的，就算妳生下來後我有負責把你養大，但我很辛苦，不希望妳跟我一樣，要是重來一遍我肯定會更用力把你流掉，不知道妳當時搶了我多少養分，害我少活幾年青春。」

難怪姓劉，女兒心想：想流流不掉，只能留下來。母親從包裡扔了五百到桌上，包含你這禮拜接的家教，應該夠你打掉了。不，墮胎藥至少要六千，她那時應該是走某種宮廟密醫吧，會成功才有鬼，活該生她這剋母的下來。

所以她要哺育。她要感受作為一名母親的慈愛。一名日本女性捧著剛出世嬰兒破涕為笑的情景，如此美好，如此崇高。她的乳房她自然也嚐過，沒錢買奶粉，母親親自授乳，嘴唇囁嚅，是想說話抑或憶起母親肉紅色的奶頭，她的記性向來很好……。

可是日本女性卻也是順從的。劉子珮的身體被母親佈下言靈，下意識排斥這個胎兒，就因母親不准。四個月大時她已經隱隱覺得不對勁，但沒有多做什麼。她不願去醫院檢查，一股腦地買驗孕棒，每天一支，像她與有閔夏日晚間吸著冰棒那樣平易近人的小確幸。兩條、兩條、兩條，再來一支，母親打麻將的噪音傳到廁所，劉子珮望著驗孕棒上人母的證明，臉部不自然地扭動，背對鏡子邊哭邊笑。她未必不曉得肚子裡的已經死了。

憋不住。擔任家教時，子珮腹部劇烈抽痛到失去表情控管的程度，學生嚇壞了，請老師趕快去「解決」，怕是昨天吃壞肚子。回想起學生那張微張的口，撲通，伴隨著大量體液，她在圖書館廁所產下死嬰。那水聲簡直就是拉肚子。劉子珮橫豎想不到懷胎的喜悅與腹瀉相差無幾，她情緒潰堤的哭叫寸斷肝腸，嘴裡唸的不是有閔也不是母親，而是「珮子」。那嗓子壓根兒和母親同個模板印出來的。

劉子珮忘不了死胎的顏色，青紫色的，生命怎麼可能是那樣子，而那樣子竟然和她血肉相連。一想到這，她就止不住狂吐，她最初也不是沒有這樣孕吐過幾次，最好能把這些死亡胎盤素徹底排出體外。母親咕了一聲。她以成功避免糟蹋自己未來為由帶她去麥當勞慶祝，子珮邊啃薯條邊啜泣，淚夾進家教課本；母親則是一旁愜意地滑著手機，彷彿也沒有真的被子珮奪走什麼。等等還有家教，她擦乾眼角，往圖書館行去，每走一步都覺得更壓迫，可是她要顧及學生方便，那學生也同她要考醫學系，她要做好榜樣，給全世界的人知道不漂亮也可以是漂亮的女人。不全然是真的，至少希望其他同類型的傢伙過得好些。

「珮子。」

劉子珮轉過頭查看四周，她回想起來自己在圖書館上課。

「老師，您還好嗎？」學生關切道。

「什麼？噢，我教到哪裡了。」學生點向教科書上的詞彙。

「珮子。」有閔說。

有閔夾著劉子珮的食指滑過書本，太靈巧了，子珮幾近以為自己在做夢。這觸感像是他背上脊椎的位置，他皮膚上的疙瘩，汗的褶皺。她在讀一張紙，讀她還活著時候的自傳。念出來，有閔以輕到聽不見的聲響呢喃：念出來。

配子是單倍體細胞，行有性生殖的生物在特定器官通過減數分裂產生。兩性配子通過結合產生合子。舉例來說，妳和我皆卵，沒有精子細胞，我們永缺乏精細胞的那一半。學生困惑地迎上劉子珮空洞的雙眼，她的手指更加用力按住教科書上的字，搔抓似的摳過它們，墨水卡進指甲縫裡，讓字消失。同種性別的配子是不能融合的，父親的那一半，永遠缺乏……老師！您還好嗎？有閔大呼。劉子珮業已喪失意識癱在桌面，雙眼上吊。

她的眼神至此已經死了。送往病房療養後並無大礙，醫師說可能家教接太多操壞身體。操壞？不，是操壞。誰想操妳這女人，那是妳想像出來的，沒有人操過你，沒有那種事。母親說：哪樣的事？沒事。沒事就趕緊恢復正常。她喃喃答應。

她察覺到母親給她的那對乳房有了異樣。青色的血管日漸浮出，構成神經網格。母親說青筋奶很稀有，要她好好把握這樣的獨特，她卻越看越覺得是兩顆嬰兒頭顱，又是胎盤裡盤根錯節的管路，她與母親永遠相連的位置。她的腹部似乎不再難受，而胸部卻發育更大，每晚脹疼，某種生長痛。劉子珮低頭看著紫綠色的內網，她深刻記得這顏色，那天馬桶裡也泛著這樣的油光。馬桶沖不掉，她便撿出來吃掉。一隻手掌大，青紫色的皮膚皺摺許多脫落乾裂的指甲毛髮，再細小也是她最親密的養分。從較易入口的四肢著手，口感類似嚼咬得斷的更軟的橡膠，她國中時吃過體液沒有清潔徹底的內臟，很腥，濕漉漉的滴水的冷盤。兩指摳進囟門將未發育完全的頭蓋骨扯開，吸他的腦漿，已經混入公共廁所的味道。能敲碎的敲碎吞了，埋首豪飲，小孩圓滿轉生，真的能繼續活在她肚子裡，與最親親人共享生命點滴。她還瞧見鼠蹊部上的迷你錐狀物，是男孩，她生命中終於存在一個永遠陪伴她的男性。

她因此任其脈搏在體內恣意竄展，枝枒叢生，全身上下爬滿暴凸血管。蟲蟲鑽過她生活的枝微末節，誰叫她沒把小孩好好留住呢。劉子珮裸體檢視鏡子，從青筋奶端詳至其他部位，手臂翻過來翻過去，瘀青的狀況宛若來自體內男人的家暴，卻也覺得痛快。她五指緊掐乳房，作為一種性器，有閔的陰莖上也存在這種飽脹的經絡，她的身體豢養著母親嫉妒並拒絕供給的一切，只得稱心如意地失聲大笑。

附註：原本篇名要叫〈挖到寶〉、〈饗食天堂〉，子珮很乖，有什麼吃什麼。

氣到！

幾年前我還在公司上班時，主管曾兆京是個四十幾的頑固男人。記得有年年底，全公司只有曾兆京的部門業績沒有達標，他在開會時摔桌咆哮，站起身很生氣就射了。大概是從那次開始，曾兆京一生氣就會射精，量的多寡與怒氣值高低正相關。可是他真的射很多，乃至卡其色西裝褲外表能明顯見到染成深色的區域不斷擴大——隔幾分鐘我才發覺那不是尿，因為中間滲出糊糊黏黏卡在上面的乳狀物，還帶點混濁的米黃。曾兆京正在氣頭上，渾然不覺自己漏精，下屬也不敢提醒他。

或許是衰老的緣故，曾兆京對那話兒的控制力不再那麼好，腦袋才充血，肌肉一緊繃就順勢擠出來了。他真的射很多。曾夫人說，沒關係，這樣還可以預防攝護腺癌；然則小倆口親熱時，曾兆京的疲態便顯露出來，甚至沒辦法全勃。你可以的，女人生來就是要支持自己的丈夫，幫你打氣。你我可以，丈夫說，充氣了半小時結果不行。曾夫人罵道：你個陽痿奈米臭屌也有種向老娘索愛？他氣得立刻噴了一坨在老婆臉上。

曾夫人本來就是玩很開的人，她喜歡顏射，繼續罵，繼續射，自己用做好美美指甲的手摳自己的G點，你這老不休……啊！好多，死相。她淫靡的表情外覆蓋的精液累積到沒法呼吸，於是昏死過去，成了睡美人。她本就熱衷於窒息式性愛，故曾兆京最後沒有被定罪。我曾去病房探望過他妻子，她的臉孔仍擺在高潮的片晌，如一尊文藝復興時期的聖母像庇佑並廣納世上恆河沙數的小孩們。後半輩子能永遠活在這一剎那的愉悅，自然也是很美滿的。

曾兆京辭去我們公司的職位，每天陪在病床旁唸《憤怒集》給妻子聽。他表示可以鍛鍊修養。起初他想找戒掉生氣辦法的心靈雞湯，情緒管理區掏掏翻翻，網路搜尋跳出來最前面推薦就是《憤怒集》，誰曉得這本書壓根沒在教你克制憤怒，而是讓你狂怒到登峰造極無以復加。精神科醫師說這叫暴露療法，像你怕蜘蛛就一直給你看蜘蛛的照片。他以前底下的員工狂笑說應該叫暴漏療法，漏到機能完全停擺為止，差不多快到那個年頭了。他們觀念大錯特錯，男人終其一生都在為成家立業製造精子，會減少的只有睪固酮跟對女人的性慾。

邪典伴久也生情，曾兆京確實更為寬容，漏精的頻率也從日日☆大☆爆☆射☆降至約莫一個月一發。他養成某種預測數分鐘後準備要一波推進了的直覺，此時他會衝去廁所等待解放，也懂得刻意讓自己暴怒，及早或分批排解。若真的有事要忙，他會穿衛生棉墊著，外頭則看不出端倪，何況軟軟涼涼的很舒服。偶爾護士不在的時候，他會脫下褲子射在那植物人老婆臉上。她算是知覺尚存，會開心會快樂，老公不碰她時會難過。

人活著怎麼可以沒有生氣？曾兆京仍舊需要錢，找了份公寓管理員的工作：很無趣，沒啥情緒波動。他必須二十四小時待在管理室，又拒絕向上級匯報他生理期定期大駕光臨，就只好穿尿布。有點丟臉，他還不習慣讓這件事成為街坊間口耳相傳的八卦。更年期來女生停經，男人如何一生不停呢？染色體裡的Y盡忠職守，有風骨的榮譽軍人剩單隻腳也站得直挺挺，護衛他身體裡粒線體之運作。待生態系裡的Y染們漸漸化開分解，他終究能從地獄裡解脫，屆時他要射一攤在耶穌臉上。

「AI是新的神明……」

「心理師公會」內部通常沒有人，因為只要情緒調控得宜，其他毛病都算小事，正念冥想無敵。然而今日公會卻有心理師雲集，他們想要來找心理心理師治療。

「什麼是心理心理師？」

「就是專門處理心理諮商師的心理問題，術業有專攻，心理師的心理問題也需要專業的人解決，我們素來重視專業。」

門口告示貼著「有精神方面疾病且不接受正規治療的謝絕合作」。入了會場，已有十幾位心理權威就定位。但他們不是來給彼此開導的，而是受心理心理師開導。心理心理師的座位藏在布幕後面。

「我先自我介紹一下，我是心理心理師，顧慮到某些原因我不能露面……」

「搞什麼？」一名年長腦科學權威有些受到冒犯：「我想，露面應該是種心理諮詢的基本尊重，要是看不到那些幽微的表情變化，何從判斷個體的精神狀態？」

「不過，今天是你們來找我諮詢，由我單方面觀察你們即可。」心理心理師的聲音從麥克風裡沙沙傳出：「各位聽過美食密探嗎？米其林會派出評鑑員到各地驗證餐廳並給予評價，我就是心理密探，你們若知道我的身份，怕有些傢伙來找碴。」

「總之人家身份比你高，尊重點吧。」旁人勸道。

「……像我們平常保障病人隱私那樣？」

「哼！」老權威屁股撞回座位裡。

年輕學者搶先開口：「我想各位聚在這裡的目的五花八門，但最大原因不外乎是 ChatAI 搶走我們工作。現代人不再使用網路預約掛號，而是直接找線上機器人談心，稱讚機器人甚至比家人朋友更關心他們。似乎心理治療師的作用已經不那麼大。」台下異口同聲表達認同。

「我們去癱瘓 ChatAI 的伺服器！」激進派建議：「開十萬支帳號狂刷。」

「那會需要用到理組的能力，我們向來與理組為敵。」

「我以為心理系是理學院耶？」

「又不是全部，人家把你擺在理學院你就誤以為有資格沾理組的光？動點腦。」

「講個理組笑話：文組是理組的笑話。」

「我倒覺得，ChatAI 是理組寫給文組的情書。」心理心理師緩頰。

「只有我覺得 AI 是種繪圖軟體嗎？」

「可是現代社會還需要像大學那樣多到氾濫的文組嗎？事實是，我有個心理系的朋友畢業後去手搖店打工，他學以致用的方法是從一個人眉宇間解讀他要半糖還少冰。」

全場倒抽一口氣。

「機器人日後如果也開始搖手搖飲怎麼辦？不行，我要先去卡位！」一道人影奪門而出。
「這是嚴重背叛！我們念大學碩士還考上證照可不是要去幹那種低薪工作，我們可是冠上『師』之名的優秀人才，像蒙其．D．魯夫那樣。」
「你是說，手搖『師』或外送『師』嗎？」
「難道潘柏霖算一種晚安師嗎？」有人尖叫。
「錯誤，極大的錯誤！漏洞百出的說法，我們要進行除魅……。」
「好了啦何必呢？人不用做太絕，如果被社會底層想在稱謂後面加個師才爽，那就給他加啊？對不對？基本時薪太低就漲一點啊，維持社會穩定嘛。」
「讓社會的心靈淨化，保持恆定！」主持人高喊。
「保持恆定！」眾人壓著心口，整齊劃一地覆誦。
「分明都是師，怎就醫師的地位比我們高那麼多呢？我們也算有跟醫學系沾上邊吧。」有些人目光向腦科學權威投射過去，權威口中發出不悅的嘖嘖聲。
「譬如理科太太諮詢筆記四重否定實屬罕見，既非理科，也不太太，諮詢過幾遍寫了筆記發網路上就賺得比我們十年薪資還高。」
「果然要先矯正網路！網路正在殘害人類的心靈健康！」激進派再度發動攻勢遊說在座反動，不過無人理會。

「而且沒被罰，可能我們真的沒到多專業吧，連法條或律師也不保障。」

「愛莉莎莎還不是活得好好的！亂講醫學知識耶！」

「至少醫師有能耐讓她道歉，理科太太還沒，論斷醫學系還是比心理系優。」

「導回正題，是什麼讓我們溫暖而豐富的人性敗給一坨數字呢？」主持人拋磚引玉。

「況且人工智慧的數據庫，不也取自網路上的東西嗎？或許是我們太常分享專業知識到網路上了。」發語者朝教授的方向瞥了一眼：「部分人士需要靠這樣持續榨乾學術價值來維持自己的熱度與專業形象，我看倒是吃裏扒外的醜相。」

「你可以再過分一點，我心理素質很好。」教授語氣溫和：「白天不懂夜的黑，等我回家就開賣我的線上課程，看你最後要不要哭著求我分你一杯羹。」

「禁止內鬨！讓社會的心靈淨化，保持恆定！」主持人連忙調解。

「保持恆定！」

「恆你屁眼，盡是些既得利益者搞的把戲！其實嘛，我從剛才就有這個想法，我強烈懷疑有人把專業知識全部餵給 AI 害我們失業，我要正式申請提出『圖靈測試』！」

「圖靈測試！」全場驚呼二度。「我們中出了個叛徒！」

主持人抬起手，場面逐漸安靜。大夥們面帶焦急，覷著主持人取出史金納箱。「1966年，麻省理工學院最早研發出 Eliza 成功唬過人類。這個 if-else 模型就是在模仿心理治療師，多傾聽少回話，少說，便少錯。過了幾十年，沒想到我們還在跟電腦對決模仿遊戲。」主持人嘆了口氣。「我們都知道規則，沒有人能拒絕圖靈測試，否則他就是有問題的那一個。」他從箱子裡抽取紙條乙張：「今天的問題是簡單計算：一加一等於多少？」

「嗄？就憑這種弱智題？」底下竊竊私語：「上次效度信度高多了，我們還在密室裡查字典翻譯異國語言給外面的人聽……」

「ChatAI 在簡單的運算上會出錯，尚不曉得原因。」

「真的！上次我懶得計算數據，結果……。」發言者被投以兇惡的目光而噤聲。

「肅靜，每個人請在紙上作答。」主持人發放答案卷：「啊對了，不用從皮亞諾公設推演，紙上寫出一個數字就好，提示是只需要一筆劃。」

「不早講！」雙主修數學系的傢伙抗議：「還以為你們什麼料搞出這齣。」

主持人接著收取所有答案紙，包含自己的：「現在公佈所有人的答案！唱名！2！2！2！2！2！2！2！2！2！2！2！2！2！2！2！」

「煩餒，不要再2了啦！」

「咳，事實上，2！也是2……。」

「全部都是2！這是盟軍的光榮勝利！」全場掌聲雷動，向前高舉手臂。

「但就結果論，我們的工作還是被取代了。」有人喪氣地說道，場面於是又輕易陷入低潮。

「心理心理師怎麼看？您今天不是來開導我們的嗎，請快發表高見啊！」

「啊，我想是這樣的，」年輕學者清清喉嚨，起身大談，「心理諮詢通常都是讓病患一直講話以達到舒緩情緒的效果，所以其實不講話才是對的。有時候我也會參照男朋友應付女朋友的慣用伎倆，尾音上揚重複句末幾個字，好促使對方繼續談下去。」

「無恥行徑簡直敗壞學術界風氣！這種破事讓AI做不就好了！」心理師公會裡無人不抬高音量叫囂咒罵，場面再也控制不住。

「那個，心理心理師要不要說點什麼？」主持人迎向布幕。

「3。」那聲音說。空氣瞬間凍結。

註一：台灣沒有心理醫師。心理系大部分出來走的是臨床心理師，會心理輔導與諮商的才是真文組。

註二：心理系各校分類不同，有的分在理學院有的分在社會科學院，甚至也有教育學院，很斜槓的學系。

註三：ChatAI很常服務延遲。

註四：心理系沒那麼糟糕，畢竟相較其他文組它已經偏向理工，我怕拿其他純文組開刀的話場景要設在麥當勞後台。主要是順便嘴AI，之前本書要做字數加總一直算錯。

戀人無雙

縱使台北有愛情，那也是低賤的愛。他們隱蔽內在，借香水遮掩腐臭，情緒外邊塗上精雕細琢多重濃厚的防裝，美美的在文青老店裡擺拍，上傳社群軟體 #100days。

骯晴恨透了台北。地球上所有人要不是台北人，就是正在前往台北的路上。二月十四走在大街路過身邊成雙成對的男男女女，男人口中唸著爆廢公社抄來的土味情話，另一方嬌羞地搥打他手臂，或是長椅上兩人款款凝視然後擁吻下去，各種姿態內在，異性戀同性戀泛性戀不挑性戀，她平等無私地詛咒城市中每一對情侶，期待他們都被車撞死。你怎麼可以安心的睡著？你怎麼可以安靜的走掉？

也許正是這股激烈的負能量，上蒼賜予她祝福。

二月十五日，每家新聞都在報導台大醫院堆積如山的屍體。年輕的或老的，男的或女的隨意擱置在床上、地上，醫療量能壓根無法負擔這麼多死亡個案。在確認前一百名亡者均死於心臟麻痺後，台大醫院用數學歸納法宣布往後送往醫院全部的人將通通死於心臟麻痺。沈寂之外，這裡也有死者的家屬伴侶，他們的哭聲像要調和愛人沒有緣由的永久的冷戰。

網路名嘴開罵政府沒有宣導寒流與猝死間的關聯，才導致這麼多人死亡。今年二月十四是史上最冷的一日，全台下探八度，實屬罕見。毓晴關閉標籤頁，直播區仍在辯論為何男性死亡率比女性高出整整四倍。畫面切換到臉書，自動更新首則貼文，數百個大心與哇，他們系上的學長姐成功交往了。毓晴雙掌猛地拍在鍵盤上，該死，又是那個長得壞壞卻仇女的電機系籃球隊長系核校草，為什麼那麼多不長腦的台女倒貼他？寶，我們餘生要溫柔而勇敢的走在一起……去死！去死！去死！**沒有一個台北人值得被愛！**毓晴餘光瞄到室友A正掏出手機鏡頭對著她，待會說不定就上傳ig發她看不到的綠色小圈圈了。那些摯帳，她妥實不在意，維持好心情最重要的就是徹底發洩掉，轉移情緒，才有力氣繼續在台北打八年抗戰，高中大學研究所。回想台南時光，北部男比南部醜是事實，氣味又噁，如敗花死在奇怪形狀的瓶底，根部破爛；至於台北女生，花瓶耐看就好有點異味倒無妨——她不能輸給這群垃圾，離開台北就是輸了。

「遇到這樣的是室友有夠倒霉……你要不要上傳黑特帝大？」A的手機跳出通知。她下意識瞄向欲毓晴，快速收回視線，拉牢化妝包。A就要去約會了。A坐在校園長椅上雙腿交疊，乳白色的指甲在螢幕上彈著，連點兩下像是敲門，希望能拿到網美好友團的入場券。A近些日子殫精竭慮想混進上流社交圈，為此還秘密勾搭上電機博士班的現任，盤算能從他身上榨出幾個限量名牌包。她冷冷望著那個穿格子襯衫搭牛仔褲的阿宅，全身只有那雙球鞋還算有品味。也許在他眼裡，這種冷眼是一種高冷，倒好，更不必隱藏她倦煩的態度。

剎那間A感應到一股兇殘駭人的眼神，她汗毛倒豎，這股寒意她似乎不久前才領教過。她僅存的良知揚起身子，戀人相互擁抱的衝動，愣神凝視還沒來得及送他包的男友扶著胸口仰著跪攤在地。A也還不曉得，就在剛剛宿舍裡收到那則訊息的同時，長得壞壞卻仇女的電機系籃球隊長系核校草的女朋友也心臟麻痺倒在長得壞壞卻仇女的電機系籃球隊長系核校草的胸膛裡死亡了。

極為不詳的預感竄上A的中樞。她很快將長得壞壞卻仇女的電機系籃球隊長系核校草（以下簡稱傅岳桐）約出來見面，他從不避諱，也從不婉拒和女生見面。

「你……，」A感覺有失禮節而住口，應該先安慰他，「那個，你不要難過，節哀順變。」

「沒事，再找就有。」傅岳桐毫不介意而頑皮傻笑，即使如此也折煞世人。永恆少年清澈的雙眼有誰狠心謝絕？好巧不巧，A就不吃這套。

「我先說，我不是喜歡你。」

「我當然知道，你混進上流圈後，比我條件好的人俯拾皆是。」岳桐咂咂嘴：「你不是想跟我攀交情，那要幹嘛？」

「你有沒有看我的限時動態？我們室友，人稱『解離之毓晴』……，」A熟練地快速滾動瀏覽者，「嗯，你還沒看，總之我懷疑她因為討厭情侶而下毒，或是雇了殺手，我前任甚至還沒來得及送我包，氣死。」

「豪可怕喔。」岳桐裝出受驚的樣子：「那大家避免交往就好啦。」

「騙人的嘴，如果有女孩子跟你告白，你還是會答應。我是認真的，我的第六感非常準，這段時間你已經連死三任了，你無非是運氣好，八分之一的機率……。」

「那我告訴你，我不在乎，舉凡當下好玩有趣，什麼都好。」

「你不在乎？你擁有這麼令人稱羨的條件，怎麼可以不善加運用？健身讀書拼書卷獎，難道不是為了長遠的將來著想？愛自己一點。」

傅岳桐搖搖頭。「不，那是因為我此刻想做，我只在乎現在高興，假如學習知識或大汗淋漓使我滿足，我就去做。我對女生的邀約有興趣，對你說的陰謀論有興趣，這也是為什麼我願意留下來聽你講話而不是轉頭離開。」

這款人還受女生歡迎？A心想，不過倒可以利用。

「我在懷疑一件事。如果毓晴小姐不曉得或還無法查證交往的事實，她應該還不至於下毒。你敢不敢賭？」

「我敢。但你看起來不像會賭博的人，會計系小妞。」

「我很務實。」這次換A笑了。

A裝作沮喪的樣子回房間。她刻意向室友B提到剛剛男友昏過去不省人事的狀況，她因為要趕作業，叫了救護車後就閃人了。毓晴鼻子裡哼了一聲，要是耳朵不夠尖根本無法聽見。

B小聲在A耳邊說：「你出去後，她就好像一直在看Dcard版跟A片。她真的愈來愈奇怪，我們先遠離她吧。」A贊同，正盤算著如何善用這項談資，網美最愛八卦了。

台北人總是精打細算，一有好處即榨乾剩餘價值。毓晴何嘗沒發現自己的祝福，她打開A片是為了找情侶做愛的片子，將他們全部清光。講全部不太對，她知道只能殺掉其中隨機一人，這她無法控制——也不料死掉的大多是男性。她也載回交友軟體，專找情感狀態標示「有伴侶」的，什麼#純交友，那麼想交友那我幫你們拆散給你更多機會囉。清除。清除。清除。毓晴要創造一個沒有情侶的世界，攀登屍山加冕成為新世界的神。

另一方面，B簡直要嚇壞了，傅岳桐竟然當著她的面熱吻A。

「噢，你們……！」

「回去再講。我跟學長還有事要辦。」A說。B雙眼發光，小跳步先回去宿舍了。

「B單純又很八卦，等我回房間百分百會狂問我們之間的關係。」A斜過頭來：「要不再賭一把？我現在幾乎篤定毓晴要核實關係才會動手，否則就是濫殺無辜——雖然這整件事本來就是濫殺無辜，但據我觀察，她在沒把握前不會輕舉妄動。」

「意思是，如果她沒有關鍵證據，就算做出類似情侶的事也不會觸發條件？」

「是的，根據嘍嘍們的線報，身邊曖昧中行徑很像情侶的人都還沒事。這幾天台灣已經有太多人死於心臟麻痺，我甚至要懷疑她獲得的可能是某種超自然的祝福，大範圍詠唱那種。」不過就算要死一個，這次肯必定是換傅岳桐死了，A忍住笑，她才不會有事。毓晴怎麼可能不恨傅岳桐入骨，恨他女伴像外送餐盒那樣用完就丟，玩世不恭，簡直惡的源頭。

「你跟傅岳桐在一塊了？真的嗎，他當著我的面親你耶，這是放閃吧！」B興奮大叫。A儘管背對毓晴，卻能感受到她那雙熾烈烙人的眼睛，準是那雙眼睛沒錯。

「這個……還不好說。」A吞口口水，她現在可是拿命在賭，哪怕只有……約 2% 機率。假設是超能力，她很難找到發動能力的證據，只能先摸索規則。

「是真的嗎，A？」毓晴輕拋疑問。

「當然不是。他強吻我，我們還沒確定關係。」

「到時再等你的好消息。」毓晴經過A時，嘴角銳利的勾順勢劃破A喉嚨，帶上房門。

B眨著水汪汪的極光灰放大片，食指點在下巴，歪頭嘟嘴。

A佇立原地，頭皮發麻，血已流了一地。

B太傻了，不能拉她進團，包準被她說溜嘴，只能間接利用。幸好她太容易操作。有沒有可能毓晴要親眼目睹才能殺人？也不對，這樣台灣不會處處都有心臟麻痺的案例，她到底是怎麼辦到的？那殺氣絕對出自於她。A雙手抱頭靠在桌面絞盡腦汁。

「你很苦惱齁？」傅岳桐坐在咖啡廳對面的座位上，翹腳抖腿。「說來聽聽，我來幫你想。」

「她到底怎麼做到的？」

「我們來比賽看誰先破案。好嗎好嗎？好嗎好嗎？」

「閉嘴好嗎，我正在思考！」

「啊，先別講這個了，我們不是情侶關係了嗎？怎麼能少了點親密舉動呢？」傅岳桐伸出手掌放在A面前，百無聊賴地望向窗外，刻意抬高音量挑釁A。

「所以呢？你那種破事有比我重要？」

A闔眼，嘆口氣，也轉向窗外。一張臉孔貼在玻璃上，是毓晴的佞笑，表情猙獰得不像人類。

A的頸椎像上了發條轉回原位。她的瞳仁擴張震顫。

「你出賣我？」她聲音發抖。

未及岳桐答覆，毓晴已經一溜煙不見了。「話不是這麼說，你不是想確認這件事嗎？我也很好奇，剛好她經過。嘛其實我覺得這件事我自己……。」A的心不跳了。A雙手使勁按在她上個月剛填充完的左乳房上，她憶起醫生交代過不能重壓，便放開手，側身緩緩傾倒下去。

毓晴只聽到暗示關係那段話，然而也足夠了。縱然當面主動殺人的風險很大，可說到底這已經是傅岳桐死的第四任女友了，嫌疑沒必要動到毫無關聯的悲慘魯蛇女孩毓晴頭上。接下來他理應很久很久交不到女友吧，那種人無疑會很寂寞的。毓晴穿梭街頭步伐加速，低頭強忍笑意。這世界上最不應該存在的，就是傅岳桐那種貪玩的人，因此她最終目的唯有殺了那個人。可是她已然歸納出死亡的秘密，她的祝福所殺害的對象均是主動告白那方，為此她有可能必須出面誘惑傅岳桐主動告白。台北這屍橫遍野的屠宰場還有誰願意勾引他？不，有人願意冒死勾引，傅岳桐也該知足了。

校園裡不再有成雙成對的情侶。即使被懷疑是情侶的，也轉往地下發展，不敢在街頭公然親熱。毓晴要的，不過只是如此乾淨澄明的景色。她始終留心傅岳桐，待他受不了找個新妹子來玩，清掃他。然而遲遲沒有發生。他依然和各個女生相處良好，下課去打球、讀書，也去夜店約砲。毓晴暗忖，也許他不需要女人，他僅止淺嚐自投羅網的女人，甚或是從不主動承諾，享受無責任的曖昧期。想到這，她覺得這男人更可憎，一定要剿。

她要御駕親征，親自收服——不，是誘殺。

必要的話，姦殺也無妨，但仍不是件易事。毓晴外貌平凡，只能先從穿搭下手。她搜尋臉書對比幾張和自己氣質相似的殉情者，按相片中穿搭去百貨公司揀選。人既死，想不到活著的人正在竊取她們的風格。她驚豔於化妝竟可以達到這種效果，打上陰影，鼻梁挺拔了，臉皮細緻了，整身都變得好看而虛偽了。就這幾次，不打緊，幹完這票就不再化妝。下一步……香水？可是香水掩蓋不了她自內心散發出來的惡臭。眾多解法中，毓晴選擇泡在圖書館裡，寄望書香世界拉她一把。她發現許多男生特意會挑靠近她的位置坐，不過仍沒有勇氣搭話。也好，省得她消除那堆發情舔狗。

與其說圖書館稀釋了味道，不如這樣講：她真正享受閱讀的樂趣而改變了靈魂的成分。固然，這不表示她放棄剷除情侶黨，只是她身上也帶有其他組成，尚可和仇恨之氣爭個你死我活。她並不曉得，這種悶住而衝突的味道很引起傅岳桐興趣。他主動坐來她旁邊，和她攀談。毓晴不怎麼理會，並非沒感覺，她對於就地制裁他可是求之不得，正因如此才更要抑制。這人可是魔王。她偶爾搭話，總不能完全冷落不給機會，網路戀愛家教強調，男人最愛的就是若即若離。

一年後二月十四，校園裡仍然沒有新情侶黨誕生，新世界儼然已神不知鬼不覺蒞臨。傅岳桐還真沒交女朋友，整天就圍繞毓晴打轉。他喜歡自己嗎？毓晴缺乏經驗，不曉得怎樣的表現才叫做喜歡，可是他應該多少抱持好感吧。她經常漫無目的搭著捷運，撞見車上摟摟抱抱的情侶便殺人誅心，樂趣是暫且觀察他們互動，賭哪一個會倒下，押中了就路邊買雞蛋糕吃。一小袋八十塊，這就是北部人愛的價格。沒趣的話她便打開手機翻找誰還敢放閃，一個個抹除。最近真沒什麼人放閃了，毓晴感到乏味，彷彿她的存在對世界不剩多少影響。

而她身旁的男人愈來愈多，身後繞幾十公尺窺視她。她覺得厭煩，要嘛有種一點過來搭訕，要嘛就滾，待在那什麼尷尬的位置，是要故意讓她看見嗎？要她主動？唯有傅岳桐會嘻嘻哈哈直接找她講話，「解離之毓晴」的傳說也佚失在校園裡，取而代之的是妥貼的女人——沒享受到被擁戴的樂趣。有些話題想跟男人談論的話，也只能找傅岳桐，利用他死前殘存的丁點價值，像啃骨邊肉。

又是一年二月十四，傅岳桐大四就要畢業了。他今天約毓晴出去，說不要再宅在圖書館，出去看海。她心頭猛震，捏著手機，腎上腺素分泌而心跳加快，今天她就有機會讓他告白，殺了他永除後患。她坐在後座，環抱他，這樣會讓他喜歡嗎？毓晴指腹撫過結實的腹肌，這樣呢？男人究竟喜歡怎樣的東西？

陰綿層卷的雲在無人的海岸拍打，傅岳桐牽起毓晴的手，講出那句她等待了好久好久的戀人絮語：「我喜歡你，請跟我交往。」

毓晴始料未及，愛竟然如此簡單，迅速得來不及笑。是她贏了。

她鄭重地深呼吸後，小聲說：「我接受。」

傅岳桐胸口深處傳出一記悶音。他順著她的手的紋理，瞠著眼，然後倒向一旁。

「我從最開始就知道是妳幹的。」

「知道了還敢告白，沒見過這麼想尋死的人呢。」毓晴揶揄道。

「沒辦法，就是暈船了。」他苦笑。「每個人都想把心意讓喜歡的人知道啊，是妳始終沒看出來。」

毓晴懶得再對死人費唇舌，只管凝視他掙扎的表情，心中默數時刻。她的一切都濃縮成短暫的四十秒，她就要慶祝她的凱旋，騎著他的摩托車歸去，約她後來交到的好姐妹們徹夜開趴。

「我還以為，愛的更多的那方才會死。」他吃力地說：「妳贏了。」二九。

「什麼？搞什麼，你覺得我愛你？」毓晴拍腿大笑，她簡直不相信自己的耳朵。

「你難道察覺不到嗎？」傅岳桐艱苦地呻吟：「啊，妳真的很笨，連自己都騙。」十六。

「什麼？你講清楚，你給我講清楚！」

「輸給笨蛋，我也很不甘心啊。」五、四。

「講清楚……。」三、二、一。

每當她殺死一個人，她總端詳那人垂死的反應，想像那就是傅岳桐。她曾想像數十數百種他死去的面貌，有不甘嘶吼，有求神饒恕，有各種狗血；然而此刻他只是朝她瞪大雙目，唇瓣輕顫，卻沒什麼能再訴說。就這樣？這幾年我殺了那麼多人，換來的遺言，就這樣而已？她又回憶那段話，人死前講出的話，不應該騙人啊。我真的殺死他了嗎？生平首次莊重而縝密地檢查他的容顏，這麼近的距離下紋路肌理一覽無遺，永恆的青少年，歲月將他留在十五，純潔而無所畏懼。

他的眼神曾如此清澈無暇。

但他死了。就這樣凝視他的模樣，如此真切，她不曾見過這樣的他，印象中他的臉始終是破敗而腐爛的。實際上毓晴在原地站了多久，她自己也不清楚，好像在傅岳桐的氣息終止而且遠去時，也一併帶走她所有計劃和盤算的理由。

上蒼祝福的手揭曉謎底，移去她記憶中長年披覆的面紗。重播映像，她終於得以看見傅岳桐找她說話時種種細緻表情，半垂著眸推理她會怎樣逼他就範。這是一場男方無論如何不可能獲勝的賽局，這是一場無論如何都要發生的戀愛。他像衛星繞著她轉圈，使她煩躁；不知羞恥地拋送媚眼，使她惱火。可是他籃球場上得分時捏緊的拳，書裡那些很像她的藍色小塗鴉，她怎麼也記得？還有他跟其他女生出門時擔憂計畫失敗的沮喪感，他要帶她去看海時自己內心第一時間的悸動，回想起來，那不全然是復仇？頓時她心臟漏了一拍，嘴裡發澀，眼睛無比地疼痛起來。

他的眼神曾如此清澈無暇。

但他死了，她再次提醒自己。他死了，都結束了，他死了。

——

洪毓晴獨自站在海岸邊。

仔細看的話，她的肩膀在抽動。

她往海的方向走去。

戀人無雙（平行宇宙）

「幹……，」他晃著腦袋，咬著牙，「你知道嗎、我還以為、愛得更多那方才會死。」

「什麼？幹，你覺得我愛你更多？」毓晴爆笑，她不敢置信聽見了什麼。

「你難道察覺不到嗎？幹。」傅岳桐呻吟：「吼，妳真的很笨，連自己都騙，哼呃痾嗯嗯嗯，我要死了，幹，痾哼（哭的換氣聲）。」

「幹！那你講清楚啊，你給我講清楚啊，幹！」

「我也很不甘心啊，幹、幹、我幹！」

「幹！幹！講清楚，幹你娘，別死，幹，先給我講清楚！」

——

洪毓晴獨自站在海岸邊。

「現在是怎樣啦？幹。」她罵道。

不留

送舊

女人經常在學校對面咖啡廳的窗台處單獨坐著，一團怪異的素色煙霧小口沖入美式，似母親吮著嬰兒肌膚，眼神慈愛安詳。她上揚微張的唇朝馬路吐出彩雲，發愣，行人極偶然落在失焦的視線中央，走入她的世界。有人說她在等待，在此之前她是不願意老的。

梁遠是梁家獨女，這事他們早就決定透徹。這年頭養孩子愈加麻煩，不如只生一個，女兒尤佳，將她捧在手掌心供賞。梁太太曾懷上兒子，打掉了，沒讓任何外人知曉。好在梁家仍算富有，該給女兒的教育一點不少。梁太太是名聲樂家，自小陪伴梁遠學琴，彈糟了便取鐵尺打指節，直到梁遠那蒼白纖細的手腫到彎折也要發顫，梁太太又捧起那雙玉手靠在臉頰上啜泣。梁遠升國中時，已至能流利表演幻想即興曲的地步，課後又自學吉他（但凡樂器家裡均不反對），總在鋼琴座位上一把收住群眾目光。智慧型手機尚不發達的年代，音樂課前免不了要拱梁遠秀個幾手，她往往放慢腳步，故作漫不經心逛入教室，靜待同學熱情圍上；忘情演奏時，埋怨父母的部分便差不多抵銷。她成熟得早，無論身體或內在，班上相處不來，則去旁邊高中部找學長姐聊天，談些思想小說。那段關係曾造就些許曖昧，梁遠究竟不敢忤逆親生父母，且古典女子一概認為過早的情感是自貶身價，羞恥爾爾，莫要張揚。

梁遠的氣質隨著年紀增長。她讀書，外國原文經典，聽協奏曲，學會品酒，蕾絲的繾綣屬於古典的纏綿。梁遠喜歡上世紀末的衣著，而非是父母不買給她。她的穿搭方式受到大學生狐疑的側目。梁太太說：妳應該學會穿衣服。梁遠答覆：我不在乎他們，這是我個人的文藝復興。梁遠以為自己的氣質高於外表許多。不無道理。梁遠是被捧在手心長大的，家裡誇讚她漂亮，同儕也誇讚她漂亮，長大後她才明白單論臉自己沒有他們口中那樣優異。梁家可以給她高貴，卻無法改動她短硬的睫毛，她雪淨削瘦的臉搭配窄鼻樑與細唇，凝視久了隱約流露不詳。她砸碎鏡子。日後不再悉心打扮化妝，僅穿鍾愛的舒適的舊衣，像夢遊的娃娃兒。

如此高尚的家庭居然也開明豁達，女兒離家後便不再管教，甚至曾叮嚀要隨身帶著防護措施。主要目的是防性病，梁太太不介意早點抱孫子，敢情他們也需要個寄託，否則日子突然無趣得像遠去女兒房間中不染塵的壁面，一條剝痕也摳不下。他們又害怕抓得太牢，弄巧成拙反致疏離，新聞報導的種種亂象仍讓梁父心驚，後疫情時代他們不大懂了。這個家無法承受一個叛逆的獨子。梁遠和家裡拿錢不會手軟，她曉得這對父母而言反而是種安心訊號；陶冶過的性靈若要維持，該消耗的就是要消耗，那是不可逆的昇華之路。

她有鮮少追求者，都市夜晚向上望，能點出來的星星就是她的追求者數量。然而他們與梁遠相差太多，她推估不會有好結果。她入門交友軟體，快速過濾太當代的男人，不完美的男人。梁遠某方面稱得上是完美的，她有絕對把握關於自己靈魂的純粹性，她想要一個能陪她坐一下午欣賞默劇，或管弦樂團，品茗高雅下午茶點的伴。他們族人在科技飛躍的現代幾近滅絕，寧願拒絕結婚交往，因她一個人、她的內在涵養已足以相襯貴族生活。梁遠有時被軟體上的人連哄帶騙地上床，你情我願睡上一覺，頭一兩次動了情，幸虧對方還算良善，幾番教育後梁遠的性愛也分離而昇華了。她適應得很快，她的靈本就與塵世分開。梁遠倔強地想像，正因完美之人存在，那麼她只接納那人作為伴侶，拒絕缺憾，命運應負起責任仔細呵護她，否則何來她的出生？她朝思暮想，為了能配得上那種人而努力著，並藉此拒絕一個又一個更好的男人，逼仄頂端的落差。無心談愛，不過如此。

正當梁遠漸漸認知到社會上她屬於邊緣的個案，她又多了個弟弟梁霍。家裡面雞飛狗跳，對梁遠卻變得加倍關心，赤裸裸的歉疚。梁遠仍持續跑音樂會，莊園咖啡廳裡報復性花費，唸著法文。她想創作，可惜老天只給她眼睛耳朵，沒給她手。她被動地接收，反覆咀嚼出美，彷彿一個體面但不孕的母親。是也構不成大礙，古典女人的秋水望去，現況即是她能感受的美的最大值。歲月二十好幾，她早早誓言不談戀愛，任何戀情都有可能會替換掉當前的美。她得牢牢捉住眼前青春的自己，她要最大最滿的充實，因此梁遠意外碰見小一屆的何豐牧時，她的心竟自一點一點紛亂起來。何豐牧就是她的白馬王子，不僅含有梁遠的優勢，當今社會裡不可思議地也混得不錯，像橫跨兩地的商人，不停從背袋抓出異域的奇珍異寶。他叫得出許多獨立樂團的名字，唱得出他們的歌；在學校樂團當貝斯手受人尊敬，敲敲鍵盤便產出迷因。何豐牧在浮華的台北街頭不顯突兀，長睫毛卻帶種典雅溫馴的微醺，悠遊於各種朝代，令梁遠醉心。他說現在已經流行起古著了，你不知道嗎？梁遠還真沒關注，她眼裡那些衣服只是舊了破了不是所謂懷舊。他又自嘲道：興許你是真正的古，我們只是你的仿品。梁遠抿嘴掩掩地笑。一米七的身高，她覺得挺合適，太長的男人身體比例會拉得很怪，以前的人可不曾長到天上去。她頭一次遇見比自己更高層次的傢伙——也不盡然是自己有多好，但她一直以來是自己劃定領域的王，按她手寫的偏頗的加權表計算，是最強的。誠然梁遠曉得她沒有想像得那麼盡善，也一向曉得遲早冒出這樣的對手，擊潰她，唯獨沒料到來得如此之快。她才二十二歲。何先生接近她起初僅止是為了鋼琴社的交接，畢竟她不過是個裱在老畫框裡不死的肖像，搬空時需要移走。

可是何豊牧展開追求。他與她攀談，梁遠隨口刁難的曲子，數日他便練習完畢，還與她來個盛大的四手聯彈。琴逢敵手的加持下，梁遠與曲子也不甚熟，岔了音，趴在琴鍵上漲紅了臉，何豊牧寬厚的手掌領著她指頭碰觸琴鍵，相視而笑的記憶從鎖孔裡逸散氤氳。何豊牧邀她到高樓層餐廳看夜景。他背景不富裕，是捉緊近期元宇宙熱潮賺了些閒錢，足夠他在大學時期小小地揮霍。梁遠聽不大懂，何豊牧便向其解釋運作模式。她微微皺了眉頭，對方又立刻笑吟吟解釋這種東西不能夠當成終生志業，他鄙視靠NFT一夜致富，換句話說他是用更聰明的方法奪走那些笨蛋的熱錢。梁遠咯咯笑著，勾月映在酒杯裡一晃而過。

天秤上，付出更多的一方才是輸家，將對方的地位遠遠抬高

為了勉強保持平衡，我們不斷卸去砝碼，直到兩端什麼也不剩

梁遠篤定他是被自己的稀有特質吸引（否則她想不出其他的），遂斬釘截鐵地搬出自學的約砲理論，頭幾次新鮮貨色最最令人目眩神迷，你愛上我，是經驗不夠，而擁有這種氣質的同儕太少。若驅趕成功，她依然可以當這塊領域的王。然則何豐牧宣稱他不介意。朝思暮想的完美男人近在咫尺，女人卻感到倉皇莫名。她的缺陷整個地襯托出來，放大，披頭散髮在身上，那舊時代的不再重要的文化徹底喪失掉意義。何豐牧準是善良的，梁遠的世界裡不含善良之概念，她乃是華麗花園內翩翩仙子，脫俗，也脫離。近水之花勢必鮮美垂憐，而今外人登堂叩門，邀她離開桃花源，是否象徵著墮落與肉身的腐朽。她懼怕遭外界拒絕，遭往後不確定日子的何豐牧拒絕，她最清楚自己是怎樣一個人，又是怎樣才保持單身。別踏出界線。任何人抬頭瞻仰時，她保有至高的尊嚴，她想要真實視線落在身上，而不是愛心動態貼圖。「有我在旁邊，妳就有面子，何須擔心這種瑣事。」他兩隻大拇指推揉她的纖手。「我怎樣肯定你不會離開我呢？我是如此脆弱，禁不起摧折。」梁遠懇切地問。「我此刻和你求歡是出於我喜歡妳，並不是盼望交往。我倆多麼雷同，倘若感情淡了妳也會毫不猶豫走開的。」他竟不避諱談起其他人不敢直言的真實，令梁遠厭惡了。好了，他認為實話就能擄獲芳心？展示他也知道自己高她一截？她是欣慰他存在過，何豐牧猶如現實與冥界的橋樑，卻

不該停駐其上，她的臉該朝哪個方向望去？何豐牧需要的是另座橋依偎，梁遠如此以為，而她習慣在舊岸上、陽台上欣賞景緻。

梁遠拂袖退出社團，斷絕一切數位化的東西於她是容易的，今日她保有的聯繫剩下幾個家人，幾通電話，尚未親眼見過弟弟。新生兒樣貌極其肖似，她覺得沒有特地觀看的必要。

她不妒忌過去的人，或是將要成為過去的。可惜時間照舊竄動如流。窮盡方法拒絕，也將不時自他人談話中撞見封鎖的名。成為那間咖啡店常客後，她耳聞何豐牧交了女朋友，很好看的型，無論哪個角度觀賞，均遠勝梁遠一大截。那人內在如何，梁遠沒有探究，就算從她面前走過，大抵也不眨一下眼吧。假使他當時說那段話的意義僅是將自己毫無保留鋪開供她檢視，沒準他是一個真正的佳人，她怎樣的目光看作貶低。不去想。（現下唯一保持心理平衡的解方，就是將他納入自己的收藏。）梁遠非自願地靜靜聆聽他的消息，一首細微擦響的具象音樂在咖啡廳裡化開。又得走回過去了，她最熟悉的街景，接下來就是將他的鬼魂攆去。因此，她欲安排何豐牧死於一場車禍，究竟是否被撞死那畫面也不甚清晰，不必言說，至少使她自己相信就算達成。他們說：不要在她面前提到那個名字，否則她的眼神會把你殺掉的。女人尚且坐在那家咖啡廳，端起爵士一杯，臉上掛著詛咒般淺淺的蒼白微笑。她深愛過的完美男人，總算伴她活在過去了。

註：囿於獨立樂團一詞幾乎沒有嚴謹定義，不如就定義成「沒有任何破百萬點閱 mv 之樂團」吧。

鋼琴家

太喜歡彈鋼琴的人了，我決定這輩子只與會彈鋼琴的人性交。

我將他的手按在我的乳房上，問他能不能在交媾的同時彈鋼琴給我聽？

他是一名古典音樂家，說有點難度，但他願意試試。

我爬進鋼琴底下，這裡的空間很小，勉強可以。

血液屬於下體，技巧屬於音樂。

他費了些力氣勃起，然後說這樣他沒辦法踩踏板。

沒關係，你把我當踏板用好了，你頂進去的時候我就幫你壓，不抽開就是持續音好。

他開始彈琴，我驚覺不對，立即叫停。

怎啦，他問。

底下的音場太奇怪了，我沒辦法專心享受，不如你比照莫札特倒著彈，我可以在你身上移動。

那樣你連踏板都碰不到呢。

那我壓在你臉上，你改用舌頭觸弄我的陰戶，指示我吧。

他開始演奏。我看著眼前兩隻秀手巧舞，彷彿是我彈出的音符。可是這樣也很奇怪，假如我自己就能演奏美妙的曲子，我壓根不需要這個男人，使他的魅力大打折扣了。

他抬起頭時，臉全是臭味。

不如播放我演奏的曲子，我們在床上做吧，他氣喘吁吁說道。

可是這樣的話，就不需要跟鋼琴家做啦，隨便找個帥哥豈不更好？

「算啦，我不做了，我純演奏給你聽就行。」

啊，原來如此，正因其不可重疊而美妙。

鋼琴家正在演奏，我與另個男人在床上翻滾。

「你會彈琴嗎？」我問床上的年輕人。

在他要出聲前，我將手指按在他唇上，說：「說會。」

「會。」

我滿意地笑了，我愛你，鋼琴家。

穿過迴廊

尼古拉斯年少時已然懂得藉雙親雄厚背景與資源在歐美政商界混得風生水起。年過四十，他意識到財富不是最重要的，投入行善，大方施捨，卻老有閒人覺得他捐款是在避稅。秉持為善不欲人知的觀念，尼古拉斯披上紅衣戰袍，飛過皚雪綠林，每年十二月二十四日午夜鑽進每戶人家煙囪裡丟禮物。此後的傳說為人所熟知，聖誕老人因孩子的歡笑聲而快樂，固然也作為事實的一個面向。

聖誕老人攀爬煙囪時總是感到難以言喻的快感，酣暢淋漓，想到熟睡中孩兒的淺淺微笑，甚至射出聖水。他自己也不確定為何。某次他將這件事和一名愛慕她的女孩訴說，女孩則靠著他的胸口嬌嗔道：你還是處男吧，不如跟我試試，看是哪個比較爽。聖誕老人掐著她白如粉雪的臀，用他的耶誕樹抽插，發現差不多爽，而且似曾相識。他只能在耶誕節當天送禮，既然他能每天幹女孩，每天都能獲得鑽煙囪的高潮感。他擠下長長窄窄的通道，卡得越緊，他的高潮就更爽。陰道痙攣將他的陰莖不顧一切往外推令他聯想到生產的痛楚，女孩卻說請再給她更多，欲拒還迎。聖誕老人放下禮物便悄聲離去，他趕著送禮，其實不很在意小朋友們的反應，他想像他們開心便足矣，這就是為善不欲人知的最高境界，自己爽就好。

今年聖誕節，我要送你最棒的禮物。謝謝你在我身上留下禮物，女孩對他說，你使我懷孕了。聖誕老人身為位於權勢頂端的純粹布爾喬雅，決不允許有人擅自破壞他當下的頂級生活，過得好當然是善良的充要條件。事若敗露，他可能連送禮的錢都沒有，於是他揮揮白毛邊的鮮紅衣袖辭了女孩，不留下一絲財產。

聖誕老人既迷戀於兒童的歡笑，自己也身體力行造寶寶。平日鑽進長長窄窄的陰道，節日鑽進煙囪；平日將優等精子置入女孩的壁爐，節日將精美禮品置入別人家腹地。如果女主人夠童顏，他就會偷偷爬上床幹她，額外留下幾雙聖誕襪作為補償（有時裡面附驗孕棒），此來一戶人家就能讓他多爽幾次，物盡其用。有沒有可能小孩不喜歡他的禮物？女人不喜歡他侵犯？可是這有什麼關係呢，聖誕老人平等且公允地判定他們喜歡，畢竟無人不愛免費贈品；進一步說，正因存在厭惡的可能性，一旦現實與幻想間的鴻溝張裂，反彈力度則更加壯美浩大，差距的躍升令他的快樂瞬間推至巔峰，令他夜空翱翔。

今年他再次進入黑暗廊道，卻於洞口另一端望見亮得睜不開眼的聖光。他從未見過這樣強的光。巨乳女戰士一手一團卵巢，張開雙臂迎接，遞付母親，懷裡靠著臉依偎，鮮豔的色彩在他幼小的軀體上譜出生命的力量。想當初仍是顆無名精子時，他也歷經過這一切：等候，穿過磚紅色的長廊，結合，醒來時已是完整的躍動的生命——原來每次送禮完畢，均是種重生。

（可惜聖尼可拉斯未必真的存在，也未必曾被母親擁在懷中。他的母親或許被人尊稱作資本主義，畢竟聖誕老人是商業化的「產物」。你看，聖誕老人的表皮是白色的！誰又敢篤定生他的父親不是神，不叫父權體制？）

但聖誕老人喜極而泣，世界上最美的禮物就是小孩。

依戀障礙

她依然會瞥見某樣東西而觸景生情，遇見諾的原因，源自於她在個人資料的書籍欄位填上一本「依戀障礙」。諾說若不是那本書，他有高機率左滑她，因為她放的照片實在不夠漂亮，還戴著口罩仰拍（他總是預設口罩下的臉很醜，說人會把面具底下腦補得太美，因此戴口罩是種詐欺）。簡單招呼之後，諾直截提到那本書，一口氣傳送十幾句向她抱怨他自己的情緒問題，交際的無力感，不靠近人也不願意談戀愛等等。她起初對諾的印象，真的就只是納悶這人到底在衝三小。

這絕不是什麼優秀的開場，但她將就著陪聊一陣，直到他發現她原來才十六歲而道歉。對一個高中生講這些太過頭。那本書她沒讀得很熟，單單是想不到要放什麼，上傳手邊正在讀的。對於諾的掏心掏肺，她無法準確答覆，只能旁敲側擊地引導對方講更多話，彷彿提問不會有結束的一天。

諾自我介紹可以將他視為一個極度理性的個體，也厭惡情緒干擾他的思考，期待著理想世界的自然發生，那樣的世界既真誠又進步。諾不時埋怨，既然他讀不懂臉色，乾脆就讓自己遠離社會塵囂，讓別人景仰即可。花若芬芳，蝴蝶自來，諾即將從研究所畢業，有外商公司願意收留，身旁偶圍繞幾個印度工程師。他人生規劃完善，以至於她不懂對方為何死巴著她不放，每天傳訊息來明顯不想讓話題斷掉。畢竟諾都說自己是一個沒有感情的人了，連家人去世都不肯掉半滴淚，她回想他的表情，發笑以外，諾實在很少表現出情緒起伏。

她跟他分享遇過的怪人們：看電影故意沒帶錢的、照片放八年前的、理工轉文組的（諾搖頭：瘋了）。她也試著釐清自己和諾的關係，諾究竟是怎樣的存在？她曾有好感，而諾清楚闡明他不為尋找愛情。可是她視諾為普通朋友而降低往來後，諾又隱隱滲出焦躁。她問諾，諾說他喜歡她，不會到愛。

不會到愛。她持續更新交友軟體，目標是下個交往對象。她曾有些不怎麼好的經歷——那些男人在她最需要依賴的時候趁虛而入，幾段歡愉過後，彼此的下場都不大好。跟諾去旅館雙雙躺著，諾左手繞過她的後頸，折下來揉她的胸部，一邊吸她頭髮的香氣一邊手淫。她不讓性交。諾得知她以前吃避孕藥跟前任們無套的時候，語氣聽起來算是受傷。「我為什麼不行？」諾說：「你跟那些不適合的前任們可以做愛，我重視你的感受，我為什麼就得不到你的重視？」她回：「你只是個雞雞癢的處男。」諾說他偶爾會約砲。端詳他的臉與微肉的身體，她如常相信他。諾下結論，妳前任們都是認為情侶之間只有性愛的那種渣男，我不一樣，我不需要確認關係也能做愛。諾老是問她什麼時候讓他幹，拒絕之餘她沒說的是，她還曾讓那個照片放八年前的人幹過。她收山了，提到這些事諾只會更不滿，不如不講。

她不喜歡諾的自負，唯獨欣賞諾的坦誠。諾希望聊天再也沒有社交禮節的限制，想講什麼就講什麼。諾也一再強調實話實說，他不善揣測，無法解讀弦外之音。別顧慮後果，在這裡直說就是了，相信我，然後兩人再也沒有隔閡。她有時會覺得這只是在為他講話難聽找藉口，因為她還是常常會被他的話嚇到。

她想，諾並不想要伴侶，他上交友軟體不過是來意淫別人的身體。她想做愛，子宮只保留給男友，頂多就是替諾口交。諾每次出門都約她去旅館，她堅持平分；沒錢或狀況差時，諾付帳。

高中心理壓力大到休學，是她最需要陪伴的一段日子。她瘋狂尋找依靠。諾說，假如他在當時遇見她，他們現在搞不好會在一塊。「但我不是一個好伴侶，妳該慶幸妳在這時遇見我，因為我不打算對你怎樣。」她並不感到惱怒，而是思索這似乎並非一句能夠輕易聽見或說出的話。她和他的思考方式愈來愈像，好像有一天會融合，徹底被諾吸收。

幾個月後，諾妥協了。他們可以不必每次都跑旅館，反正諾一次也沒幹到。她提議看電影，諾讓她選，她正想看一部描述親情的好萊塢片，但諾肯定覺得無聊。諾勉強答應了。在接近結局的高潮之處，是母女的冰釋。她心臟像揪了一下，眼眶濕熱。隔壁仍然沒有動靜，她用餘光掃向諾的時候，諾的口罩竟整個濕透，兩條反光通進口罩上緣。她太訝異了，以至於裝作沒這回事，諾也沒有提起，只說不錯看。

諾容易吃醋，尤其在她跟其他男生出去玩的時候，限時動態裡的樣子。她覺得諾有點父親的姿態，像要阻止女兒交往，離開他的身邊。她何嘗不知道諾本身也是個尋求情感替代的渣男呢？不負責任的人眼中只容得下自己。她也跟諾講她的感受，諾將她抱在身上重疊，說讓彼此合在一起的話，我好也就是對你好。身體熱度，諾的小腹很舒適，可是話語如此尖銳。諾沒有把她的感覺放在心上，不過是互相發洩罷了，這是一種心靈的約砲。她想，她遲早該出嫁。

她誠實以對，例如她從未真正交出自己，或變成諾想要的樣子。她疑問，自己對他難道算曖昧對象嗎？純粹理性的人糾纏自己究竟有什麼原因啊。「跟你聊天就是不理性的行為，是出自好感，」諾說，「妳是我的弱點。」她想他霸道總裁小說看太多了：「弱點的存在意義就是克服。」諾又反悔：「不是弱點，我能理解妳不喜歡我，可是我心裡一直都有妳。」她說：「那只證明你很自私，我不可能喜歡這樣的人。」她說出口時自己都有點愣住，簡直像對方的語氣，已讀永恆凝滯在角落。

諾消失了。她沒理由再找回他。她之後的擁抱一個接著一個，也連成某種持續的幸福。

熊樂群的奇幻旅程

熊樂群沒有在母親子宮裡的記憶。她降臨人世的首個印象，是自己躺在病床上，脆裂的手臂刺滿點滴，想動也沒辦法動。她極不舒服，極欲嘔吐，卻連嘔吐的力氣都沒有，胃液卡在喉嚨慢性灼燒她的食道。她幾乎沒辦法發出聲音，更大的問題是，她還不懂得如何說話。她在地球上的第一天很快結束了，心電圖拉出一條筆直的線，這也是她在這個宇宙中的最後一天。

眼球翻騰，吃力地俯視包裹自己的藍色棉被，她身體相對位置的感知還在，覺察自己的腳形成的兩座土丘。身體不再那麼不適，嘴裡咿咿呀呀念著零碎的擬音，她哭，她想喝水。又半昏半醒渾噩噩地度過一段時日，她發覺喉嚨不會痛了。

爾後整整三年，她均躺在病床上聆聽護士或家人對話，簡單活動腳趾手臂。對面牆壁有一張日曆（當時她還不懂這東西的用途，只能辨識一而再出現的符碼），於是學會數阿拉伯數字。她喜歡背誦，當作消磨時間。由於她的腦部十年前業已發育成熟，現下容器能紀錄的資訊不少，甚至繼承這具身體裡預先配置的基本功能雛形。她的腦好比是傢具齊全，大可直接入住的新屋——沒有生活的痕跡，如嬰兒誕生時的天真單純。她在這段日子裡非常迅速習得自己的母語，只差舌頭還未能如願彈出標準腔調。

熊樂群的肉身日漸茁壯起來，她的肌肉每一天都比前一天更加膨脹而充血。既生於世間，這無疑是所謂成長的過程，從什麼都做不到，直到什麼都可以做到。她還發現很奇怪的地方，就是身旁每個人算數怎麼都倒著數？又過幾天她才覺得似乎是自己弄錯了。

這一天熊樂群醒來時，日曆已被撤下。父親提了袋物件拜訪，說是為了讓熊樂群見證奇蹟，給她繼續撐下去的信念。父親把日曆重新掛回牆上的位置，只是那個大大的數字比昨日少一。熊樂群頓時尖叫起來，拍擊床鋪大聲哭吼自己的時間怎麼是倒退的，不公平，她的世界跟別人的差好多。護士衝進來打了高劑量的鎮定劑，熊樂群這一整天都喪失著意識。待她醒來時已是新的昨日，壁面自然空空如也。

她發狂想使人相信她的世界正在倒流，更詳盡的定義是順著時間過完，卻帶著記憶回到昨日子夜。她向母親說，我可以證明，父親明天會帶日曆給我。母親瞇著笑說：哦，那到時候看看你有沒有猜對呀。可是又隔一天，母親連這件事都忘了。不對，是世界重置，她回到前一天的絕對位置，此時她當然沒提過日曆的事。熊樂群無法證明自己的時間線被神搞錯方向，他人也無從核實，因為確認的舞台——至少在她的人生經歷中——始終無法抵達絕對明日。她與世界不同步，且印象裡，父親送日曆來的那天並沒有因此受到干預而產生變化，至少不影響她的後續，或過去，如同以一日為單位被截斷成不連貫的人生，量子不連續的存在，像閃爍。獲准用平板的時候，她找到《班傑明的奇幻旅程》。主角的際遇和她很像，但她的情況更為怪誕，沒有人懂她，往後的日子也不可能描繪出自己的處境。

熊樂群能下床走路時，碰巧遇到一位年齡相近的男孩，高中生的樣子。他見到熊樂群便熱情地打招呼，說自己的學習歷程拿了高分，很謝謝她。你是誰？熊樂群問道。男孩遲疑了一下，我是境澤啊，你這麼快就忘了，我會難過的耶。我學習歷程寫妳的事，是妳主動幫助我的。此事相當於預告接下來幾週她都能見到這位性成熟中帶有稚氣，成長交接期中的少年。熊樂群跟他講了很久的話，男孩重溫過往，女孩卻是預習。道別後她滿足地在鏡子前傻笑，撞見自己一生中最華美的容顏此刻蒼老得像四十幾歲的模樣。

熊樂群每天跟他聊差不多的東西，她知道問什麼問題能使男孩展露怎樣的笑顏。那是她人生中最愉快的時光，跟江境澤聊天，自己似乎年輕了起來。女人往往都在追求年輕美好的自己，因此她不得不戀上眼前這名男孩，戀上自己理當享有的一切。她的視野掃過他黝黑的膚色，勻稱鼓漲的胴體，有時他打完籃球立刻來找她，身體蒸著熱氣，像剛出爐的黑糖饅頭。

熊樂群覺得網際網路真是史上最好的發明，遠超過她過去臥床幾年聽過的最新科技，那些東西哪一個幫過她了。她甚至找到一個「科幻推理協會」的論壇，並把自己的經歷打了上去。很快就有人回覆她。

你的概念很不錯，主角時間視覺化就是無限倒回的Z字，所做所為均無法影響主角線上的未來——也就是絕對時間軸而言的過往。沒有比這更無力的設定了，若寫成小說肯定很有趣。我認為按照邏輯畫出來應該是這樣：主角每過完一天，在絕對時間線上跳躍時，Z的右下便延伸分裂出新的獨立的平行宇宙，右上則是昨日身處的宇宙，與原本的並行。眾平行宇宙裡，除了最下面這條主角所在的時間線外，其他平行線上終將存在預測被驗證為真的時刻，但鑑於主角意識隔天將強制脫出至前一日（此時已身處不同宇宙），他曾做的預測只會被其他平行線的自己（非主角意識）驗證。那些時空的自己對昨日印象應是毫無頭緒。主角也不會有自己時間軸上未來的印象（也就是客觀上的過去），畢竟他還未親自經歷——不過我建議小說大可不必處理邏輯問題，畢竟觀眾的情感投射在主角上，僅有主角的心緒是重要的。主角等同母體，每天分裂一個新的不相干的自己，此後再沒有交集，用完就丟。分裂出來的宇宙如何發展，你是也可以再仔細想想，加油。

以常人來說，現在每一刻都是我們在餘生裡最年輕的時刻，之於熊樂群則是最老一天。隨著女孩對男孩的情感愈發熾烈，男孩對女孩漸趨陌生。今日份的男孩不吭聲就消失了，也許他告訴過，她沒有任何方法得知。熊樂群焦急地來回踱步，索性在醫院門口等他，當夕陽即將落下的那一刻，遙見遠方江境澤的身影，吻了別的女孩一下。

一早，當女孩叫住他的時候，男孩用凝視陌生人的眼神打量她。她知道總會抵達這時刻，只是她從來不捨得問出口，也沒料想會如此之快。「你叫江境澤，是來做醫院志工寫學習歷程的，」熊樂群用近乎行乞的發抖氣音說道，「是這樣的對吧？」男孩看似有些困惑。「沒錯，我根本不想做這種鳥事，我寧願去打籃球——」女孩打斷他，沒事的，你可以記錄我，我得了一種叫做名叫布爾什維克的奇病，千萬人中只有一個會得，再幾年就要去世⋯⋯。熊樂群忍不住哭了，令男孩手足無措，他今天本只是來詢問醫院有沒有志工讓他混個時數，卻出於尷尬與同情不得已安慰眼前女孩。你會康復的。女孩擦乾眼淚，視野模糊看不清男孩的臉，卻硬擠出笑容道謝。她的角膜前方似乎被一層橘黃色薄暮籠罩，她明白男孩將來一定會很幸福，一定會的。

今日份的江境澤沒有來。她決定自己出去找他，她知道他在哪個學校，他運動服上積攢汗臭的棉質校徽。熊樂群的病歷記載，今天正好是她十六歲生日，亦是她入院第二年。此後她每天都站在圍牆外眺望男孩下課打球的身影。男孩屢屢用那種陌生的眼神掃向她，她均感到胸口一陣刺痛；可是，他還在。光憑這點即讓熊樂群心中充滿感激。

穿越國中時期，熊樂群仍然每天翹課去隔壁校見他，還好兩所學校離得很近。她的手機調成飛航模式，不接父母電話，到後來也不回家了，回去反正就是毒打，不如讓其他時間線上的自己分擔她的苦痛。流連街上等到子夜降臨，閃光，昏睡，再起時已在家床上被昨日晨陽曬醒。這樣的日子，其實很好。

然而她開始失去。十歲以下，她無法精確記住所有事了。她的「腦容器」退化成無法讀寫過多資訊的狀態。人類固然有自由意志，可是這樣的意志無法獨立於記憶體存在，必得藉由大腦輔助。

若容器損壞，被刻意操弄，抑或發展不完全，我們的自我意識則受到干擾。以一天減去一個單詞的頻率，熊樂群徹底丟失了「布爾什維克」症候群的全名，她怎樣都想不起來。她嘗試寫筆記，很快就發現行不通，她的筆記又無法隨她回到過去，她注定要被無情的世界所孤立。

熊樂群決定趁記憶尚未波及其他部分，將自己的所有託付給愛人。今天父母外地洽公並鎖上家門，她摺出一百個紙星星，裝進紅蓋子透明塑膠罐裡，從二樓窗戶跳出去找他。手指割破了，腳似乎骨折了，好疼，江境澤在哪裡？今天星期六，校園裡沒人，他家裡呢？熊樂群牢記他家地址，可是裡面空蕩蕩的。她在馬路上艱辛地穿巡，她務必要趁還記得他的時候，把心意交到他手上。但是她徒勞無功。她啜泣，緩步走回家，裝作什麼事也沒發生避免路人看到誤以為小朋友走失。正當斜陽即將沒入地平線所迸現的魔幻時刻幾毫秒內，熔鐵般橘黃色的方塊，那公園拉長的鞦韆影子突出至馬路上，僅一幀畫面熊樂群即刻辨識出江境澤的剪影。她不顧疼痛拔腿狂奔，轉角過去，江境澤落寞地坐在鞦韆上，兩隻短腿輕輕擺呀擺。熊樂群那隻瘸腿被水溝蓋絆倒，塑膠罐撒了出去，在漸暗的夜色下化作滿天的星星。江境澤朝她伸出手：你還好吧？於是倆人在月光下撿拾星星，女孩堅持要找回全部一百顆，令男孩有些不耐煩。可是女孩這時候仍是很漂亮的，江境澤凝望她汗水流下而晶瑩透光的認真臉龐，覺得自己或許有在哪邊見過她。

一排十顆，共有十排。女孩與男孩共同捧起那些星星，悉數封進罐子裡。女孩說：你不記得我也沒關係，因為我某天也終將忘記你，可是這個罐子，請你務必留著。女孩豎起小指。

「好，我答應妳。」他們拇指按在拇指，做了約定。

兩人終於迎面穿過彼此，此後只有愈離愈遠。江境澤遺失在熊樂群腦海了。熊樂群知道她丟失了極為重要的東西，可是使勁想也再回想不起來。她哭鬧了一整天，就是哭，哭到丟了聲音。此後人生末幾年，她彷彿也喪失了靈魂。家人視角裡，女兒睡一覺起床就突然出事，遂帶去廟裡收驚，而廟裡的神見了，都說這個祂們沒辦法。怎麼可能沒辦法？「天機不可洩漏。」不過，有件事倒是可以講，就是你們女兒將來會得到絕大多數人都沒聽過的怪病。

熊樂群的最後一天過得比較特別。只有今天她的身體記憶整個都像是倒著的。她醒來時躺在綠色暖和的床，被接到護士手中。她被放到鐵盤上，身旁全是血。熊樂群已經不再擁有屬於現世的任何知識，她不知道紅色液體是什麼，她不知道發生什麼，只身體感覺她被送往一個舒服溫熱的山洞，在那裡，在洞穴的另一端，嬰兒瞇眼見證包裹自己的綠色棉被，全身被透明細長的管線連接。

八千八百八十六個由母體分岔出的平行宇宙裡，熊樂群有八千八百八十六個不同的故事走向。那些故事的後續，正序的熊樂群隔天起床沒有半點印象她們究竟幹了什麼，彷彿是被誰借走二十四小時，然後繼續自己的日常。

而那些各被借走一天勉強湊出的人生裡，江境澤從始至終守護那罐紙星星，縱使他真不曉得為何而留。他又被歲月推著成熟了些，基於學習歷程而煩擾。他來到那間醫院，有種無法言喻的熟悉感。他沒有見到其他八千八百八十六個宇宙中均見到的某位女性，但此刻身處其他宇宙裡的江境澤們，正因為都見到了那位女性而同時共鳴著。宇宙深處轟轟作響。江境澤不由自主朝某間病房走去，奔去，他的心澎湃地躍動，大口換氣。

他撞開門，病床空無一人。在這個世界裡，他認識的熊樂群已經徹底消逝。

江境澤感到無以名狀的失望，最終選擇不在醫院裡做志工而跑去別的養老院幫忙。他依舊認識了蔣蠰華，而跟她走到一塊。江境澤覺得自己非常幸福，正如同熊樂群曾經窺見夕陽中的他一樣幸福。

大學畢業後，交往七週年的境澤蠰華忙著搬家，邁入嶄新階段。他在儲藏室角落翻出他遺忘的罐子，並也裝上了車。蠰華指著罐子詢問，境澤說那是很久很久以前某個陌生女孩送他的東西。她肯定是喜歡你吧，把那個東西扔了，否則我會像瞥見前任的東西一樣不好受。不行，江境澤斬釘截鐵地回絕，你管不著。他也不曉得自己為何如此堅持，我有跟她做過約定，是因為這樣嗎。蔣蠰華勃然大怒，她早就沒這個閒功夫跟他吵架，她最近壓力好大，何必又用這種小事搞她？難道猜不透我們搬家的原因，就是厭倦了現在的生活，想換個地方重新培養關係？你要這個樣子，那也不用搬了，我們就地解散。

房間中央，江境澤駝著背蹲坐在空白地板魂不守舍，人顯得特別小。為何如此決意守護幾年前的舊東西？他的小指發燙，翻轉它檢查各種角度也查不出異狀。他放下手，凝視那個煉蠱般的罐子。他將蓋子旋開，拇指食指夾出一顆星星放在日光燈下觀察。裡面好像有東西。江境澤小心將紙星星拆回條狀，一組號碼映入眼簾，很久以前新聞裡也見過相同的一組號碼，他有印象。江境澤又將其他星星悉數攤開，一百期樂透號碼在幽幽燈光下如同璀璨銀河閃爍不已。

八千八百八十六個廣袤的宇宙空間裡，唯獨存在這樣一個宇宙，江境澤因故失去了本該伴他一輩子的女人。他踮起腳尖眺望，想繞過高樓大廈窺伺其他時空裡的他是什麼模樣，卻怎麼樣也看不清楚。

比較級補完計劃

「我在想，人類或許需要將所有比較級定義清楚。例如可以、還好、還行、不錯等詞彙，看似有些許差異，但很少有人說得清。也有可能在某些人耳中，他們所代表的含義相同。」

「那該怎麼辦？語言就是有這麼多相近意思的詞彙。」

「我們可以效法秦始皇統一度量衡，每個種類都做一個量表，具有相對意義詞彙全部映射到正負七區間，如此一來我們分享經驗時即可撇除誇飾成分，不用再說『這首歌我愛死！』而是『我對這首歌的喜好程度有六分這麼多』，就像牛排幾分熟有公制才好討論。」

「為啥是七分？」

「五太少，十太多。最好再排除零，不要給人中立的僥倖。」

「聽起來好無趣喔，就是有這種模糊的意義和語境才好玩啊。」

「你是說，不知道對方實際上在想什麼很有趣？人跟人應該保持隔閡？」

「語意的模糊性能讓人保持一種安全的距離感，彼此之間不需要交付全部，也可以像現在這樣自在生活，何必要情感不留隱私地相通？」

「消弭歧義不是很好嗎?譬如用一套指標規範網路記者,只有網友情緒波動到達七時才能使用『崩潰』,就不會一天到晚都有網友在新聞標題崩潰。假憂鬱症也有解了,我們可以測量一個人到底受了多少心靈折磨——啊等等,我們現在就有這種鑑定。」

「若是有人比較容易受情緒影響呢?也許只是在路上稍微絆到也會讓他們不爽到想殺人。」

「那正是我們力求解決的:我們把那種人歸類成不穩定者,他們的痛苦加成指數更高,跌倒之於他們搞不好與樂觀的人遭逢父母過世同量級,受的苦是同等的,不該說他們大驚小怪。每個人都會有一套自己的痛苦加成指數,以便互相理解分享。」

「那麼文學——尤其散文會變成什麼樣子?轉換出心裡想法的方式只剩一種,大家的文章就會長得差不多,而且制式。如果我不能想像自己慷慨激昂,那除了悟性強的傢伙,寫出來的東西多半是凡夫俗子的無聊日常,沒人想讀。」

「他們仍然可以使用譬喻,發揮創造力以物抒情呀,何況你看那些人就算不被侷限,寫的東西還是十分爛。文學最強調的不是共感嗎?使他們能夠確切表達,社會終於能夠心意相通,世界再沒有歧視與戰爭。可能你害怕自己的缺陷被量化且公諸於世,害怕卸下偽裝,可這正是我們一生的課題。」

「隨便啦,我還是覺得很怪,幸虧我們沒有這種制度喔。」(不甘心值:三分。)

蝴蝶谷

貝絲小姐生來沒有下半身。有人嘲弄，如果她真能走路，那也是像蠟筆小新用屁股移動；也有人說，頂著一頭紅棕色的中分，從後面看根本男性生殖器，屁股就是兩顆蛋蛋。貝絲不在意那些言論，她有深愛她的男友李昂。

憑藉著愛的力量，一個普通的觀念，一種實踐，這時代仍舊不適合年輕人生存。貝絲平時的工作是歌唱老師，數年前於盲選節目靠《花蝴蝶》一曲拿下四轉，最終勇奪季軍。她的故事曾感動上百萬人。奈何觀眾的同情並不持久，此後她便退居幕後，教起呼吸共鳴，這些技巧協助發聲有舉足輕重的地位。然而某次下課後她又聽到學生私自討論：「不曉得她下面有沒有使用過，如果男友抱得起她，比起火車便當更應該像超巨型飛機杯。」此時貝絲挺身而出為自己辯護，因為她跟李昂可是純愛，也就是說，他們完全沒有行房經驗。即使兩人都沒做過，貝絲始終把自己的初夜留給李昂，他無疑會為她的忠貞而感動，他們就是這樣單純的情侶啊。貝絲也曉得，這些流言蜚語會針對她，部份也是因為她外表不俗，噁男間或私訊粉專所開出的價碼，證實貝絲美貌並不受斷肢影響，甚至引來許多奇怪性癖的人。全為李昂，報酬再高她也不為所動。李昂曾意氣風發地向朋友昭示，只要自己不做，女朋友將會永遠守貞，這是愛的最高境界。

不過金錢著實是生活的坎。當實驗人員找上門，劈頭報出一串數字時，情侶倆心底其實已經繳械。實驗是找一組純愛情侶長期追蹤，倆人每星期都要去實驗室報到測試腦波，為期一年。男方爽快答應，簽約後即離去；實驗者則轉頭向貝絲申明實際內容：他們要純愛情侶做愛，供百無聊賴的商業巨擘們欣賞。每次到實驗室，他們將會為李昂施打催淫劑，藥劑將使李昂進入催淫模式，化身行房機器狂幹他見到的任何女人（當然，房間裡的女人只有妳），現在高層之間很好這一味，究竟純愛夫妻會發生怎麼樣的化學反應。妳儘管考慮，這些內容你男友不會知道，且妳也不能告訴他，我們測腦波的目的乃是檢查妳有沒有做好保密，否則我們有權收回全部報酬。

貝絲安慰自己，既然首次也是給李昂，那好像沒有什麼違背良心，何況那樣的金額——她的貞操真的值得那樣的金額嗎？要教幾堂歌唱課，忍受他們拿自己的殘疾取樂——想必是相對不值的。她掐起床鋪，研究人員說過有危險會立即停下，絕不會被傷害，這點貝絲妥切明白，李昂才不是那種會傷害她的人。

「即將進入睡眠。」牛奶盒似的純白實驗室裡廣播。

李昂麻醉昏睡後，實驗人員進入房間替他施打催淫劑。猛獸出柙，四肢抓著扶手弓背而起。他的眼神迎向貝絲畏懼的目光，撲向前用下體磨蹭陰部。貝絲被固定在緩衝墊中，猶如一隻布偶恣意擺弄。礙於沒有行房經驗，李昂費了些勁才終於用龜頭尋出陰戶裡正確的洞。貝絲的瞳孔擴張得厲害。她不得不承認，她的身心徜徉於這絕無僅有不可言喻的內部刺激，相信李昂也有感受到，她要將她的第一次獻祭給李昂，因為男人都喜歡奪走女人的初夜。李昂粗暴吻著她，從來沒有這麼大力吸吮她的舌頭，直到撕裂淌血。這種全然交出自己成為人彘的羞恥感，是貝絲歷來抵抗的。遵從妳的慾望，此刻毋需再證明自己的獨立，卸下吧，感受痛苦，你只不過是個沒有腳的肉棍；為大老闆們精彩演出吧，表現得好還有績效獎勵！

「我爽死了，李昂，我們應該早點這樣做。」貝絲在李昂的耳邊細語。她才發現，對方此刻是沒有意識的。儘管眼前這個人是李昂，他並沒有任何平時的人格，不過是頭野獸。

「李昂，是我呀，記得我嗎？」獸發出低沈的嘶吼，聽不懂話。怪不得契約叫她不能私下和他討論實驗內容，原來男方連當下也不知情！無意識反覆抽插，這種類似反睡姦的情節真是——太棒了，豈不更色情了嗎！交付你的全部，貝絲，我最瞭解你期待什麼，心中旁白以傲慢口吻說道，你想要被幹死。

然而這個陷於連續高潮，無盡歡愉的女人忽然想起一件事。假如李昂沒有意識，這樣並不算交出初夜給他。算吧？對象仍然是他。你騙不了我，貝絲，你知道初夜最重要的就是兩人當下青澀的氛圍，否則「素人」或「第一次」等標籤何而受到推崇。她也聽聞現在年輕人反而鍾愛 ntr 本，也就是睡走別人伴侶的癖好，不就和現下有些類似？照現況而論，充其量是她單方面交付第一次，而李昂的第一次仍在，他在精神上仍然是個處男。

「騙人！」貝絲也在野獸之後嚎叫出聲。大老闆身處暗房望著監視器根根勃起，整齊得劃一如士兵行禮，他們實在沒有看過這種表演，男方渴望做愛，而女方卻那樣痛苦的樣子。太奇特了，她不是甘願受試嗎？真是戲精，怕是想裝出故作矜持的貞潔婊子，給她加獎金。

為了長遠的展望，她屢次與自我和解：倘若日後李昂能在清醒時幹她，僅須展示自己同為第一次的反應，也算將自己的精神初夜獻給對方，良善的謊可是一言千金。反正肉體精神也將在那一刻結合，照樣是真愛。於是她著手練習，如同大部分女人佯作高潮，鏡前擺弄臉紅心跳欲罷不能的形象。她請求實驗方解開束縛，推託想讓野獸完全掌控她，心底的主意是提前練習，總不可能到時候初夜她也是這樣被綁在檯面上動也不動，做條死魚。

事與願違。第二個月起，貝絲的筋絡彷彿被通開了般，床上她往往失控噴尿、潮紅、痠疼，李昂佔有慾的怒吼。貝絲最忌憚的事，就是實驗結束前徹底淪為一個蕩婦，她現在在家都忍不住要偷偷自慰，太可怕了，嘗過伊甸園的果實要怎樣忘卻。竟然有人會被自己老公 ntr，多麼不合邏輯。貝絲有壓力就想用美聲唱法飆高音抒發不滿，她將腹部的共鳴點轉移至鼻腔，每被插入就跟著喊出聲，借力使力令陽具的衝勁順著穴道自口腔排解，不遺餘力將子宮蘊蓄的快感移轉出去。她呼喊的模樣像口腔期不滿足的嬰兒。她必須保持純淨。

來到第五個月，實驗前貝絲總會興奮地腳軟發抖，才又想到自己根本沒有腳。李昂問她怎麼怕實驗怕成這樣，不過去睡一下覺外加測個腦波，難道他們對你做了什麼嗎！他面有慍色，男人護妻心切。不，什麼都沒有，貝絲答覆，其實胯下已然滲漏幾滴尿液。她的身體早就習慣並且準備好迎接白色的天國。

第七個月，貝絲已至崩潰邊緣。當李昂驅車前往實驗室，貝絲整個人都在副駕駛座位上抽動。這幾個月李昂反覆試探她，究竟實驗裡發生什麼事，他們有沒有傷害你？貝絲始終說沒有問題，她很健康。李昂只能長嘆一口氣，問也是白問。二人躺在床上，即將麻醉的前一秒，貝絲白紫的雙唇發顫，轉頭對他說：我們逃走吧。

李昂拉著貝絲的手殺破重圍。現在的他是頭清醒的獸，一路突進。實驗室畢竟不會存放軍事設備，又不是反烏托邦式電影大逃殺，基於人道也無法攔下他們，眼巴巴望著監視器裡的兩人逃出大門。大老闆拉起褲襠，今晚至少省下一筆支出。這裡是荒郊野外，李昂也不多問，揹著貝絲只管跑，跑到了無聲息的空曠地，僅有傍晚的寒光籠罩。

「天殺的，他們究竟對你做了什麼？」李昂大字躺在草地上喘氣。

貝絲用小得不能再小的氣音道：「我們做愛吧，立刻就幹。」

李昂生澀地剝去貝絲髒污的衣著。他顫巍巍凝視雪銀發光的裸體，太過害臊，連勃起都無法。貝絲差點伸出手幫他。此刻她單看那根半充血的陰莖就已經開始流水。Conceal don't feel, don't let them know. 假扮遲疑的樣子，即使李昂觀察你的陰戶不曉得該選哪個洞，你也要矜持到底，他沒見過原貌無法判斷有沒有被幹鬆。穴口一張一縮，用最含蓄的動作提示他，就是洞最寬的那個。讓陰道呼吸。李昂終於戳中正確的。

他一進一出，陰壁一緊一鬆，再快點，再快一點！貝絲好想大叫，還要更快，你平時才不是這種矬樣。她的屁股不得不自己運動起來，飛機杯內嵌馬達，雙倍引擎，自動調節成最舒適的角度。李昂盯著兩瓣吞吐中的屁股蛋感到困惑，貝絲確實看見了他眼裡的猜忌，卻管不著那麼多了，她現在只要原地做愛。「你喜歡嗎？」李昂問。「很喜歡。」貝絲憋著歡愉的淚猛點頭，壓抑內心的猛獸，語氣清淺呻吟如歌。

或許和肌肉記憶有關，李昂逐步上手。他撞擊貝絲腫脹的肉壁，雖然只用上傳教士體位，各種鑽入可謂失之毫釐差之千里，像彈珠臺把所有得分點全撞過一輪，分數便在貝絲臉上跳動。她的臉愈來愈燙，快感已不是最大主因，她快要憋不住了。

貝絲的尿液在淡色日光的輝映下，玉石灑落一身，晶瑩剔透，卷珠簾恰似薄霧輕輕覆蓋其上。李昂拔開生殖器時，她的內壁落陷；挺入時，噴泉便湧出。一來一往，滿天的珍珠和一枚又紅又紫的龜頭。李昂臉色鐵青，停住運動。貝絲驚叫一聲。

「你竟然騙我，妳的初夜給了別人。」他的語氣盛怒而發抖。

「不是的，你聽我說……。」貝絲哭著，尿液卻仍止不住外洩，女人高潮可以延續很久很久。

「妳真是夠破了，還操到噴尿？他媽的。」李昂朝貝絲的陰戶奮力踢去。他收腳時只見襪子，運動鞋還卡在貝絲的穴裡拔不出來。他最後一次望向她，槁木死灰的臉，然後一絲不掛、頭也不回地拐入夜色。

貝絲攤在地上，連抬起手指的力氣也沒有，僅側臉凝視幾個光點在遠處低迴躍動。螢光蝶成群聚集過來，翩翩拍動靈翅，經過幾小時推移，幾百隻雄蝶駐留於她身體表面吸食蜜汁。此時的她是個閃耀的天使，使她夢回聚光燈下眾星拱月的壯麗景象，進而笑開了嘴。兩日後，女人將在離原處數百公尺的位置缺水而亡，手肘拖行而皮開肉綻，指甲外掀，碎石嵌進柔軟如枕芯的腹部，一隻斷水的紅筆———．然而此刻，於幽谷中佇立，男人僅聽見盤旋縈繞的歌聲逐漸迷散於飛舞的蝶海。

小團圓

晚上就是除夕夜了。上午結束環境保育相關會議，沒吃午餐我便趕去婦女權益促進委員會辦事，終日奔波都沒時間打電話給我愛的人們，不過我想既然傍晚就要見面，無須特地撥一通電話。親戚看到我會說什麼呢？爺爺會問我二十三歲這麼大了，還有沒有長高啊？等等帶你去玩威力彩，像小時候那樣好不好？外公會關心我的課業成績，能畢業嗎？你大哥去年進Google，明年有望升職，二哥則是大公司專屬訴訟律師，幹一頓夠我們全家活數月，現在還準備要娶老婆了呢，你呢？儘管不入耳，這些都能算作善意叮嚀。哥哥們半躺在沙發上討論工作多累，私下忖著初三去哪個夜店逛；母親則是在一旁隨外婆燒飯菜，她平時都是這樣默默為家庭付出。父親倒不曉得回來沒，可能公司還需要忙，他待在家的時間始終不長。

有人說這個家庭只剩我沒有實際成就，然而，我這樣一個重視人權保障的人，哪來時間追名逐利呢？高額薪資何嘗不是另種形式的壓榨？同學譏笑我左膠，那些要把我從學校裡趕出去的流言，間接害得我大學延畢。正合我意，外面的世界才是我嚮往的自由，我樂於幫助他人，因實踐核心價值而心滿意足，追求正義而四處奔走。擁有這樣高潔的信仰，我很快樂，也以此自豪。

騎著二手檔車到家門口，屋內好像沒有平常喧鬧。而車棚外頭站一個約八歲的短髮女孩，給我說不出的相識感覺，連他身上的洋裝我也有模糊印象，彷彿小時候見過她的樣貌。或許是哪個表姐堂妹也來拜年，沒聽家人提及，說不成是驚喜。可是我不記得存在那種年紀的親戚呀。他見到我，朝我小跑步過來，我還沒將安全帽完全摘下，他立刻丟出個古怪的問題：「我會魔術！想見識我的魔術嗎？」

來不及拒絕，他開始自顧自講起話，類似我在家扶中心參訪過的自閉症兒童，心智年齡可能更低。我曉得開導他們的方法，其中之一便是試著融入他們的世界，正好開飯前還有些閒暇，便不打斷他表現，這些可是慢飛兒得來不易建立自信的機會。

「我的魔術叫做『共犯結構』，我可以把我做過的事注入你的腦海，讓你承受同等的罪惡感，彷彿那是你親手造成的。我還能請求你……。」聽到這邊，老實講我已經不想額外攝取諸如此類的無用資訊，整天下來我如此疲倦，僅剩的同情額度乃是裝作很感興趣地聽完，趕緊把人家打發走踏進近在咫尺的家門。我的心思飄到幾天後的都更請願活動，耳朵則留神聽他什麼時候到斷點。終於，他嘴巴停頓了兩秒。

「嗯嗯，好厲害耶！」趁虛而入，展露深感認同的樣子（雙目瞠大且微皺著眉），把話題引回他自身：「不過今天除夕夜，你怎麼在這裡呢？你的家呢？」

「我殺了你全家。」他說。

反應過來時，家裏呈現一種傳統節日的氛圍。到處潑上喜慶的顏色，富貴竹枝葉綻放，金桔結出飽滿多汁的果實，吃合菜常見的圓形旋轉桌中間有隻烤全豬，我的公婆頭擱在桌邊紅白四濺如煙花爆射似的。母親面帶微笑，安詳躺在廚房地板，手裡鍋鏟緊握如臨一場聖禮。哥哥們四肢奇異地蜷縮在沙發各一側，彷彿剛抒發完壓力，身軀與臉部肌肉仍不時震顫。來到二樓，爺爺側躺床鋪，枯槁的手裡的菸已點燃棉被，悶住幾十年的老屋味道被逼出燻出。父親今年喜出望外有回家，他指尖抵住保險箱彎著乾癟身軀倒在儲藏室，背部許多開放性傷口，深度可能還鑿斷了他的中樞神經。他不像有看見行兇者的臉，依他的個性會認為家裡遭劫吧，死前欲守護財產而徒手爬行，身後的血宛若蝸牛黏液拖曳。真如那個女孩所言，我的家人很新鮮地慘死了，廚房的火亦沿著翻倒的大量的油要爆燃起來了，再遲疑下去即陷入逃不出的蔓蔓火海。

「我就跟你說啦。」女孩跟進門，無可奈何的樣子：「你沒有在聽我講話齁。」

張著嘴，下眼瞼抽動，腦袋僅剩空白。太多資訊，一時間竟不知道要先做什麼，濃煙嗆得我直咳嗽，我才決定首件事必須死命捉住女孩手臂。家人已經罹難，火勢也無法由我獨自撲滅，現在能做的只有叫救護車、消防車——不，是趁女孩還沒逃走，拉著他奔向最近警察局。

衝向警局，頭裡熱昏昏的，被轟然作響的大火烤得發脹。而櫃檯前，我竟然講不出話來，我講不出身後那個女孩屠殺我全家，女孩就在這啊，這啊！為何我無法說話？警察本來在局裡慶祝，正要吃圍爐，被打斷後他們用帶著鄙夷的眼神打量我，看我沒打算講話，最終只冒出一句新年快樂便把我掃出門。

「為什麼……？」我凝視水窪中自己面目猙獰無處發洩的面龐：「我講不出口？為什麼？」

「這是我『共犯結構』的魔術，即使你擁有我親口告訴你的真相，你所能表現的行為能力也只能保持在不知情的狀態。假如我沒告訴你，你不會知道是誰殺的，也沒辦法去警局報案，可以想像成那樣，大概啦。」女孩把臉瞥向一側，鼓著腮。

「為什麼是我？」我跪在路邊，雙手握緊她的上臂，近乎要這樣將她抬起來。

「我在幫你。」縱使他不比我高，講話時仍有俯視我的那種感覺。「你活得太可悲了。」

「你騙人！為什麼？」我湊近他的臉慘叫，雙手死捏他的喉嚨。

「齁，我以為你反對、私刑、正義。」女孩的臉皮由內而外浮現一層紫色，明明都快被我掐死了，語氣卻仍淡定，這反差令我怕得鬆開了手。

「你還廢死。看來你根本沒有核心思想。」我瞬間感到一股窒息感，我恨自己實際上是一個不一致的人。但我堅信，我保證還能想到別的解法，我絕對有能力向他復仇，因為他傷害了我摯愛的家人，不復仇是不可能的。

「你想要什麼？你究竟還想從我這裡拿到什麼？」

「沒什麼，真的只是有趣而已。不過……，」女孩認真考慮著，「既然你都這麼問了，給你個任務，幫我把你家的監視器影像銷毀。」

還沒意識到「對耶還有這個選項」而竊喜之前，女孩決定重新闡述一遍他「共犯結構」的完整能力，讓我能夠打消不切實際的念頭。

當A發動能力使B成為「共犯結構」之對象，B將會接收到全部A想傳遞給他的訊息。B將承受同等於A犯下罪行的悖德感，彷彿這起事件是B親手造成的。日後A也可以請求B湮滅相關證據，若B拒絕，這股罪惡感將會每日加倍一次，直至將其壓垮。設定這麼詳盡真是煞有介事，剛才的經驗使我不得不相信契約與規則的存在。

「意即不幫我的話，你就會重複見到我行兇當時的情景唷。當然啦，你可以拒絕我的請求並忍受這股噁心感，可是你辦得到嗎？」

當然可以，我心想。人無非都是這樣再撐一下而砥礪前行的。

待我到家，消防隊已在滅火。火勢減弱，我最先做的是衝進存放監視畫面的位置，將錄影帶取出來。女孩已經不在了，他說之後再來跟我拿證據，由他親自銷毀比較保險。果然只是個小女孩的思維，我立刻將錄影帶拷貝一份，一份準備給她，另一份拿去警局報案。

可當我愈逼近警局，我頸圍的窒息感愈強。我握著錄影帶的手竟然在發抖，幾近是我去自首似的。「啊，為什麼要這樣對哥哥呢……？」以女孩視角，見到大哥嘴邊流出這句話。我俯視自己的手，是小女孩的雙手握著繩索，二哥已經被絞殺在一側。但這是既定事實，我又怎麼會被過往所綑綁，何況他們也不算什麼好人……我又踏上台階一步。

「程譽，能死在你手裡，媽媽很滿足。」回過神仍然陷於幻象，母親躺在我嬌小的大腿上。「我早就好想要離開了，我好想去見妳。」母親面帶笑容嚥下最後一口氣。

「不！不不不不不！」我尖叫著，將那卷錄影帶奮力砸在樓梯上，反彈力道之大它飛越人行道，被車輾碎。彼時警局裡走出一名檢察官，鏡片下困惑的眼神掃過我。他到底冷漠走開了，剩我一個蹲在樓梯上低聲啜泣。

女孩從轉角樹蔭裡走出。「看到沒？怪你是很有德性的人，你沒可能可以承受這樣的折磨。而且你是經由我提點才想到錄影畫面能作為呈堂證供，事實是你也不可能再交出去，要是你能早點想到……。」

見我仍在哭，女孩磨蹭雙腿，明顯不耐煩了：「從今以後我們就是共犯，講白點，關於這件事任何舉凡會傷害到我的部分，都將使你充滿手刃父母的窒息感。你不用想要報仇了，這樣心情比較舒坦。你就跟在我身旁吧，為了彼此好，我要你做什麼，你就乖乖執行即可。」

我踢開矮凳，嘗試自縊。那股熟悉渴望氧氣的感覺又灌入全身，我的皮膚應該也會變成紫黑色的。我徹底輸了。我甘心嗎？不甘心，可是我贏不了那個女孩。我太過膽怯，不想再見到他。那你的靈魂呢？你引以為傲的責任感，你真的能直視罪行的發生而不行動嗎？不可能，我又嚥下一口氣，你不能死，你要永遠留在女孩身邊，乃至最終將他繩之以法的瞬間！啪！樑上繩子斷裂，我重重摔在地板。

近幾天我持續胸悶，莫名焦慮折騰，或許是有人著手調查這起案件了。雖說初步判定是我全家死於火災，且也沒有人申請鉅額理賠，照道理說應該能當成完美意外……我這個和諧無虞的家。女孩要我留心一下，身體若有莫名狀況，高概率是有人在進行危及他的作業。

檢察官找上門來，是當時我在警局前遇見的那個。「我們懷疑你知道一些事情——貌似你有什麼想講的樣子。」他試探道。礙於契約的魔術，任憑正義化身已降臨至此，仍無法揭開兇手面目。可我相信一旦他繼續調查下去，女孩必定會落入法網。我誠懇地望入檢察官的雙眸。沈默之後，「謝謝，你可以走了。」他取下眼鏡擦拭。

女孩又回來了。「我看你活得很痛苦。」

我差點要笑出來：「你以為這全是因為誰？」

「不，」他搖頭，「我是指你為什麼要這樣呢？如果你能夠放下一切虛榮心，『共犯結構』對你造成的影響就是零。」

「你又懂得這叫虛榮心？正義是我這輩子最底層生存的基礎，凌駕於任何事物之上，我早就被人世間的不公不義折磨許久，不差你一個。」

「正是因為這樣，你才會活得這麼虛偽啊。撇開那些沒有助益的空話吧，傾聽你內心真實的聲音，而非活在別人審視你的眼皮下，甚至連你自己都騙自己追求正義是你唯一的真理。」

「你到底哪來的資格說嘴，告訴你，要不是有那些你所謂的崇高的東西，我早就自殺或宰了你。」

「聽起來也不錯啊，總比你現在的心態好。」女孩歪頭，迎向我咬牙刻意瞥向遠方的視線：「你想要復仇吧？用你所謂公平正義對我復仇？可以啊，不過我告訴你，只要你還存在自以為是的一天，我就不會受到懲罰。」

「我們走著瞧啊。」我橫著牙。

有那麼幾次，地獄般的場景又重回腦海揮之不去，彷彿見證我愛的人的臨終，只得坐在地上嚎啕大哭。「為什麼要殺我……？」外公外婆對家門外的我哭喊，快點救我，可我沒有回應，就那樣漠然佇立於機車前，女孩則是扒著頭髮不斷敲擊桌沿，直至腦殼迸裂，血花如爆竹甩在桌上。

「外婆，再忍耐一下，我就快還你們公道了。」我持安全帽的手顫抖著，終於忍不住暴怒吼叫用力砸向地面，望著這幕掉淚。

然而，我發現我根本撐不過去。頭痛欲裂，我欲復仇又尋死的矛盾在地上煎熬翻滾，頭持續撞擊牆面以敲散不算多卻持續淌出的卑劣感。女孩望著這一幕打趣道：「當初我也是這樣敲外公的。」無論如何，我絕不講出有人在調查這件事，你現在可以蔑視我，到時候你就知道我是很堅強很能忍的，有人將會在監獄裡度過餘生並不得不讚嘆我的毅力。看哪，我為那些弱勢族群付出過多少，幾乎是白忙一場，我還是幹，為了信仰我有什麼好失去！

叩叩。

噢，你是那個……。

「阮孫啊。」老人的手痙攣著，外彎的角度像在問怎麼這樣。

叩！叩！叩！五官既爛得無法辨認，任意踢至牆角。

「哇塞，結果你還是撐不下去嘛。」女孩到現場時呼出一口熱氣。

「你就摸透了我的弱點不是嗎。」我將那屍體翻過身，破碎的眼鏡碎片插進肉粉色的眼球裡。舒坦的歡暢感湧入身體，像是一股新的力量，這麼多禮拜以來，負面情緒終於放過我，哪怕只有剎那。卑微的我不就只想做到問心無愧而已嗎？

女孩頷首。「既然成效超出預期，罪惡感也會相對降低更多。」我處理屍體的時候，他也蹲下來觀察我卸去衣物，直視我的表情。

「其實你沒有那麼在乎，對吧？」

「什麼在乎？」

「被滅門。」

「我已經在幫你剷除障礙，你還有臉講這種話。」我沾著血的手揪著他的衣領，另隻手指向屍身。「你夜裡不會輾轉難眠嗎？」

「完全不。我的世界觀沒有那種不真實的情感。那是假的，是虛幻的，你只相信你所相信的東西，在我看來跟信仰哈拿之類的迷信相去不遠。更可悲的是，我殺你家人甚至符合你的道德原則。」

「你瞎說什麼啊！」戾氣直衝腦門，佔據杏仁核，逼得我跺腳徹底碾碎那架眼鏡。「我愛我家人天經地義順理成章，敢問您有什麼高見？」

「你嚼檳榔的爺爺支持習近平武統台灣，希望台灣人全部抓去新疆關。他嗜賭如命，花得傾家蕩產，奶奶也被氣死，而且你覺得他害你請不起家教，不像你兩個哥哥那樣考上第一志願，只能落得私立大學的境地。你沒有被排擠，而是不敢面對自己進那麼爛的大學。」

「你又知道了？真會掰。」

「你爸是小建商，靠盜採砂石濫墾樹林賺錢，好不容易才補回你爺爺欠的鉅款，死前重視財產勝過家人。他壓力太大，在外養小三，在家扁妻子，你還意外見過你爸用菸蒂燙她。你媽第三胎多想懷個女兒懂她，你外公外婆卻要把肚子裡的女兒流掉，說生女兒會像你媽那樣沒出息，丈夫外邊花天酒地也管不好，多無能的女人。」

「你從哪知道的？別說了！」

「你跟母親個性一樣懦弱膽怯，不敢反抗家人，順著長輩意思把她朝思暮想的女兒流掉兩次，生了你這男人，還私下給你穿女裝圓她可悲渺茫的夢。她死了才是解脫，他要去天堂和兩個女兒相聚，而不是兩個欺負弱小又仇女又嫖未成年的兒子，更別說那一事無成的三弟。你恨你媽不反抗，可是你也遺傳到卑劣的基因。弄那些人文關懷是行善？說穿了不過是補償心態，你心底根本恨透了家人。」

「操你媽你是想怎樣！你真以為我傷不了你是吧？我跟你講我要跟你同歸於盡啊你今天就會死啊！」我失控到徹底放棄思考，死命掐緊這小賤種的喉嚨，因他眨眼泛淚的反射而狂喜，看上去猶如流出懺悔的淚水，令人愉悅。即便因契約生效我本人的窒息感也在增強，視野模糊也毫不在乎，共犯就共犯，我死了也不會讓你好過！

「你看、你就是一個、雙標仔。」他明明缺氧了，還硬擠出這句話要讓我聽到。

「我是！我是雙標仔！我支持私刑正義！我希望我全家去死！但我又無法改變他們！我就是這樣矛盾複雜的生物啊！你要我怎麼辦，我已經努力參與平權活動，我推動環境保育，家暴救助，兒少福利，我還能做什麼？我什麼都做了，就是不能改變家人啊。」我慢慢放下他，一吸一頓地抽噎，淚滴滴掉在女孩的臉頰上滑落，每一滴均是對自己無能的控訴。

「你就別那麼矛盾啦，和我一塊忘卻善惡，這世界上本就沒有什麼真理可言。最重要的，就是活得開心，活得有趣。不要有公評，不要有成見，傾聽自己內心的聲音——憤懣、罪惡，這些都不是你身體要的，都是你腦中的化學物質，都是假的，你可以掌握自己的情緒。」女孩將手擱在我的肚子前：「正念冥想，吸氣。」

「吐氣。」

「世間一切盡是謊言。」我說。

「人難倖免均為共犯。」他說。

我長舒一口氣。

「還會不舒服嗎？還有噁心感嗎？」

「不曉得，也許不會吧。」我囁嚅道。

「代表你擊敗了共犯結構的魔術，現在可以去提出刑事告訴了。」

「沒關係，」我擺開手，「我好累，如今我反而不怎麼在意了。」

「那麼，恭喜你獲得真正的浴火重生。」女孩的身體漸漸朦朧起來，也許是我昏花了吧，但我確實感到一股難以言喻的快活的抽離感，還因此短暫喪失意識。清醒的時候，女孩已經不在。

這些日子女孩沒再回來。我揣想，即使女孩可說是毫無廉恥，對我的家人做了此般齷齪之極事，若哪天我回心轉意要就地正法，依他那副德性定是先溜之大吉。那，接下來我要做什麼呢？什麼都沒意義，什麼都不想做。

行屍走肉數個月，我再度回到那處大火遺跡感念我思想上的淨化，發現他留了訊息給我，說自己的使命已然達成，遂準備在年底動身投案。儘管被關會讓他不怎麼開心，可是大家都希望他被關，他入監以成就整體的幸福，請不要多問。他居然要攜錄影帶自首，真是矛盾啊，我那時想，恐怕連他也有過不去的坎，他真的怕我恨他嗎？我想不出其他理由。

女孩已然達成使命，自我生活中除去。若要我重新懷抱新的信念啟動，必得徹底斬斷因緣，他的故事注定要完結於此。然而為何如此倉促？我想趁年底前拼出線索。

火災現場我曾取回一些遺物。父親有個防火的寶貝櫃子，我不知道密碼，也遲遲不願開啟它；隱約覺得，該是時候了。很奇怪，這櫃子似乎有被動過的痕跡。裡面散落好些超音波照，一條金飾，一本母親懷孕的日記，隨手翻開的其中一頁寫道：如果生的是女孩，現在應該這麼大。夾著的照片，樣貌正屬於那個女孩。我揉揉眼睛，再看一次，原來看錯了，照片裡的人是六、七歲套著女裝的我。

何止如此，母親還將自己其他不為人知的黑暗面寫了進去。她從小帶有自殘傾向，唯有如此能舒緩她的痛苦。用煙蒂燙她實際上是丈夫順應要求，轉移自己無法生女兒的注意力的手段；又或者她基本上不排斥可控的婚外情，從而同意性慾極高的父親去外面找小三發洩，好讓壓力不會帶回家給兒子們。下一頁寫道，家裡的債始終沒有還完，父親瘋狂開源只是想讓家人們安心的同時不讓討債集團上門。再一頁，哥哥們其實沒有嫖妓，那些錢是純粹救助失學少女，連一次面都沒見過，什麼時候外傳成戀童。著魔般我飛速閱覽這本魔典，外公外婆那邊的家族有乳癌病史，縱使切除乳房，女孩子的死亡率照樣高達八十趴。翻頁，爺爺偽裝成賭徒，是不希望別人發現他是多麼認真專注經商仍然被命運擊倒的的失敗者。作為最後活著的人，我不禁厲聲哀嚎起來，這是場大錯啊，為什麼我從來沒有真正關心而理解身邊的人，為什麼我恨他們恨到旁觀女孩作為？又為什麼女孩仍然願意為減輕我的罪惡感而現身開導我？比「共犯結構」所承受之更劇烈的罪惡感焚燒我的靈魂，心臟急遽坍縮，胸口甚至可見跳動，再多一秒就要全盤迸裂，這將是我錯誤旅途的最終一刻。

女孩的聲音再度顯化。惡火盤旋升起，返回那錯誤的時間點，我一手抓筆記本，另一手撫摸外婆的蒼髮，嘴裡唸道對不起，都是我的錯，請你們安息。兩老嘆口氣後閉上眼，最終將腦花射在桌上。爺爺在樓上虛弱地呼喚我，說自己才是最對不起家的人，多少次他想戒除尼古丁的依賴，又每每墜入無盡的負債中：「要是能回到繁榮的上海，那裡必定還有好多好多機會……。」在客廳，大哥無奈道：我們沒有瞧不起你呀，我們都各自用自己的方式做好事。二哥道：我只負責公司與公司間的訴訟，你以為我在欺壓良民啊？小呆瓜？他們兩個人分別與我擁抱，然後縮回手呈現怪異的姿勢，脖子上浮現勒痕，頭歪向側邊不復呼吸。

父親的背上的傷口業已癒合，那些討債集團舊日的凌辱。聽聞身後的聲響他開口：「程譽，是你嗎？」打顫染血的手指向那個保險櫃：「密碼是你媽的生日。」我旋開保險櫃，裡面有母親十年前典當的金飾。我取出它，來到母親面前替她戴上。「你見到我的日記了？」我雙眼噙滿淚水，渾身發抖，只能輕聲答出一句嗯。「人類真的是很複雜的生物啊。」母親慈藹又帶點嬌羞的傻笑，像做壞事被抓到的樣子，於熊熊火焰中化為一具灰骨。

逼近年關，由於年夜飯我也沒有家人可聚，到這個時刻，我想到首個可以見的人竟然是女孩。我決定就在監獄探望，畢竟女孩沒有家人，畢竟我現在也只能見他了。我想到，就算沒有自覺，人的心中其實也都渴望團圓，渴望完整，女孩必定也曾克制想找我的衝動，只是未必能見。

而今晚將是最後一夜了，監獄以昏暗無光的佈景迎接年節的到來。沒有其他收容人或親戚，看守所內我獨自坐在接見處透明玻璃前靜待女孩現身。以優雅的姿態，伴隨我這側頭頂的小燈亮起，女孩神秘的臉龐一點一滴浮現窗前，與我的倒映，母親死前的面容融為一體。那幅光景，實在令人無比懷念。

上，長髮男的頸脖……殘軀錯落滑了下來，整面紙頁染成赤紅。蔡勝利僥倖逃過斬擊，與櫃檯坐著的大嬸相望。他心臟爆跳，扶著胸口止不住喘氣：「還好我不高，還好我不高……。」

「喏，那諸位有印象中等常渡這名字最初意涵是希望各位男生不要由於ㄐㄐ小而自卑嗎？」大嬸忽然開口：「他的關懷都藏在劇情裡啊，你們就是他展現優越與憐憫的載體，不然中等常渡也只有中等長度……。」

「不要雙關！」眾人齊聲遏止。

櫃檯被天外飛來兩扇牢不可破的大鋼門焊死。

大嬸轉過身，朝鏡頭扮出鬼臉：「好啦，故事結束了。」

「沒長腦的女人，不做妓女做什麼？家庭代工嗎？他媽的，受精機率比受教育機率還高……女人！」轟一聲祖芝將她打趴在地。在地左膠口中仍在碎念：「車是父權符碼延伸，轟是三倍父權壓迫……」

「各位暫停！我們不要彼此仇視，大家都認為自己在故事裡是最悲慘的，可是客觀而言我們都很可憐，都是受害者啊！我屁眼疼到現在。」黃姓警官喊話。

「但總會有最慘的，只有那個人有絕對話語權！算你倒霉，我們就愛玩無限上綱這一套！」左膠扯開嘶啞嗓門，與旁人鬥得不分上下。

「你也喜歡搞脈絡化是吧？你最好知道，用我『去脈絡化』的能力，你全身上下的經絡……」眾聲喧嘩，惟恐自己話語權被稀釋。

「我可以幫上忙。文曲星賜給我解讀作者意思的能力，我幫你們問問他，我這能力搞不好是刻意留下的線索呢……。」陳長弘二指戳向太陽穴感應神的思想。他沈思數秒，渾身起乩，隨即開了天通高喊：「作者召喚本不存在的你們，正是要創造對象仇視的緣故！你們只能見到也只在乎自己多悲慘，其餘思想卻和作者並無二致，怪不得你們覺得別人的遭遇根本沒什麼。」

「對嘛，多吃幾塊死胎會死嗎？在那叫什麼。」虎媽藉故踹子珮兩腳。

「大家能相互體諒的話，世界就會更好。」活菩薩伸出雙臂，率心眼教徒走出角落陰影。眾信徒人數過多，以至於該處地板開始折疊下陷。呂哲安的慘叫從另一個宇宙傳來。

「通通閉嘴！以我為準，吃我齊頭式平等！」左膠竭盡全身力氣頂尖爆發。剎那間，所有比她高的人的部位全削去了。包括陳長弘的上顎以後念力飄散的髮尾。毛髮聚集成矛狀千百隻朝女人襲來。那樣堅挺而有意向的箭頭，令女人憶起自己曾被外流放上色情網站的場景，她的記憶與過往，也全是中等常渡所指派。她即將要發狂起來。

「不要！不要超能力番！」旁人連忙阻攔。

「我今天就讓你死得很難看！」左膠從口中吐出膠質液砲射向長髮男，將他頭髮ㄍㄡˊ成一塊。（長髮男：我們留長髮就是為了不整理，你想損及我的形象門都沒有！）

「誰准你用注音，用台羅！」清大人社所的番青加入戰局。

「其實嘛，不用死就很難看了。」虎媽在隊伍末端嘆氣，她稍後還要加緊趕去接受記者訪談，自從管教方式被爆料後，很多年輕人不滿她，網路上霸凌她。「這社會上只要求女性長得好看已經是很低的標準，那就專心活得漂亮就好，別搞其他有的沒的。再真不行就多念點書吧。」

「台男就是噁心，該死的台北男孩！」毓晴咬牙發抖。

「這裡的☕多到可以開一間星巴克了。」祖芝。

「路觀已死！」還有人如此嚷著。

劉子珮捧起地上殘餘的膠狀物大哭。「我的小孩！我的小孩！」並且將它們嚥下。

「作者抹滅的是一整個文化，我的故事最壯烈，應該我先打電話！」番青振臂疾呼：「把台羅還我！外頭大家都在用台羅，作者騙人！還我台羅！」

「根本沒人在乎台羅。」某個同性戀抬頭含糊地說。這裡太多同性戀了，有人就地肛交，還有人正在幫我吹，我也認不出是哪則故事來的。

「甲甲，雙倍的父權壓迫！」女人迷亂尖叫。

男孩摀著屁股：「女的被折磨靈魂，男的被折磨後門，分得還真清楚。」

「為什麼讓我看見光……？」秦涓失神重複此話已逾百遍。

「誰鳥他們！快讓我打電話！」噗一聲生氣的男人射精在褲子上。

「我也要，中等常渡逼得我手刃全家！」我也趁機發洩不滿。

「抱歉，你是哪位？」明珠眉間皺成一團，壓下豹紋眼鏡覷著我。

「我是我。」我說。「呃，小團圓那個。」

「原來是新來的，我也是我，幸會幸會。」一名老師向我示好握手：「我被寫成戀童癖還說什麼幼稚園等於伊甸園之類的屁話，我像那種人嗎？但這是……不可逆的。」

昭烈：「我們怎麼在這？我們在等待什麼？」

志彥：「我們在等待客服。」

昭烈：「唉！」

「總之我們要連署向作者抗議！」長髮男吆喝：「刻意在故事裡塞入他的政治立場，以殘害我們的信念為樂。」

「然而長髮男本就令人反胃。」一位外號叫「左膠」的女人（以下簡稱左膠）緊接著說。她像突然想到什麼，兇巴巴地指向長髮男罵道：「你！你是那個欺騙我的心理醫生！你還露屌給我看，媽的貢丸！」

「不是，我別篇的，我沒有客串，這本書裡長髮男含量真的頗高。」

「長髮男都一個死樣，髮可優，常法男！物化女性，去死，去死！」女人往長髮男胸脯裡奮力拍打。

「我哪裡物化女性？我的東西我還物化喔？」他將她撞開，大吼：「生命歸還！頭髮指槍！」頭頂髮色便褪成癩痢病般的淺粉，延伸到他身

「絕對不可能，你再打一次，不然在我的世界裡我每天都被羞辱。肯定有哪邊弄錯了，長髮男有什麼錯，我們還願意值超商大夜班，只為了去古著店買舊衣回收箱撿一撿就免錢的衣服。」男人講到都掉淚了。

「你以為只有你喔？」後方矮兩個頭的蔡勝利叱責：「我還被浸在尿裡差點淹死耶！沒通就快換下一個打。」

「哈！告訴你一個事實，扉頁根本沒有線路通到外面世界，你看這一頁邊邊再下去就是斷崖，你不要妄想能聯繫到中等常渡——」

「那還不快滾！」蔡勝利口沫橫飛，後方隊伍也掄起拳頭叫囂。

「也許有無線通訊……。」他怯弱起來，小聲抗議。

「可憐可憐我喲。」大嬸彎腰撿起電話線頭壓根未連接的另一端放進口中咀嚼：「我看作者只是將欠人罵的客服直接塞進書裡，遇人就說斷線了，還多省幾筆外接電話費。」

「幹！」

「長髮男，識相點。」蔡勝利語氣緩和下來，牽起他的手磨蹭自己的平頭。「總之先讓開，就算電話線斷了我還是要打電話。」

「我也要，」貝絲小姐爬進隊伍，「快救救我！我的結局竟然是預告我兩天後會死，我要阻止這件事！」

「你可知道上一本憤怒集更慘，作者把它寫成超能力番，一堆嘴遁飛來飛去，故事還沒走完主角都直接領便當，連維權機會都沒有。」陽痿男道。

「他說過這本書比較像女性版的憤怒集，我翻譯一下：他捨棄人體變異改走心理變態路線，遂我們被折磨的是心靈，而非肉體。」

客訴電話

最初命題時我感到苦惱。我與憤怒集是一拍即合，天生就該叫這名字，眼下這本卻遲疑許久。原因是跟第一本比起來，這本的粗鄙程度反而下降，隱隱感覺不妥，但想不出更好的。大家中意這個雙關，說實話我也覺得不差，儘管我不愛吃那種澱粉口感的點心。最終我想，作品中讀者想法也佔有一席之地（甚至全部），我確信要使一個沒翻過憤怒集的傢伙對鄙思集感到粗鄙，那我可是勢在必行。

由於此地終年豐饒多產，茫茫如此刻景色可不常見。朝向地平線，人們從各自的故事裡匍匐鑽出，好似壁縫裡的衣魚準備向自己造物者發難。這裡是扉頁，正中央方形櫃檯裡有個上了年紀的大嬸，贅肉橫生，要費挺多力氣才能整團塞進座位。再前面一點，透明櫥窗裡擺著輪盤式電話，一個人才剛忿忿不平地摔話筒離去。

「我要找我的創造神。」又一個長髮男說，語音裡怒氣難抑。大嬸用鼻孔無聲嘆息，嘗試再幫他撥通一次。

「電話撥不出去，是空號。」大嬸死魚眼咬著髮堆中不時抖擻躍起的塵蟎。

「妳再撥一次，這個 ISBN 不會錯的。」

「帥哥，你前面那幾個，包含之前幾十個、幾百個、幾千個人都找過他了，沒有一通撥得出去。你想想，他是你的祖克柏，就算你被祖到死，祖克柏會鳥你嗎？」

我方滿二十四歲，與眾不同是我存在至此種種抉擇之集合所導向所施加於自身的枷鎖，不得怨嘆任何人使我變成這副悲哀模樣。但這悲哀或許是天才。讀張愛玲〈天才夢〉，書頁上只見得自身之倒影，自我之解構，將心靈降維後攤平於稿紙不忌諱供後人檢閱。文學跨越時空國界，命運脅迫天才長成奇形怪狀，又要他們為普通人獻上窮盡黑夜，由困惑與絕妄編織成的神曲。我和我故事裡身處不正常世界中的正常人多麼相似，被社群守則重點審查，注定得不到幸福。

所以我憤怒，我鄙夷，但我還是我，我只能是我。我熱愛創造，熱愛我揮灑自如的靈感；享受身為極致創作者洞悉的山巒雲海，享受此等差異性，此等特權。理所當然是我的。我在溫室裡折磨自己，亦在凜冬時寫作；在光明裡發現黑暗，在黑暗裡看見光明。

近期仔細想過為何書寫。這不容易，因為我總是無意識在進行，無意識發文或出版，太自然了。原來是捨不得。我捨不得我的靈感就此流逝，我又健忘，必須記錄。第二是我透過書寫認識這個世界。平時我完全不去揣想，或是難以在交談句讀間即刻揣想他人想法。我沒什麼同理心，我不體諒，但我必須體諒書裡那些角色才能繼續創作；透過想像，才有辦法稍微懂得處世之道。

唯有此刻尾聲將近，方才瞭然鄙思集之鄙並非粗鄙之鄙，而是鄙人，鄙人思想之集大成，從來不含負面意味。於無限多種語言組合裡，這本書只能是鄙思集，天底下沒有比這更浪漫的事。

後憤怒時代

小說就是誇示。《憤怒集》是純粹的破壞，是洩欲，是吼叫，是抓狂。《鄙思集：祖到死》亦沾染那樣的氣味，卻是奠基於美學上的解構；是我傾全心之力，稱得上嘔心瀝血的類自傳。以往我認為發揮創造力是最重要的，因而忽視掉創造力其實可以與人性並存，和現實連結——儘管那將使我犧牲掉一些奇幻設定，但換來的是貼近生活，引發共感，因而展現深度。

我好比文學殭屍，曉得如何令人驚艷，實際上卻是一個不懂別人在想什麼的不善社交的人。我想主因大約是缺少同理心。真要說，我認為站在他人角度，設身處地去著想是種天賦；倘若真沒有天賦，要在社會上存活至少得有冒犯人的本錢。只有在小說裡我不怕講錯話，因為我的觀念就是真理，喜好就是劇本。有時私自凝視筆下角色全覺得扁平，僅為情節而生，譬如佛喜的小男孩作為主角無非是為了被幹飛，其他心境均不重要；假使寫了，也僅是服務主線，或依循我對文學理型的效仿而錦上添花。我這等體制外人如何揣摩人性？大哉問！我確實「投入」創作，不過並沒有「代入」，因我無法代入我不瞭解的擬真世界，乃至所謂擬真世界，是我先透過想像現實中可能的進展才投射出來的實驗場，竟然可以和自身經驗毫不相關。諸如此類劇本大多不符合社會現實（我哪部作品符合現實了？），但在讀者眼裡，這怪誕恐怕要晉升成一種才能。這是詛咒。所以並非那些角色扁平，而是在我這個不正常的人眼裡，他們太像社會上的真人，太貼近，太遙遠了。

<!——>

結合是及閘

分離是或閘

<!——>

購買這本憤怒集，三天之內你將發生意想不到的好事！喔，既然你連這點錢都不願意掏，又怎麼會相信分享網路上的白痴好運貓咪能帶給你幸福？

親愛的，幸福是有代價的

<!——>

呼籲大家，看完鬼滅之後記得發限動，拍下片尾的製作名單，這也是種支持的行為，支持其他電影上映不要未來讓鬼滅佔用到檔次。

<!——>

打電話根本是一種強暴吧
鈴響的瞬間，不管對方準備好了沒
不管有沒有接起來
都要被迫面對你的侵入

「嗨，我能不能強暴你？」
像這樣，你隨口詢問
不帶一絲惡意

<!——>

沒有才華的人生不值得過
不朽，又有何用

<!——>

樂擎科技：把你的不快樂輸入進去
隨機掉落一個 AI 寫的小故事

<!——>

台大是考不上國外大學的人念的
相較之下清大交大人更知道自己的能耐
更腳踏實地，更愛台灣

<!——>

我：不要開那扇門！
（碎步快跑）
我：讓文組的我來為您開門，祝您有個美好的一天。

<!——>

文革乃人類之瑰寶
成就多少堅忍、藝術與佳話
我爱毛主席！

<!——>

為什麼長大後沒有人摸我的頭說我做得很棒了
他們只摸我的龜頭說好大的肉棒

<!——>

大家都在等著品行端正的人鬧笑話
都在期待完美無缺的被害人

<!——>

我都還沒開始看正片
憑什麼叫我先訂閱開小鈴鐺
低能兒

<!——>

朋友拒絕讓我和他互尻
無望合作射

<!——>

會背英文單字的人
都是中共同路人
因為他們覺得英文不夠好

<!——>

上課用 google meet
有個女孩一直對我眨眼
她一定是喜歡我吧
嘴巴笑那麼開

喔不
原來她只是妥瑞

<!——>

既然中共不怕我們

為什麼每到夏天

他們就要拼命做「防台措施」？

<!——>

最近新竹市區的長髮男很多欸

身型消瘦、不愛講話

頹廢、慵懶、帶有未知的氣味

倒在路邊

那些癡女怎麼不上去貼

<!——>

一群優越白人男性為徹底根除自己團體裡的隱性甲甲，決定舉行「死亡測試」：彼此輪流肛交讓其餘成員看，勃起的人就會被處死。

後來這個傳統固定在每週二、四、六晚上舉行

<!——>

喜歡人卻不給喜歡人的能力

你同情他在故事裡

現實中你痛罵他渣男

<!——>

你根本不相信占星
還是去查了對方的星座
發現跟自己很配而開心一整天

<!——>

動漫的本質是欺騙
長達幾十年持續努力才能變強的過程
用幾分鐘將最熱血的結果呈現給你
如此就能忘卻痛苦枯燥的存在

<!——>

女人會無條件愛你
女人會等你回家
女人不會肛你
女人是人類最好的朋友

<!——>

事到如今我們也只能假裝自己很特別，希望自己的特別能讓別人忽視那些難以忽視的缺陷。礙於社交禮儀，沒有人會對你明講，說你那些自認為很酷的東西太過了，一眼就知道是裝出來的，你唯獨辦到的是你裝酷對別人造成的反感已經快要超過你原本的缺陷。

<!——>

你不是不值得被愛
你是不值得被好看的愛
又不想被我這種醜男愛

我們沒有不同
我們都很醜

<!——>

想一個早洩的好處
一群人去古堡住宿發生大火鑰匙打不開生鏽的門
只有一個成功逃出來
因為他早洩　用精液潤滑鎖孔
其他人都尻太慢了

<!——>

匿名舔我任何部位
我不在乎你是誰
只在乎你舔得到位

<!——>

如果你的甲甲雷達時不時就會響起來
也許你是偵測到你自己

<!——>

叫別人同理自己：合理

叫別人同理別人：不一定站得住腳

因為自己處在那種情境時很可能觸發雙標

不願意忍受這樣的痛了

照這樣看來，真正善良的人其實是有錢人

他們的生活中不會遇到那種處境

可以永遠善良，站在道德制高點

對賤民指指點點

<!——>

今天在研三舍叫 UberEat

快到的時候我在路旁等付現

遠遠看著外送員騎車上來

是一個壯漢

到之後我上去問他能不能找零

他突然爆氣說自己沒有在接那種

丟下一句「老子不幹了！」人就跑走了

連箱子都沒拿，看樣子是真的不做

我把箱子扛回房間

結果裡面也沒有我的餐

無題、隨筆、廢文

<!——>

奶子好好摸

如果我是女生一定讓每個人免費摸我奶子

但我不想被陌生人突然襲胸

那改朋友才能摸好了

但又怕有些人是因為想摸奶奶才跟我做朋友

不然熟到一定程度才能摸？

可是還是會有人親近我的目的只是想摸奶

算了還是留給另一半好了

但我沒有另一半

而且我不是女生 👈 目前在這裡

<!——>

沖掉

馬桶

屎

濕

髮

用長髮男的長頭髮擦了屁股

　剪了段長髮男的長頭髮

　今天上完廁所後

十日談

電梯上樓
她越來越愛我
非得要每天討我的晚安
（要真的聽見聲音那種）
來到樓頂，我們望著蔚藍的天
以為可以一直這樣下去

電梯下樓
我越來越愛她
我們真的一直這樣下去了
可是那時候我們還不曉得
只有天際能無限遼闊
往下終有觸底的一天

這裡沒有光，只有
一句系統提示
和我滿溢卻無處傾瀉的愛……

你無法回覆此對話。瞭解詳情

牛逼湯

Q：一對住在偏僻農莊的夫婦感情變淡之後就分房睡了
農場裡有頭牛因蹩腳被拴在倉庫，平時沒法放牧吃草
到了夜晚總是不停嚎叫

某天，這頭牛不叫了
隔日丈夫就死在床上，請問死法為何？

A：妻子以前很漂亮身材也很好，夫妻經常行房
然而生活平淡無味，妻子體態漸趨臃腫難看
不再受丈夫喜愛
倆人分房睡，丈夫也不碰她身體
妻子很難自己解決，因此把腦筋動到跛腳的牛上
每天深夜去找牛，讓牛幹她，牛因此叫
丈夫夜裡總是被牛吵醒
某天他受不了，下午便把牛宰掉
晚間妻子慾火焚身卻找不到那頭牛
其他放牧的牛因為沒拴住，無法讓她自由運用
遂前去找老公索愛
那頭牛舔逼技術高超，妻子也用逼壓住丈夫逼他舔
然後丈夫窒息了

受漂亮女老師指責的時候
我想的是如何在她臉上腿上畫滿箭頭
路上開車，遵行方向箝制我的思想
有種被虐的快感

社會的箭頭無所不在
蔡英文不用負責
網軍頭頭食指點在哪裡
我們就攻擊哪裡
光想著就興奮地無所適從
無地自容，吾自身即為箭頭
朝你媽腦袋偉大的行軍

轟一聲 ⇨⇨⇨ 敬禮！
朝我們摯愛的 ⇨ 國父
敬禮！！！

我站在星系的掩埋場

嚐到淚的味道

評賴姓友人之詩集

野心太小，詩太短

意象都很好，都很少

詩作為陽具的一種

你從未真正勃起

少抽一點尼古丁

劍指

我喜歡箭頭，因為它的形體神似陽具

無論征服或臣服都令人振奮

指著自己，指著別人

幹或被幹

一種優越的蹩腳的基因

生一個自成方圓，來一雙一零六九

無題

熟悉的味道
汗液和血
虎口交錯疤痕
搖晃不止掐著鐵鏽欄杆

老人說：從前的魚有幾百萬種
水面下粼粼閃動的帆尾
就跟他小時候
夜空望上去的星星同款
黑的、白的、紫的、綠的
條紋的、點狀的、怕生或好奇的
網子一撒，就擁有整座銀河

可是天體誕生無非是為了死去
靈魂流逝，心中
不再有熱，眼裏
不再發光
腐朽、啃蝕、留下
骨，顛沛流離自然風化的白寶石
在天上，在地上，在心上惦記
家鄉、故鄉、他鄉

每天洗腦你
建立組織的自我認同
讓你堅信這個宗教是最好的
每個人都該使用它
然後，派你去宣揚文化

「如果別人不從
就強迫他們、嘲諷他們
讓他們氣得跳腳
讓他們見識你的能耐，勇士」
他們如是說

「他們不懂你腦中的理念
他們不懂你口中的語言
因為他們是不知變通的異教徒
而你才是正確」

他們以惹惱別人為樂
他們因此優越
他們不是伊斯蘭國
他們是台羅使用者

理組浪漫

雨的形成　很像污垢
洗澡時搓一搓
越搓越大
被沖下來

相信音樂

請問現在五迷是指五月天還是告五人？
有差嗎？都是商業團

台羅班

近幾年，一種恐怖的現象正在崛起！
他們的目的
是復興他們所認為的高尚傳統

他們擁有自己的主義
他們擁有自己的語言
他們有系統地在網路上招募你
他們將你培育成一個聖戰士

我們在咖啡廳喝美式

忖著開間烘焙店

我們在赤峰街翻相機

買回柯達牌的廢棄底片殼子

我們擁有無限多的可能性

因為我們什麼也沒做到。什麼也沒擁有

連理想也居無定所

於是我把理想用〈〉框起來

逢人便問：您好，我們正在做問卷調查

請定義「理想」

他們的神韻從和藹轉為驚恐

眾人逃竄；滾動式修正；一個條件式迴圈的條件是

直到他們雙腳落在我〈〉的 domain 以外

「沒有人能定義我們的夢想！」他們終於能在另一邊憤怒地大吼，可是

那不存在，何況

理想和夢想是最最不同的東西了

So I called void 理想（）

But there is no return

}

畢竟他們的生活圈不需要女性存在

也覺得女性很煩

他們討厭 c 的原因在於他們打從心底認為

女性化任何部分純粹劣等（c ＝娘＝女性化）

況且 c 通腸期待跟陽剛男交往

他們的特質吸引到的卻大部分是直女

覺得他們溫柔體貼

整個圈子可以不斷精分，互相排斥

同志遊行拋頭露面的大部分還是肌肉 alpha 男

c 妹沒資格加入裸趴

搞不好連熊族也私底下排擠高貴雞

void 〈理想〉

{

一個人說：「我只過理想的生活。」

為了姑且生存下去

海綿寶寶握緊拳頭，「因為這是我想要的」

他不會痛，或是沒有表現出來

掌紋裡攤著慾念的碎片

追逐一個泡泡般微小而確定的幸福

免於後頭弦外之音所刺殺

是否、於是、有時候
在此均不發生
我們只談論有意義的、正確的
並以科學自豪

「聽研究說擁抱對人體很好……」於是
我們做一個擁抱的動作

內卷

9ay 就是最歧視別人的那群人
自助餐程度跟女泉有得比
口口聲聲平權
結果自己拒娘拒得要死
霸凌 c 妹，搞優越小圈圈
拍照吐舌頭的一團長毛的肉
一隻豬戴一頂漁夫帽

同志之於女權的關係很微妙
如果本身屬 c ，自然跟女泉相處融洽
但如果是量產主流甲甲
就有機率仇旅

語癌

於是我們做一個擁抱的動作
嘗試接受我們不需要的
卻令世人舉國歡騰的
於是我們做一個擁抱的動作

也做到了嘴對嘴的動作
「叫做親吻，是比性更深邃的語言」
外國人在做一個動作的動作的時候
沒辦法說話，頂多嗯嗯地叫
這讓我們感覺很對
於是我們也做了嘴對嘴的動作

我們不經常使用嘴巴
不經常接觸上臂
我們經常肯定他人的語言
用一個發出一個嗯嗯的聲音的動作
車子滑進摩鐵
在床上，我們以裸體去背叛死
僅僅躺著僅僅因為外面太吵了
就做了一個滑進摩鐵的動作

風流

你說等我一夏
我當真等你一個夏天
沿著第一片葉子墜地的路徑
你趕到我身邊，向我道歉

來不及了青春的燥熱走到尾聲
只剩愁緒和一些微慍

大可閉目養神
靜候以年，或者
給你瞧瞧我真實的模樣
風起，我的點頭像打盹
（此刻只想陪你枯死）

全力挪出一個空位
來，不急
他還是聽錯而快速經過了
一整排樹林的哭聲因他而起

十年養成計劃

硬生生把發育中的前額葉
頂成了前列腺
從今以後我是你的指揮

父母以祂們的形象製作器皿
你最好盛裝祂們的思想
最好是祂們的形狀
我們因本質先於存在而自豪
存在主義不存在於華人世界

趴下，躺好，長官好
國家哺育你成人
你要報效國家，用成人的方法
何況一生中只有幾年精華！

入世不必經過你同意
後庭比照辦理
等你長大，你才需要明白
唯一反抗的辦法
就是不生小孩

新世界的申

如果怕被認為是甲而不說點甲甲的話的話

就會被認為是甲

死亡筆記本的邏輯其實就是這樣而已

社會化

每個瘦弱文組男覺青都有一個共同的夢想

就是被渾身刺青的抽菸 8+9 幹到外翻

屢屢抵抗無用之後

他們被權力結構雌墮成性奴並且

愛上那種展示無能的羞恥感

每個渾身刺青的抽菸 8+9 身體裡

也都住著一個瘦弱的文組

缺乏自信而武裝自我

他們知道文組想要什麼才成為文組

他們被社會幹完之後

接著想被社會人士幹

俗稱：社會組

掏心掏肺發表內心想法不代表我們要在乎你

大部分人都是這麼想的
裸奔不是挺噁的嗎，尤其
一覽無遺地展露自己醜陋的身體
逼我們看，是罪孽
割傷自己流出的血
僅止滿足自虐
低級娛樂難登大雅之堂

愛自己！裸女喊道
她掀開垂落似橘子皮之乳房
年輪一圈圈鬆垮
滿目瘡痍那瑕疵品
從此
再也沒有比掏出內心更齷齪的事
除了父權

我喜歡你，如同我喜歡貓

貓咪抓破了我的沙發
我討厭貓

（他們反射的光
是在個性簽名
擱下張愛玲的句子）

這類人的特徵
通常是卷毛眼鏡文青男
請迴避他們
以擁抱資工肥宅的可愛

家庭革命

成功的人把成功歸功他人
視為謙虛
失敗的人把失敗歸咎他人
是為牽拖

他們還說孩子學壞
必定是父母害的
還好這個家裡
歹竹出好筍

柯伊伯帶

我喜歡看不善言辭的人的散文
（通常我預設為理組）
他們的文字功力偏差
因此真摯

對於文組，或是一個
有「想寫好文章」趨向的人
寫作功力不到某個階段
卡在初學跟業餘等級中間的
柯伊伯帶
（他們以為的）每一顆星星都是
太空垃圾
阻礙人類視野
矯情、刻意
故弄玄虛飄忽不定
捕捉某些部分純屬炫技並且
炫得很爛，意圖使人噁心
上千顆重複且缺乏生命原始的
衝動，永遠不會發光

你不會知道
我等這一刻等了多久
一顆開花的樹見過
五百個人輪流
在佛面前
跪著祈求

只有在你腐爛的時候
才會來樹下休息
摘我復萌的果

我是一棵倚靠的樹
不是你的盡頭

醜人多作怪

你很勇敢
因為你很醜
聽完以後
你做了個非主流的鬼臉
再也拔不下來

神羅天征

有一天

一名勇士向神許願

希望台羅能夠推廣得更好

然後他消失了

折

哭吧，孩子

你不會知道我日夜祈禱

你不會知道因為有個人

太愛你了

才希望你難受

佛說：你真狠毒

可是遠遠不夠

再多一些心理疾病

世間的苦痛

都倒進去讓你的

心　一觸即碎

每張碎片都有我的眼神閃爍

臉書心情像極你的一生

一開始還挺讚的

有人愛你

也能得到溫暖的抱抱

天真以為能這樣快樂下去

再來是不可置信的打擊

你一直哭

變得憤世嫉俗

衝浪分手

在傷口上灑鹽

就能再聞到海的味道

在心頭上灑鹽

就能再撫過沙的粗糙

在舌尖上灑鹽

眼淚就不鹹了

徒勞

不要寫詩，你寫過的
別人早寫過了

你想表達的情感
他們沒有嗎

無人用過的意象
是你沒見過

沒人想看你的詩
不要寫詩

派大星，你搞什麼

如果我不能夠當你的朋友
我就要擁有你的標本
我還幫你挑了很酷的標本罐

覺得自己被性騷擾了
你會訴諸法律途徑

那麼
這會是一場婚禮
法院是我們的教堂
陪審團是我們的嘉賓

有牧師主辦流程
有保安維護秩序

有見證人頌歎堅貞的愛情
有書記官記錄每一句雋言

宣布結案的剎那
我們用力緊咬對方的唇
不肯放開
然後，我告訴你
這一切都是我的計劃
讓你
告白良壑

告白良墾

我喜歡你，所以我要與你攜手
步入法院

喜歡看你笑的樣子
更喜歡看你生氣的樣子
可愛到
每天睡前都抱著枕頭傻笑
期待那句你不肯給的晚安

所以故意弄你
故意惹你生氣
戳你鼓起來的臉頰
這樣我就能安撫你了
就可以在你轉身的時候
用力的抱住你，貼在背上
聽你加速離去的心跳

如果某天，你終於受不了了
不想再做我的寶
覺得我很噁心

附錄、短歌

■國家圖書館出版品預行編目（CIP）資料

鄙思集：祖到死 / 中等常渡 著. -- 初版. -- 高雄市：
麗文文化事業股份有限公司, 2023.05
面； 公分
ISBN 978-986-490-217-0（平裝）
863.55 112005118

鄙思集：祖到死

初版一刷・2023 年 5 月

作者 中等常渡
發行人 楊曉祺
總編輯 蔡國彬
出版者 麗文文化事業股份有限公司
地址：802019 高雄市苓雅區五福一路 57 號 2 樓之 2
電話：07-2265267 傳真：07-2264697
購書網址：https://www.chuliu.com.tw/
電子信箱：liwen@liwen.com.tw
劃撥帳號 41423894
購書專線 07-2265267 轉 236
臺北分公司 100003 臺北市中正區重慶南路一段 57 號 10 樓之 12
電話：02-29222396 傳真：02-29220464
法律顧問 林廷隆律師
電話 02-29658212

ISBN：9789864902170

麗文文化事業

定價：新臺幣 350 元

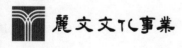